易水悲風

刺客荊軻

吳禮權 著

臺灣商務印書館

目次

推薦序一

再現波瀾壯闊的戰國史

每次教授《史記・刺客列傳》，常為荊軻刺秦王功虧一簣歎息不已。但現代學子對此了無興趣，更遑論感動。雖說文學興衰有其不得不變之勢，然而古典文學中的精品，千載感人。如何讓新世代年輕人樂讀古典文學，改編或改寫不失為上策。

復旦大學教授吳禮權博士以其鑽研中國古典小說與修辭學的專業，二〇一一年曾出版《遠水孤雲：說客蘇秦》、《冷月飄風：策士張儀》兩部長篇歷史小說，海峽兩岸以繁簡二體同步推出。其妙筆生花，情景理交融，讓人真切感受到學者兼文人的高超功力。那時我就猜測，吳教授會不會來寫「刺客荊軻」呢？今年四月初應邀在復旦大學中文系演講，碰面時猶未聽聞，竟然在十一月要發行《易水悲風：刺客荊軻》了！保密程度媲美于刺秦王行動。六月初搶先拜讀，依然文筆簡潔朗暢，行雲流水，令人佩服不已。

荊軻刺秦的事蹟雖令人感歎感慨，但畢竟有關荊軻其人的史料不多，除了太史公所作《刺客列傳》以及《戰國策》中有簡略的記述外，剩下的也只有古代一部無名氏所作的小說《燕丹子》了。《燕丹子》雖浸染了古人的想像，但也不過寥寥三千餘言而已。吳教授潛心戰國史研究十餘年，又有豐富的歷史小說創作經驗，因此他以戰國末期的歷史風雲為背景，「凝心天海之外，用思元氣之前」，思接千古，奮飛想像的翅膀，展開荊軻刺秦王的歷史畫卷，自然就有了與眾不同的刺客荊軻形象呈現於我們眼前。

這本小說以洋洋近二十萬言的篇幅，將現代小說的「對話敘事」手法與傳統中國小說技巧有機融合，既生動地再現了波瀾壯闊的戰國歷史，又逼真地塑造出一代刺客荊軻的鮮活形象，從而給現代讀者以一種全新的閱讀感受，讀後讓人恍然大悟：原來刺客也是人，荊軻成為刺客也有自己的心路歷程。

吳教授自言不會武功，只是小時候略學過一點拳腳，但卻像香港的武俠小說作家金庸一樣，在小說中創造出許多「蓋世武功」。我曾在「全球征聯」活動中，以「五月桐花花飛五月雪」徵求對聯，相當轟動。大家都知道臺灣有一種景觀，就是每年五月油桐花開，恰似「五月飛雪」；沒想到，在吳教授的筆下，「五月飛雪」卻成了大俠田光的蓋世神功。

大家嘴上經常說到的成語或俗語「蜻蜓點水」、「烏雲壓頂」、「就坡下驢」等，在吳教授筆下也成了各路俠客的獨門絕招。因此，讀這部小說，大家看到的不僅是歷史的荊軻，還有刺客們炫技的刀光劍影，煞是好看。

我與吳教授交心多年，深知其人品、文品，故鄭重推薦，讀者諸君欲提升人文素養、語言水準，這部《易水悲風：刺客荊軻》一定是要讀的。

許清雲　臺灣東吳大學中文系教授，原東吳大學中文系主任

推薦序二

妙筆演義荊軻傳

太史公書立《刺客列傳》，後史無有仿效者。非世無刺客也，史家為當權者忌之耳。於是刺客之傳委於稗官之筆，唐有虯髯客、聶隱娘之傳，事則奇矣，奈向壁虛構之說，雖一時能快讀者之意，終非信史之列。

吳禮權教授據《史記》、《通鑒》之信史，旁采《戰國策》、《說苑》等相關資料，以當代通俗之語言，譜出荊軻可歌可泣之生涯，將《刺客列傳》簡要之短章，展為洋洋數十萬字之長篇小說。記事確鑿有據，描寫會話則合情合理。使易水發立之淒景，圖窮提囊之情狀，皆歷歷在目。謂羅貫中《演義》之妙筆，復見於今世，當不為過也。

金文京　日本京都大學教授，原京都大學人文科學研究所所長

卷首語

風蕭蕭兮易水寒，壯士一去兮不復返。
探虎穴兮入蛟宮，仰天呼氣兮成白虹。

在中國，稍稍讀過幾天書的人，都知道這首《易水歌》。而且一讀到它，眼前就會浮現出兩千多年前荊軻風雪之中於易水之畔揮別燕太子丹，前往秦國刺殺秦王嬴政的悲壯一幕。

荊軻刺秦王，結果大家都知道，沒有成功；非但沒有成功，自己命喪秦王劍下，而且還加速了燕國滅亡的歷史進程。

其實，即使荊軻刺殺秦王嬴政成功，也不會因此而改變中國歷史發展的進程，不會逆轉秦國滅六國、一統天下的時代大勢。因為統一大勢猶如大江東去，浩浩蕩蕩，順之則昌，逆之者則亡。因此，從歷史學家的眼光來看，荊軻刺殺秦王的舉動，猶如螳螂擋車，蚍蜉撼樹，實乃不自量力，毫無價值。

雖然如此，但是荊軻刺秦之舉本身卻富有一種象徵意義，這便是弱者對強者欺壓奮起抗爭，因此，荊軻刺殺秦王雖然失敗，但卻博得了歷代文人的同情。如晉代大文豪陶淵明專門寫下《詠荊軻》一詩表達了同情之意：

燕丹善養士，志在報強嬴。招集百夫良，歲暮得荊卿。君子死知己，提劍出燕京；素驥鳴廣陌，慷慨送我行。雄髮指危冠，猛氣充長纓。

飲餞易水上，四座列群英。漸離擊悲筑，宋意唱高聲。蕭蕭哀風逝，淡淡寒波生。商音更流涕，羽奏壯士驚。心知去不歸，且有後世名。

登車何時顧，飛蓋入秦庭。淩厲越萬里，逶迤過千城。圖窮事自至，豪主正怔營。惜哉劍術疏，奇功遂不成。其人雖已沒，千載有餘情。

「初唐四傑」的駱賓王也有《於易水送人一絕》詩曰：

此地別燕丹，壯士發衝冠。
昔時人已沒，今日水猶寒。

既然荊軻刺殺秦王是以失敗告終，不僅徒勞無功，反而連累了燕太子丹身首異處，燕國迅速走向滅亡，那麼為什麼中國古代還有那麼多人對荊軻予以同情並熱情謳歌其行為呢？

沒有別的原因，只是因為兩個字：「俠」與「義」。

在中國「俠」與「義」，自古以來就是緊密相聯繫的兩個詞。但凡「行俠」者，必是出於「仗義」。因此，自古以來，俠客都是深受中國人推崇的。不僅底層民眾如此，甚至很多文人也如此。

如唐代大詩人李白寫有一首著名的詩篇，名曰《俠客行》，就是對戰國時代俠客的熱情謳歌：

趙客縵胡纓，吳鉤霜雪明。銀鞍照白馬，颯遝如流星。十步殺一人，千里不留行。事了拂衣去，深藏身與名。閑過信陵飲，脫劍膝前橫。將炙啖朱亥，持觴勸侯嬴。三杯吐然諾，五嶽倒為輕。眼花耳熱後，意氣素霓生。救趙揮金錘，邯鄲先震驚。千秋二壯士，烜赫大樑城。縱死俠骨香，不慚世上英。誰能書閣下，白首太玄經。

在李白的眼中，俠客的人格是如此高尚，值得推崇。而在普通中國人的眼中，俠客行俠仗義的形象更是偉大，並為之頂禮膜拜。

正因為如此，隋末劫皇綱的綠林強人在歷史小說《隋唐演義》中成為被歌頌的好漢，《水滸傳》中殺人越貨的山大王都是中國人喜愛的英雄；《三國演義》裡關羽在華容道違抗軍令放走孫劉聯軍的死敵曹操，不僅後世讀者沒有異議，就是在當時也沒有受到軍法嚴懲。這些事實說明了什麼呢？仔細思考一下，不都是因為「俠」、「義」二字嗎？

因為在中國人，特別是中國古代人的心目中，只要是劫富濟貧，殺人越貨也是義舉；拔刀殺人，殺誰殺多少，並不打緊，只要是出於路見不平，那就是行俠，不僅不受譴責，反而是應該頌揚的。這便是中國人，特別是古代中國人的是非標準。

那麼，為什麼中國人會有這樣的是非標準呢？這與中國的文化傳統與社會風氣有關。

眾所周知，中國自古以來都不是一個講究法律的國度，而是一個人情大於法的國度。也正因為如此，中國自古以來法律制度就不健全，即使有些王朝制定了煌煌法典，但是，一遇到王侯將相，權貴達人，統統作廢。在權力大於法，人情大於法的社會土壤中，必然缺失公平與正義。

為了彌補公平、正義之不足，就必然要仰賴仗義的行俠者替呼天天不應，哭地地不靈的弱者出頭。於是，便有了「路見不平，拔刀相助」的俠客。他們「十步殺一人，千里不留行」，「事了拂衣去，深藏身與名」的行事風範，最是底層弱勢民眾所推崇的。

自從太史公在《史記》中為遊俠立傳以來，中國文學中俠客的形象在各體文學作品中層出不窮，尤其在小說中。武俠小說自古及今，都是中國民眾的最愛，最能反映中國民眾熱愛俠客、推崇俠義的心理。

荊軻是俠客，荊軻刺殺秦王是拚卻一命酬知己，是義舉。為義而行俠，豈能不深受中國人的推崇？所以，荊軻刺殺秦王雖以失敗而告終，但是他那種不畏強暴的英勇之舉，那種為知己而赴湯蹈火在所不辭的俠義風骨，一直激勵著中國古代無數的俠義之士為正義而前仆後繼。

荊軻是兩千多年前的人物，是遠去的歷史影像。再加上對於荊軻的歷史記載，也僅止於《史記•遊俠列傳》中有關荊軻的一段文字，以及《戰國策》中的相關記載。因此，荊軻的形象究竟是什麼樣子，自然是見仁見智，在各人的心目中有所不同。

古代小說《燕丹子》作為描寫荊軻形象的唯一小說作品，只是提供了荊軻形象的一種模式。但因為篇幅的限制，《燕丹子》中所呈現的荊軻形象與《史記》、《戰國策》所記載的荊軻沒有實質上的區別。因此，如何以長篇小說的規模呈現一個血肉豐富的刺客荊軻形象，就成為這部長篇歷史小說《易水悲風：刺客荊軻》的使命了。

吳禮權　二〇一三年三月十二日於上海

主要人物表

荊軻　原是齊國慶氏後裔，後由吳遷入衛國。為人博聞強記，體烈骨壯，勇力過人，喜怒不形於色。為人倜儻豪放，不拘小節，但志存高遠，欲立大功。受田光推薦，奉樊於期首級與燕督亢地圖往見秦王，為燕太子丹刺殺秦王嬴政未果，被殺。

鞠武　燕太子丹太傅。主張山東六國「合縱」以抗衡秦國的進攻，不贊成太子丹派刺客刺殺秦王嬴政。燕太子丹不聽其計，不得已，薦俠士田光給太子丹。

太子丹　燕國太子，少時曾與秦王嬴政在趙都邯鄲，有舊誼。嬴政為秦王時，太子丹為燕國人質，居於秦都咸陽。因受秦王嬴政凌辱，潛逃回燕，招死士，欲雪受辱之恥。荊軻刺殺秦王嬴政計畫失敗後，秦國對燕國大舉用兵，攻破燕都薊，燕王喜逃往遼東，繼續稱王。秦師窮追不捨，索太子丹人頭甚急，燕王喜聽代王之計，斬其首獻于秦。

田光　趙國俠士，學識淵博，武功高強，智勇雙全。因看不慣諸侯各國相互爭戰、爾虞我詐的現實，拒絕各國諸侯的網羅，遠離官場，帶劍行走江湖，行俠仗義，為世上弱勢之人打抱不平，故江湖上人稱「節俠」。受太子丹太傅鞠武推薦，面見太子丹，為其推薦刺客荊軻。為守太子丹機密，向荊軻交待完畢後即吞舌自盡。

樊於期　有歷史學家考證，指其人即為桓齮，秦國大將。曾率兵攻打趙國平陽邑，殺了趙國大將扈輒，斬趙國之卒十萬。後被趙國大將李牧打敗，不敢回國，秦王嬴政滅其全族。乃化名樊於期，投奔燕太子丹。秦王嬴政懸賞購其首。為報滅族之仇，乃授首與荊軻，讓其奉其首級見秦王，以便接近秦王而刺殺之。

夏　扶　燕國武士，血勇之人，怒而面赤。在易水為荊軻送別時，自刎于車前，為其壯行。

宋　意　燕國武士，脈勇之人，怒而面青。

秦舞陽　燕國武士，骨勇之人，怒而面白。隨荊軻往秦國刺殺秦王，為副手，死于秦。

狗　屠　燕國一個屠狗者，不知姓名，荊軻的朋友，與荊軻交往甚密。氣力過人，為人豪放，能飲酒。每日與荊軻、高漸離等人飲於燕市，酒酣而去。臨去時，高漸離擊筑，荊軻和而歌，招搖於市，時而大笑，時而大哭，旁若無人。

高漸離　燕國人，善於擊筑，荊軻之友。荊軻被秦王誅殺後，燕國被秦國所滅，乃藏匿于民間，為人傭作。後不堪勞作之苦，自露身份，被秦始皇熏瞎雙眼，為其擊筑。贏得秦始皇信任後，趁其不備，以筑擊秦王，為其友荊軻復仇，未成而被誅。

魯句踐　趙國人，武士。荊軻曾到趙都邯鄲遊歷，一次與之博戲而發生爭執，大聲喝斥荊軻，荊軻默然離去。

蓋　聶　著名劍術家。荊軻慕其名，前往榆次拜訪，想與之切磋劍術。沒談幾句，覺得荊軻不行，遂用眼瞪了他一下，荊軻就離開了。

呂不韋　本是陽翟大商人，在趙都邯鄲做生意時，結識秦國太子安國君之子子楚。以千金替子楚到咸陽上下打點，使安國君立子楚為太子，並刻下玉符。又將自己美豔之妾趙姬讓給子楚。後又幫助子楚回到秦國。子楚即位為莊襄王后，任之為秦相，並封之為文信侯，賜河南洛陽十萬戶為其食邑。秦王嬴政即位後，繼續為秦相，尊之為仲父。門下食客三千，家僮萬人，權傾朝野。後因與嫪毐權鬥，被秦王嬴政遷往蜀中，因怕日後被殺，乃飲鴆而死。

嫪　毐　本是一介平民，因是「大陰人」，在呂不韋與趙太后的策劃下，以宦官的身份混入宮中，成為趙太后的性工具，極得趙太后歡心，並與之生下二子。得趙太后之助，被封為長信侯，賜山陽郡為其食邑，又以河西、太原等郡為其封田。府中僮僕賓客達數千人之多，門客也有數千人，而且投奔其門下求官求爵的人也達千餘人。後與呂不韋的矛盾激化，用趙太后與秦王印信，發縣卒及衛卒等攻打蘄年宮而叛亂，意欲誅殺呂不韋。結果失敗，為秦王車裂而死，並滅其三族。死黨皆一網打盡。

長安君　即秦公子成蟜，莊襄王之子，秦王嬴政之弟。出兵趙國時在屯留叛秦，企圖清除呂不韋的勢力，奪得秦王的位置。秦王派大將王翦率十萬大兵往屯留征討，兵敗後投奔了趙國。

趙太后　即趙姬，秦王嬴政生母。年輕時是一個美豔而又善舞的趙國女子，先為呂不韋之妾，與之同居數月，懷有身孕後被呂不韋轉讓給子楚（即秦莊襄公），生嬴政。莊襄王過世後，秦王嬴政年紀尚小，經常與呂不韋私通。呂不韋不能滿足其性欲，找來了「大陰人」嫪毐，讓有司拔掉其鬍鬚，假處宮刑，送入宮中侍候趙太后。嫪毐入宮後，甚得趙太后歡心，二人日夜淫樂不止，並生有二子。嫪毐叛亂被殺後，秦王殺死了趙太后與嫪毐所生的兩個王子，並把趙太后遷到雍地居住。

華陽夫人　安國君寵愛的妃子，正夫人。無子，納子楚為子，子楚即位為秦王（史稱莊襄王）後尊華陽夫人為太后。

夏　姬　安國君之妃，子楚生母。子楚即位為秦王（史稱莊襄王）尊為夏太后。

燕　姬　太子丹寵姬，荊軻愛其手，太子丹斬其手奉之（《燕丹中》所記人物）。

琴　姬　在秦王座後屏風彈琴的秦國女子。荊軻心服匕首追殺秦王嬴政時，她彈琴提醒秦王嬴政：「羅縠單衣，可掣而絕。八尺屏風，可超而越。鹿盧之劍，可負而拔」。秦王嬴政聞琴聲覺醒，掣斷被荊軻抓住的衣袖，超越屏風，並反手從背後拔出寶劍，砍斷了荊軻的雙腿，免於被荊軻刺殺。

夏無且　秦王嬴政御醫，在荊軻追殺秦王時以藥囊擊中荊軻之臂，使秦王嬴政贏得了自救的時間，反敗為勝。

郭　開　趙王遷的近臣，曾誣陷過大將軍廉頗，迫使老將軍無奈離開趙國，投奔了魏國。後又讒害李牧，逼迫李牧交出防守邯鄲的兵權，李牧拒絕。趙王聽從郭開之計，暗設圈套，誘捕了李牧，並將之斬殺。

蒙　嘉　秦國大臣，官居中庶子，是秦國大將蒙驁的兄弟，荊軻晉見秦王嬴政就是透過蒙嘉。

李　牧　趙國大將。曾長期為趙國守衛北方邊疆，有效地阻擊了匈奴對趙國的威脅。秦師圍邯鄲，任趙師主將，與司馬尚共同抵抗秦師的進攻。秦師無計可施，乃用反間計，收買趙王遷的近臣郭開，散佈謠言，說他與秦師勾結。趙王遷聽信讒言，逼迫其交出兵權，改用趙國宗室趙蔥為主將。李牧不從，趙王又聽從郭開之計，暗設圈套，將其誘捕並斬殺。

司馬尚　趙國大將，秦師圍邯鄲，協助李牧防守，後被郭開陷害，被迫交出兵權。

趙　蔥　趙國宗室，李牧被殺後，任趙國主將。

顏　聚　趙國大將，原為齊國大將，投奔來趙。秦師圍邯鄲時，代替司馬尚為副將，協助趙蔥防守邯鄲。

龐　媛　趙國大將。

扈　輒　趙國大將。

蒙　驁　秦國大將。

張　唐　秦國之將。

王　翦　秦國大將。

楊端和　秦國大將。

白　起　秦國大將，有「常勝將軍」稱號。

羌　廆　秦國大將，與王翦一起率兵破趙，將趙王喜俘獲。

韓　非　韓國公子，法家代表人物，著有《韓非子》。曾與李斯一起師從荀子學帝王之學，其學說深得秦王嬴政讚賞，秦王嬴政讀其書，以為古人，恨不能與其同時。後韓非出使秦國，李斯自知智謀不及韓非，唯恐韓非被秦王重用而奪了自己的位置，遂進讒言將其害死于雲陽。

李　斯　楚國上蔡人，曾與韓非一起師從荀子學帝王之學，學成入秦，呂不韋任之為郎。後協助秦王嬴政滅六國，一統天下。

秦王嬴政　即秦始皇，莊襄王子楚與趙姬在趙都邯鄲所生。在丞相李斯等人的協助下，滅六國，一統天下，建立了中國歷史上第一個統一的中央集權的封建帝國。

秦昭王　秦武王之子，孝文王（安國君）之父，在位五十六年。

秦太子悼　秦昭王長子，在魏為人質。秦昭王四十年，猝死于魏國。

安國君　秦昭王第二子，太子悼死後被立為太子，秦王嬴政之父。秦昭王五十六年，昭王崩，即位為秦王，是為孝文王。即位守孝一年後，加冕僅三天，就突然病逝。

莊襄王　即子楚，安國君之子，秦始皇嬴政之父。在位僅三年。

趙王遷　趙悼襄王之子，在位八年。秦師圍攻邯鄲時，中秦國反間之計，聽信佞臣郭開讒言殺害大將李牧後，趙都邯鄲被秦師攻破，突圍逃到東陽，被秦國大將王翦與羌瘣率師俘獲。

公子嘉　趙國公子，秦師攻破邯鄲後，率師成功突圍，帶著幾百個趙王室宗親逃往代地，自立為代王，與燕國之師互相響應，與秦國周旋了六年。

燕王喜　燕國的末代之君，燕太子丹之父，在位二十五年。秦師攻破燕都薊城後，逃到遼東，繼續稱王八年。

楚幽王　楚國末代之君，楚考烈王之子，在位八年。

白鬚老者　燕國人，虛構人物。

謝　勇　太子丹府中武士，太子丹心腹，虛構人物。

甘　爽　太子丹府中武士，太子丹心腹，虛構人物。

藺老闆　趙國客棧老闆，田光之友，虛構人物。

第一章 歸計

一、風雪午後

秦王政十五年，燕王喜二十三年（西元前二三二年）十二月二十八日，燕都薊天氣奇寒，漫天大雪已經下了五天，家家門前窗上都堆滿了積雪，掛上了冰稜。

到了日中時分，家家戶戶仍都大門緊閉。燕太子之傅鞠武的府第，也是如此。

但是，午飯過後，鞠府的大門突然響起了急促的敲門聲：

「咚咚咚，咚咚咚！」

此時，鞠武正無所事事，在前廳來回踱步。突然，一個小廝急急從前院慌張進來稟報道：

「老爺，外面有人敲門，敲得很急。」

「是什麼人？」

「不知道。」小廝怯怯地答道。

「那怎麼不開門看一看？」鞠武怒斥道。

「小人不敢開門，怕門一開，風雪都灌進來了。」

「不能因為怕風雪灌進來就不開門啊！萬一有急事呢？」鞠武口氣更加嚴厲了。

「哦，小人這就去開門。」

不一會，小廝就領著一個滿身是雪，披頭散髮的人進來了。

「請問來者是……？」

沒等鞠武把話問完，就聽對方回答道：

「太傅，是我啊！」

鞠武一聽聲音，立即驚訝地呆住了。揉了揉眼睛，定了定神，這才問道：

「啊？怎麼是太子殿下？您不是在秦國為人質嗎？」

不提這茬也罷，鞠武一提，太子丹不禁悲從中來，痛哭流涕。

鞠武見此，頓時慌了手腳。情急之中，又問了一句：

「太子殿下，你咋變成這個模樣了呢？」

話剛出口，鞠武就覺得失言。遂連忙對站在旁邊的小廝說道：

「快快快，快去準備熱水，找些像樣的衣物，讓殿下沐浴更衣。」

太子丹則如木雞般呆站著，沒有一句話，只是一個勁地流眼淚。

鞠武看著太子這個樣子，更是不知所措了。愣了半天，這才想起動手給太子丹拍打身上的積雪。一邊拍打，鞠武一邊又叫來另一個小廝，叫他找來一件厚大氅，讓太子臨時先披上。然後，將太子丹請到熱炕上坐了。

太子丹屁股還未坐熱，那個準備熱水與衣物的小廝來了，稟報道：

「老爺，衣物找好了，熱水也已備好。」

「太子殿下，那就先去沐浴更衣吧，別受涼了。」鞫武一邊說著，一邊伸手扶了坐在炕上的太子丹一把。

等到太子丹沐浴更衣結束後，鞫武早就準備好了點心酒水，在炕上專用的一張小案上放好。梳洗結束後的太子丹，樣子煥然一新，昔日太子的音容笑貌又自然呈現出來。

「太子殿下，請！」鞫武一邊說著，一邊伸手示意太子丹上炕。

上炕未及坐定，太子丹就端起食案上的酒水猛喝了幾口，然後又抓起點心狼吞虎嚥起來。

鞫武一看這情形，想想剛才太子丹衣衫襤褸、披頭散髮的樣子，就知道他這一路回來一定是三餐不濟，受了不少苦。所以，當太子丹吃喝時，鞫武只是默默地看著，沒有說一句話。

「不好意思，讓太傅見笑了。」太子丹猛吃猛喝了一番後，突然抬頭看到太傅正盯著自己看，這才意識到自己剛才的樣子肯定不好看，於是對鞫武嘿嘿笑了一下。

「太子殿下是太飢渴了吧，要不要再準備點酒食？」鞫武關切地問道。

「不要，不要，差不多吃飽了。」太子丹連連擺手道。

師徒相對看了看，突然不知說什麼好。沉寂了一會，突然太子丹有所醒悟道：

「太傅，您別在那站著，上來坐啊！」

鞫武謙讓了一回，然後上炕與太子丹隔著小食案對面跪坐。

「太子殿下，老臣有個疑問……」鞫武囁嚅了半天，好不容易開了口，卻又止住了。

太子丹見太傅欲言又止的為難情狀，心知其意，遂連忙問道：

「太傅，您是想問我是不是私自從秦國逃回燕國的吧？」

鞫武見太子丹說得如此直白，遂連忙點點頭，然後順勢說道：

「兩國交互質子，或是一國以儲君送往對方為質，都是按照外交禮儀進行的。駐在國的國君按照外交常規，對為人質的他國儲君應該極盡尊崇才是。但是，看太子殿下的情形，是否非正常回國？」

「太傅說得對！我是從秦國逃回來的。」

「啊？太子殿下真是私自逃回來的？」儘管鞫武事先已經猜出實情，但是由太子丹親口說出，還是大吃了一驚。

「如果我不逃回來，早就沒命了。」太子丹看著太傅吃驚的樣子，語氣肯定地說道。

「太子殿下乃我燕國儲君，秦國怎麼能這樣無禮呢？真是亙古未有，豈有此理！」鞫武憤怒地說道。

「我一到秦國，就被安排到秦都咸陽的一處僻靜之所，四周都是圍牆，門外有很多攜刀帶劍的武士把守。明裡說是保衛我的人身安全，實是軟禁我，不讓我有人身自由。」

「秦國怎麼現在這麼無禮呢？呂不韋為相多年，在處理外交問題上還算比較平和，以前也沒做過這麼失禮之事啊！」鞫武既感憤怒，又感詫異。

「太傅有所不知，而今秦國執掌權柄的已不是呂相了。」

「那是誰？」鞠武連忙追問道。

「是秦王自己。」

「他親政了？」鞠武一聽，頓時吃驚不小。

太子丹見鞠武吃驚的樣子，不解地問道：「難道秦王親政的消息沒有傳到燕國？」

「太子殿下您也知道的，這些年秦國不斷派兵東進與趙、韓、魏作戰，連來往燕秦之間的客商都很少，來自遙遠秦都咸陽的消息如何能夠及時獲知？」

太子丹聽了，連連點頭，說道：

「我去年十月初動身往秦都，走了好幾個月才到達秦都咸陽。沿途所見，只有戰爭後的一具具屍體與一堆堆白骨。一路上，確實沒見過一個商旅之人的影子。」

「太子殿下，說到戰爭，鞠武倒是聽說前年與去年秦國與趙國都打了一場惡仗，據說秦國殺死趙國之兵不少。」

太子丹連忙說道：

「這個我清楚。我到咸陽後就聽到確切的消息，前年正月彗星出現於東方，秦王巡視到河南。十月，秦王派大將桓齮攻打趙國平陽邑，殺了趙國大將扈輒，斬趙國之卒十萬。」

「原來趙國死了這麼多人！」鞠武感到更加震驚。

「去年，秦王又派桓齮攻打趙國平陽，平定了平陽、武城、宜安。為此，韓國上下為之震驚。

韓王乃派韓非出使秦國。」

「韓非可是一個著名的謀士，他出使秦國一定為韓國的國家安全贏得不少利益吧？」鞠武問道。

「贏得什麼利益？韓非一到秦都咸陽，就被秦王扣押了。」

「兩國通使，怎麼能夠扣押呢？」鞠武對秦王的所作所為更加吃驚了。

「不僅是扣押，不久，秦王聽從李斯計謀，將韓非害死於雲陽。」

「李斯？是不是那個楚國上蔡的說客？」鞠武問道。

「正是此人。他與韓非同師荀卿，系出同門。前年剛被秦王任命為秦國之相，他自知智謀不及韓非，唯恐韓非被秦王重用而奪了自己的位置，於是就進讒言害死了韓非。」

鞠武聽到此，不禁喟然長嘆道：

「有這樣的秦王與秦相，還有什麼事做不出來？如此說來，太子殿下能夠逃出秦王的樊籠，實在是不可想像。」

太子丹聽太傅如此說，又情不自禁地淚流滿面。

鞠武見此，也不禁十分感傷，他能想像得出太子丹從秦國逃出來的不易。沉寂了一會，忍不住問道：

「秦王與李斯如此對韓國之使韓非，想必他們對太子殿下的為難也不會少的吧。」

太子丹見太傅相問，遂收住眼淚，說道：

「秦王雖然沒有像對待韓非那樣，將我囚禁起來。但是，卻每日派兵押著我上朝。上朝時，既不以燕國儲君之禮待我，也不以外國來使之禮待我，而是讓我敬陪末座，聽他看他發號施令逞威風。」

「太過份了！殿下與他少年時代在趙都邯鄲不是還有一段情誼嗎？怎麼做出這等事呢？真是豈有此理！」鞠武氣憤地一掌拍翻了食案上的酒盞。

「其實，還不止這些呢。」

「什麼？這些還不夠過份？他還對殿下有更無禮的對待嗎？」鞠武簡直不敢相信。

「秦王出行或是狩獵，經常要我替他牽馬，甚至有一次還要求我蹲下身子，踩著我的背上馬。」

「孔子曰：『士可殺，不可辱。』太子殿下身為燕國儲君，豈能受如此之辱？您代表的不是個人，而是燕國。您當時怎麼不提出抗議呢？」

「提出抗議有用嗎？我當時之所以能夠隱忍苟活，不提出抗議，是想起了昔日越王勾踐的往事。我想留著有用之身，找機會逃回燕國，像當年越王勾踐那樣，以圖日後一雪國恥。」

鞠武聽了太子丹這番話，覺得他還是滿有主見，以前自己跟他所講的歷史經驗還是沒有白費心思。如果有機會，他還真是一個可以造就的一國之主。想到此，鞠武連忙說道：

「太子殿下做得對。不然，鞠武今日就見不到殿下了。」

太子丹見太傅對他的做法予以肯定，遂又接著說道：

「我忍辱負重，一再以隱忍對付秦王的無禮，在很大程度上軟化了他對我的敵視態度。由此，我得以有機會一再以生活不習慣為理由而表達希望回到燕國的請求。」

「那麼，秦王怎麼說？」鞠武急切地追問道。

「他要麼顧左右而言他，要麼不置可否。」

「如此說來，殿下是偷著逃出來的吧。」鞠武問道。

「也可以這樣說，但又不盡然。」太子丹一邊這樣說，一邊抬頭仰望屋頂，似乎有什麼難言之隱。

鞠武急欲瞭解事實真相，沒顧得上察顏觀色，又徑直問道：「太子殿下這話怎麼說？」

太子丹從屋頂收回眼光，側身看了看太傅焦急的神情，頓了頓，說道：

「我一再軟語相求，央求得次數多了，秦王終於心有所動。一次，我又當著秦國群臣的面再次央求秦王。秦王突然顯得很興奮的樣子，說道：『好哇！寡人可以放你回去。但是，你得滿足寡人一個條件。』」

「什麼條件？」鞠武急不可耐地問道。

「他說：『除非你讓烏鴉白頭，馬兒生角。』」

「這不是故意刁難人嗎？」

「我當然知道他是有意刁難，但也沒有辦法，只得仰天長嘆。可沒想到的是，就在我絕望的時候，突然有一隻烏鴉從天而降，落在了秦王廷上。仔細一看，還是一隻白頭烏。」

「太子殿人非常人也！上天都佑殿下，秦王應該無話可說了吧。」鞠武欣喜地說道。

「可是，秦王卻說還有一個條件沒有滿足，仍然不答應放我。」

「那最後呢？」鞠武更加著急了。

「最後，我抱著僥倖的心理，希望上天再能助我一次，於是就提議秦王與我一道走出秦廷，看看能否見到一匹長角的馬。」

「結果怎麼樣？」鞠武急不可耐地問道。

「沒想到，真是上天不絕無路之人，走出秦廷不久，就真的看到了一條長相酷似馬的牛。我指著那條牛，對秦王說：『大王，這匹馬不是長出角兒來了嗎？』秦王無語，只得兌現諾言，答應讓我回燕國。」

「如此說來，殿下回燕國是光明正大的，而不是偷偷摸摸的。」鞠武說道。

「非也！秦王雖然明裡兌現了諾言，但暗裡卻使壞。」

「一國之君，竟然還如此卑鄙？」

「他為了達到不讓我回到燕國的目的，在我住處的河上小橋上做了手腳，設置了一個機關，以此阻止我過橋。」

「結果呢？」鞠武又急切地問道。

「那天晚上，我從那座橋上過時，竟然機關沒有觸發，安全通過了。」

「上天如此福佑殿下，相信殿下必是一個洪福齊天之人，將來必能有一番大作為，燕國有望矣！」鞠武又欣慰地感嘆道。

「可是，變服易名，好不容易順利逃到函谷關時，卻是半夜時分。如果徘徊關下，被巡更秦兵發現，那後果就不堪設想。」

「那怎麼辦？」鞠武彷佛就是當事人似的，急得眼睛都睜圓了。

「情急之下，我突然想到當年齊國孟嘗君夜過函谷關的故事，也學起雞鳴之聲。沒想到，還真的引得關下眾雞和鳴。於是，又僥倖半夜混出了函谷關。」

鞠武聽到這裡，不禁長嘘短嘆。

之後，太子丹又將自己出關後一路餐風露宿，乞討過活的經歷一一向太傅鞠武做了敘述。聽得鞠武感傷感慨不已。說到傷心處，師徒二人抱頭痛哭。

二、咸陽驚變

師徒二人哭了一陣後，鞠武突然收住眼淚，問道：

「殿下，剛才您說到秦國現在是秦王親政，由李斯執掌秦相權柄，那麼呂不韋呢？」

「哦，我剛才忘記跟您報告了，呂不韋已於大前年死了。」

「呂不韋死了？怎麼會突然死了呢？他沒有多大年紀，應該是青春正富啊！」鞠武吃驚地問道。

「確實年紀不大，才五十多歲。」

「那為什麼會突然死了呢？」鞠武窮追不捨地問道。

「他是抑鬱恐懼而自殺的。」

「據說，呂不韋與秦王的關係非同尋常，秦王稱他為仲父，又實際操縱秦國的一切權力。他門下食客三千，家僮萬人，權傾朝野，即使是秦王也權力大不過他，他怎麼會抑鬱恐懼而自殺呢？」

「這個內幕就很複雜了，不是我所能洞悉的。」

鞠武見太子丹似乎不想多說，但是他又特別想知道，於是就試探性地說道：

「殿下在咸陽那麼長時間，想必多少是瞭解一點內幕的吧。」

聽鞠武這樣一說，又見他充滿期待的目光，太子丹頓了頓，最後還是繼續說了下去：

「其實，關於呂不韋的事，我也只是聽人道聽途說而已。據說，秦昭王時，為了集中力量對付南方強大的對手楚國，減輕來自東方宿仇魏國的壓力，主動與魏國媾和，派太子悼往魏為人質。但是，昭王四十年，太子悼卻突然猝死於魏國。」

「是怎麼死的？」鞠武對這段歷史不清楚，遂急切地問道。

「是病死的，死後運回秦國，葬在了芷陽。第三年，昭王立第二子安國君為太子。安國君生子甚多，計有二十餘人。」

「這麼多兒子，那安國君怎麼選立未來的繼位者呢？」鞠武不無擔憂地問道。

「這就是問題之所在。」

「那後來是如何解決的呢？」

太子丹頓了頓，說道：「安國君有很多兒子，也有很多妃子。但真正寵愛的妃子則只有華陽夫人一個，立其為正夫人。」

「既如此，那麼未來儲君肯定就是華陽夫人之子了。愛屋及烏，乃是人之常情。」

太子丹搖搖頭，說道：「華陽夫人沒有兒子。」

「那怎麼辦？」鞫武著急地問道。

「正因為華陽夫人沒有兒子，這才有了現在的秦王嬴政。」

「這話怎麼講？」鞫武更加有興趣了。

「安國君有一個妃子叫夏姬，不受寵愛。其子子楚在眾多兄弟中的表現也不突出，排行也不靠前，而是居中。所以，子楚就成了爹不疼、爺不愛的人。因此，在秦趙矛盾日益尖銳的情況下，被秦昭王派到了趙國做為人質。由於秦國不斷發兵攻打趙國，所以子楚在趙都邯鄲頗受冷遇。加上資用缺乏，子楚在邯鄲乘車與日常用度都成了問題，生活十分窘迫。為此，子楚感到非常苦惱。然而，就在這時，一個偶然的機會，一個人闖進了他的生活，使他的人生境界一下子打開了。」

「這人是誰？」鞫武急切地問道。

「呂不韋。呂不韋原本是衛國的一個商人，其時正在邯鄲做生意，發了大財。他見到子楚，覺得非常投緣。於是，就對他特別客氣，還在背後跟人說：『子楚就像一件奇貨，若有人能投資囤積，將來一定能居奇而賺大錢。』」

「那之後呢？」

「呂不韋是個精明人，他做買賣眼光好，看人眼光也好。他覺得把子楚抓在手裡，將來一定會有巨大收益的。於是，就主動接近子楚。一次，呂不韋拜訪子楚後，臨出門時突然回首，不無深意地說道：『不韋雖是一介商販，卻能光大公子門庭。』子楚不以為然，莞爾一笑道：『你還是先光大了自己的門庭，再來光大我的門庭吧！』」

「那呂不韋怎麼說？」

「呂不韋詭異地一笑，附耳對子楚說道：『公子，不韋的門庭要等您的門庭光大了以後才能光大啊！』子楚終於明白了呂不韋的意思。於是，連忙將左腳已經邁出門檻的呂不韋拉回來，闢室深談。」

鞠武很好奇，立即問道：「談些什麼呢？」

「呂不韋見無他人，便毫不隱諱地跟子楚說：『秦王老矣，安國君為太子。公子雖為安國君之子，但既非嫡出，又非長兄。將來安國君榮登大位，若要立儲，公子在二十餘位兄弟中並無競爭優勢。況且，公子現在做為秦國人質羈縻於趙。因此，王儲之位無論如何也與公子無關。』」

「那子楚聽了是什麼反應？」鞠武問道。

「當然是非常絕望，嘆息道：『如此說來，我就該一輩子困死於此？』」

「呂不韋怎麼說？」

「呂不韋詭異地一笑，說道：『若能邀得華陽夫人之寵，討得她的歡心，這太子之位也不是不能得到的。』子楚一聽，立即眉頭舒展，喜形於色，連忙問呂不韋如何才能討得華陽夫人歡心。呂不韋不慌不忙地從衣袋中摸出一塊金子，在子楚面前晃了晃，問子楚明白沒有。子楚搖搖頭。呂不韋於是便直白地說道：『有錢能使鬼推磨，無錢親人不相認。公子要想邀得華陽夫人之寵，就得捨得花這個。』」

「那子楚怎麼說？」鞠武又著急地問道。

「子楚聽呂不韋這樣一說，立即垂頭喪氣了，說道：『我貧窘到如此地步，如何有金子打點華陽夫人？』呂不韋呵呵一笑，道：『公子沒有金子，不韋有啊！我資助公子千金，並為公子前往咸陽，向安國君與華陽夫人遊說，讓他們立你為太子。』子楚一聽，頓時笑逐顏開，連忙跪地拜謝道：『若得先生相助而立為太子，將來一定裂土與先生共治，有福同享！』」

「後來呢？」

太子丹頓了頓，說道：

「據說，呂不韋與子楚密談後，立即拿出千金，一半給子楚，用於在邯鄲的日常開支，以及結交天下賓客；另一半則買了許多珍寶，前往秦都咸陽打點華陽夫人及其周圍的近侍。由於最終走通了華陽夫人姊姊的門路，感動了華陽夫人，使安國君毅然力排眾議而立了子楚為太子，並刻下玉符。然後，安國君與華陽夫人又賜子楚很多禮物，並指派呂不韋為其太傅。由此，子楚的名聲漸漸傳遍諸侯各國。」

「看來，呂不韋還真是做了一樁大買賣！」鞠武情不自禁地感嘆道。

「這算什麼？還有更大的買賣在後面呢。」

「還有比這更大的買賣？那是什麼買賣？」鞠武簡直不敢相信。

太子丹見太傅瞪大眼睛而顯出吃驚的樣子，呵呵一笑道：

「這宗買賣不要說太傅猜不到，就是當事人子楚也想不到。」

「那到底是什麼買賣？」鞫武更想知道內情了。

「為子楚爭得安國君世子之位後，呂不韋從咸陽回到邯鄲。不久，他覓得一位既美艷而又善舞的趙國女子。與之同居數月，女子便有了身孕。一次，子楚與呂不韋一起飲酒。席間看到趙女，為之驚艷不已。酒酣耳熱之際，子楚起身繞席，請求呂不韋將趙女賜予他。」

「那呂不韋怎麼說？」

「呂不韋當然非常生氣。不過，想了一夜後，第二天他便高高興興地將趙女送到子楚府上，但是隱瞞了此女已經懷孕的事實。子楚為此更加感激呂不韋，立趙女為夫人。十個月後，趙姬產下一子，這便是現在的秦王嬴政。」

「如此說來，現在的秦王不是子楚之子，而是呂不韋之子，是吧？」鞫武呆了半日，良久才直視太子丹問道。

太子丹點點頭，說道：「我剛才說還有更大的買賣，指的就是這樁買賣。自從盤古開天地以來，誰做過這樣大的買賣？」

「那後來呢？」

「秦昭王五十年，秦國大將王齮率師伐趙，兵圍邯鄲。當時形勢非常危急，趙王欲殺死子楚。但是，呂不韋以六百金賄守城之吏，使子楚得以脫身而入秦師大營，並順利回到咸陽。趙王求子楚不得，乃欲殺趙姬與其子嬴政。因趙姬是趙國富豪之女，遂得以隱匿而倖存下來。秦昭王五十六年，昭王崩。安國君即位為秦王，華陽夫人為王后，子楚為太子。但安國君即位守孝一年後，加冕僅三天，就突然病逝。於是，子楚順利即位為秦王，是為莊襄王。莊襄王尊華陽夫人為太后，尊生母夏姬為夏太后。」

「那麼，子楚即位為王沒有立即封呂不韋嗎？」鞠武問道。

「他當然不會忘記呂不韋的。即位伊始，莊襄王立即任呂不韋為丞相，並封為文信侯，賜河南洛陽十萬戶為其食邑。」

「莊襄王算是有情有義之人，對呂不韋的封賞確實不薄。」鞠武情不自禁地感嘆道。

「莊襄王在位只三年，便不幸病逝。其時，已經被趙國送回咸陽的趙姬之子嬴政便順理成章地即位為王，其母趙姬則被尊奉為王太后。嬴政即位年紀尚小，尊呂不韋為仲父，朝政一委於他。因此，事實上呂不韋很長時間內就是秦國的最高權力者。

但是，呂不韋並不滿足於擁有秦國的最高權力，他見當時魏有信陵君、楚有春申君、趙有平原君、齊有孟嘗君，皆喜賓客而禮賢下士，門下有食客上千，認為秦國乃天下最強，自己為秦國最有權力之人，丞相府中只有家僮萬人，而無像樣的賓客，實在是莫大的恥辱。於是，廣攬天下文士，很快門下便聚有食客三千。又見其時諸侯多辯士，如荀卿之徒，著書布天下，於是令門下食客有才學者各著其所聞，集論而為『八覽』、『六論』、『十二紀』，共計二十餘萬言。以為此書可以備天地萬物古今之事，遂號曰《呂氏春秋》。書成，刊佈於咸陽市門，懸千金於其上，延諸侯賓客遊士，有能增損一字者，則予千金。」

「呂不韋這是附庸風雅，大概與他商人出身的心理有關吧。不過，聚客著書總比弄權搞陰謀要好。」見鞠武這樣評價呂不韋，太子丹立即接著說道：

「呂不韋並非不弄權，不搞陰謀。他弄起權來，搞起陰謀來，都是手段一流。」

「這話怎麼講？」鞠武問道。

「莊襄公過世後，秦王嬴政年紀尚小，趙太后青春正富，經常與呂不韋私通。據說，趙太后性欲極強，呂不韋感到招架不住，同時怕日漸長大起來的秦王嬴政有所察覺，從而危及到自己的權力與地位。於是，他便想到了一個既能討趙太后歡心而又能轉移禍患的辦法。」

「什麼辦法？」鞠武迫不及待地追問道。

「他瞭解趙太后的要求，遂投其所好，暗中派人尋訪民間的大陰人。」

「什麼叫『大陰人』？」

太子丹看了看太傅，頓了頓，不好意思地說道：「就是那個東西特別大的男人。」

「哦，原來如此。找到沒有？」

太子丹看著太傅竟然對於這種事如此感興趣，不禁啞然失笑，道：「當然找到了，不然呂不韋現在恐怕還是秦國第一號權力者，秦王嬴政親政恐怕還遙遙無期呢。」

「此話怎講？」

「呂不韋找到的大陰人是一個秦國男子，名叫嫪毒，不僅本錢大，而且身體非常壯碩。為了讓嫪毒能夠順利地成為自己的替身，據說呂不韋費了不少心思。他先是在府中聚客縱酒取樂，讓嫪毒當眾露陰，以其陰莖穿在桐木車輪之中，使之轉動而行。然後，再讓人將此事傳到趙太后耳中，趙太后果然見獵心喜。呂不韋得知，立即策劃，讓人假意告發嫪毐犯下了該受宮刑的罪。然後，又知會趙太后從中協助，讓有司拔掉嫪毐鬍鬚，假處嫪毐宮刑，將其送入宮中侍候趙太后。」

「然後呢？」鞠武急切地問道。

「嫪毐入宮後，甚得太后歡心，二人日夜淫樂不止。不久，太后就有了身孕。為了不使事情敗露，太后以占卦不利，需遷居他地以避之為由，帶著嫪毐住到了遠離咸陽的雍城宮殿。後來，嫪毐又與趙太后淫樂而生下第二個兒子。」

「嫪毐與太后生下二子，在宮中如何能瞞過眾人？」鞠武又問道。

「這兩個私生子當然不能正大光明地養在宮中，而是隱藏起來了。為此，趙太后還與嫪毐密謀說：『若秦王死去，就立這兩個兒子為君。』由於趙太后太過寵信嫪毐，不僅雍宮一切大小事務悉決於他，還讓秦王封嫪毐為長信侯，賜山陽郡為其食邑，又以河西、太原等郡為其封田。嫪毐府中不僅僮僕賓客達數千人之多，門客也有數千人，而且投奔其門下求官求爵的人也達千餘人。一時門庭若市，儼然成了咸陽豪門，大有取秦相呂不韋而代之的勢頭。

隨著太后日益寵信嫪毐，呂不韋與嫪毐的矛盾也愈來愈尖銳。呂不韋覺得嫪毐的能力不在自己之下，加上有太后的寵信，遲早要危及到自己在秦國的權力與地位。於是，便暗中派人向秦王嬴政告密，說太后與嫪毐淫亂。太后得知，遂與嫪毐密謀，決定在秦王不在咸陽的時候剷除呂不韋。」

「結果如何？」鞠武急切地問道。

「秦王政九年四月，秦王嬴政宿於雍城。己酉，秦王行冠禮。嫪毒按照事先策定的計畫，用太后與秦王印信，發縣卒及衛卒、官騎、戎翟君公、舍人，欲攻打蘄年宮而叛亂，意欲誅殺呂不韋。未曾想，呂不韋聯合楚系勢力昌平君、昌文君，合兵一起與嫪毒相抗衡。並且假傳秦王之命：『凡有戰功者，均拜爵封賞。宦官參戰者，亦升爵一級。』雙方戰於咸陽，最終以呂不韋勝利而告終。嫪毒所領叛軍被斬首數百，嫪毒自己也身負重傷倉皇而逃。呂不韋又矯秦王之命，號令國中：『有生擒嫪毒者，賜錢百萬；殺之，賜錢五十萬。』」

「最後怎麼樣？」鞠武又問道。

「嫪毒被擒後，為秦王車裂而死，並滅其三族。死黨中衛尉竭、內史肆等二十餘人被梟首，其餘所有與嫪毒有關者皆一網打盡。曾經追隨嫪毒的賓客、舍人皆被治罪，其輕者為鬼薪，為宗廟供役取薪；其重者四千餘人，則奪爵遷往蜀中，徙役三年。」

「呂不韋真是一個會弄權的大陰謀家！太后、秦王及嫪毒，其實都被其玩於股掌之上了。」鞠武情不自禁地感嘆道。

「不過，呂不韋雖是這場內鬥的贏家，但卻引起了秦王嬴政的警覺。嫪毒事件平定後，隨著事件調查的深入，秦王終於弄清了呂不韋與其母后、嫪毒的關係。」

「然後呢？」鞠武又追問道。

「這年九月，秦王在處死嫪毒後，又用布袋裝了太后與嫪毒所生的兩個兒子，活活摔死於地。

並把太后逐出咸陽，遷到雍地居住。若對太后之事有敢勸諫的大臣，不但要砍斷四肢，還要用木棍將人穿起來，手段兇殘，共處置了二十七位大臣。第二年，秦王政十年的十月，秦王下定決心，免除了呂不韋的秦相之職。不久，齊人茅焦勸諫秦王，才將太后從雍地迎回咸陽，但卻將呂不韋遣出咸陽，讓他前往自己的封地河南。」

「那呂不韋怎麼樣？」鞠武問道。

「呂不韋被遣往河南封地一年後，諸侯各國的賓客都紛紛前往問候，使者絡繹不絕於途。秦王獲知，知道呂不韋的勢力猶在，怕他聯合諸侯各國而發動叛亂，遂寫信給他說：『你對秦國有何功勞？秦國卻封你在河南，食邑十萬戶。你跟秦王有什麼血緣關係？卻號稱仲父。立刻帶著你的家眷盡速遷往蜀中，不得逗留。』呂不韋見秦王逼迫漸緊，害怕日後被殺，於是飲鴆而死。」

「呂不韋死得真慘！這個秦王是夠狠的！他為了自己的王位，竟然不肯承認自己與呂不韋的血緣關係，還活生生地逼死其生父，這樣的秦王恐怕非秦國之福，更非天下之福。」鞠武感嘆道。

「所以，太傅您一定要給我想個辦法，除掉這個秦王，為天下除害，為燕國一雪恥辱。」

望著太子丹熱切的目光，想著他剛才所述說的一切，鞠武一時陷入了沉思。

三、鞠武之計

「太傅，有沒有想出一個好的計謀？」太子丹歸來七天，這已是第三次來太傅鞠武府中。

雖然鞠武自太子丹歸來後天天悶在府中苦思冥想，可是，就是想不出一個可行的謀略，既可以一雪太子丹所受的屈辱，又能保證燕國的國家安全。

見鞠武半天沒有回應，太子丹又說道：「太傅不是一向都是足智多謀，舉步之間就有妙計嗎？怎麼現在這麼多天也想不出一條妙計呢？」

見太子丹這樣說，鞠武只得回答道：

「殿下，秦國乃天下之霸，燕國只是區區一個小國，如何能夠奈何得了強秦？」

「如此說來，那麼我們就應該束手待斃了嗎？難道我的屈辱、燕國的屈辱，就這樣嚥下去不成？」太子丹不滿地質疑道。

鞠武見此，立即給太子丹斟了一盞酒，讓他安定了一下情緒，然後才從容說道：

「殿下，您也知道秦國的歷史與現狀。秦國本來只是西部邊陲的一個小國，而且屢受西戎諸國欺淩。但是，自秦孝公任用衛人商鞅變法以後，國力日益強盛。到秦惠王時代，秦國通過與魏國的長期戰爭不僅奪回了秦晉相爭時代失去的河西之地，而且採取不斷襲擾的方式越河而東，進攻魏國河東本土地區，最終迫使魏國將河西之北的上郡十五縣都獻給了秦國，魏都也被迫東撤到東部的大梁。從此，昔日的天下之霸魏國逐漸衰落，魏惠王被人譏稱為梁惠王。如今魏國不僅實力比不上齊國與楚國，甚至連趙國都不如，已淪落為三流國家。」

說到這裡，鞠武停了下來，看了看太子丹，見其神情專注，不再像剛才那麼情緒激動了。於是，接著向太子丹提了一個問題：

「魏國為什麼由盛而衰，由強變弱？不都是因為秦國強力崛起，秦魏實力此消彼長的結果嗎？而今，強秦天下獨霸的格局已成事實，試問天下諸侯有誰能與之抗衡，能攖其鋒？」

「那楚國如何？」鞠武話音未落，太子丹連忙問道。

鞠武看了看太子丹，沒有猶豫，便接著說道：

「楚國地大物博，人口眾多，早在幾百年前就是諸侯國中實力最強的。蘇秦遊說楚威王有曰：『大王之國，西有黔中、巫郡，東有夏州、海陽，南有洞庭、蒼梧，北有汾涇、郇陽。地之方圓五千里，帶甲雄兵過百萬，戰車千乘，駿馬萬匹，粟支十年』，實在不算虛言。但是，當秦國在秦惠王執政時期強力崛起後，楚國便逐漸由盛而衰。楚懷王時代，楚國因受張儀欺騙而傾起全國之兵對秦發動了進攻，結果卻被秦師打得大敗，斬首八萬，楚將屈匄亦被秦師所虜，楚國痛失丹陽、漢中之地。後來，楚懷王不聽群臣勸諫而至秦都，結果被秦國扣押，客死秦國。從此，楚國實力日益削弱，現在也無抗衡秦國的實力了。」

「那齊國呢？」太子丹又反問道。

「齊國雖是山東大國，但是實力也不能與秦國相提並論。」

「依太傅的看法，秦國天下無敵，那包括燕國在內的山東六國就應該對強秦俯首聽命，坐以待斃了？」太子丹直視鞠武質疑道。

「俯首聽命，坐以待斃，還沒有到那個份上。對付秦國的辦法還是有的，為殿下、為燕國雪恥的機會也是有的。但是，有一個前提條件。」

「什麼前提條件？」太子丹急切地追問道。

「山東六國必須同心同德，合縱以抗秦。」

「太傅的意思是說，對付秦國的辦法就是蘇秦原來用過的辦法，合山東六國以為縱親？」

「正是。」鞠武肯定地點點頭。

「可是，蘇秦的『合縱』最後不是破裂了嗎？秦國沒打過來，齊國與趙國自己打起來了。」

「對啊，蘇秦的『合縱』是破裂了，齊國與趙國自己打起來了，而這恰恰是山東六國沒有同心同德的結果啊！如果山東六國能夠同心同德，蘇秦的『合縱』之盟能破局嗎？想當年，蘇秦遊說山東六國之王，合縱成功後，掛六國相印，自任縱約長，秦兵不敢窺函谷關外十五年。當此之時，天下之大，萬民之眾，王侯之威，謀臣之權皆決於蘇秦之策。由此，山東六國不費斗糧，未煩一兵，未戰一士，未絕一弦，未折一矢，諸侯相親，賢於兄弟。那是一個多麼恬靜太平的世界啊！」

看著太傅說到昔日太平盛世而陶醉的情狀，太子丹不禁也深受感染，連連點頭。

鞠武見此，續又說道：

「如果當初山東六國都明白『合則兩利，鬥則兩敗』的道理，那麼山東六國的實力就不至於這麼弱，強秦就不會逼迫我們六國這麼緊。試想，如果當初魏國不兵圍趙都邯鄲，就不會有齊師『圍魏救趙』而敗魏師於桂陵，一舉覆滅魏國之師八萬餘人；如果魏國吸取教訓，十四年後不再起意吞併韓國，那麼就不會有齊師『減灶誘敵』而覆十萬魏師於馬陵的慘劇發生。如果魏國不同室操戈，而是集中力量對付西面正在崛起的秦國，加強河西之地與上郡十五縣的防守，不讓秦國有出函谷關的機會，那麼魏國至今都還是天下第一的強國。」

太子丹聽了連連點頭，表示認同。

鞠武頓了頓，看了看太子丹，又繼續說道：

「魏、齊二國，如果當初不聽從由秦國負氣出走的梟雄公孫衍的挑唆，而共同起兵伐破趙國，那麼蘇秦組織的山東六國『合縱』之盟就不會瓦解，山東六國與強秦恐怖平衡的局面就不會打破，六國之間就不會再起紛爭而自相殘殺。如果當初齊國不趁燕國國喪期間偷襲燕國，那麼就不會有楚威王率師乘機偷襲，打到齊國徐州的事。齊國沒有徐州之役的失敗，就不會結怨於楚國，從而導致楚懷王時期齊國與秦國合兵共同伐楚，而使楚國大敗而元氣喪盡。如果沒有魏伐楚的『陘山之役』，就不會有後來楚伐魏的『襄陵之戰』。」

「而如果沒有魏楚二國的相互攻伐，就不會使二國元氣受傷。山東六國之間諸如此類同室操戈之事，說起來真是不勝枚舉。而正是這些內訌，讓秦國乘機鑽了空子，一邊借機贏得了自身實力增長的機會，一邊又削弱了山東六國的實力。然後，利用六國之間的矛盾，實行遠交近攻的戰略，從最弱的國家動手，採取各個擊破的戰術，將六國一個個殲滅。而今韓國幾乎處於滅亡的邊緣，魏國的處境亦如此，這都是秦國各個擊破戰術的結果。」

鞠武說到這裡，太子丹突然插話問道：「秦國這些年接二連三地對趙國發起進攻，是否意味著趙國如今已是被秦拿住的最軟的柿子，是即將各個擊破的又一個對象？」

「正是。殿下目光敏銳，一眼就看穿了強秦的戰略意圖。」鞠武鼓勵道。

「如果韓國滅亡了，魏國也接著滅亡了，趙國就會成了燕國最後一道屏障。如果趙國這道屏障也沒了，是否燕國就是第四個被秦國擊破的對象呢？」太子丹又問道。

「從目前的形勢看，肯定是這樣。因為韓、魏二國已是秦國的囊中之物，秦國可以隨時滅之。只是現在礙於趙國的抵抗實力還比較強大，秦國需要利用韓、魏二國做為防止趙國反攻的屏障，暫時多讓韓、魏二國苟活些時日而已。」

「如果趙國最終抵敵不住秦國的不斷進攻，韓、魏、趙三國同時滅亡，那麼燕國就真的死無葬身之地了。」太子丹不禁更加憂慮地說道。

「是啊！這正是我剛才強調山東六國要加強團結，同心同德的原因所在。」

「那麼，太傅，您覺得現今重新組織山東六國『合縱』之盟還有可能嗎？」太子丹急切地問道。

「這正是老臣這些天來一直思考並憂慮的問題。」

「為什麼？」太子丹又問道。

「老臣憂慮的不是山東六國重新『合縱』為盟的可能性，而是齊楚二國君臣至今看不到自己的危機與滅頂之憂。」

「太傅的意思是說，重新組織山東六國『合縱』抗秦之盟的障礙在於齊楚二國，是嗎？」

鞠武點點頭，說道：

「正是。韓國、魏國已經被秦國這些年來接二連三地攻伐與侵奪，早已奄奄一息了。他們都知道，自己的滅亡是遲早的事。趙國現在正被秦國不斷的進攻拖得精疲力竭，知道自己不是秦國的對手。當然，燕國更就不必說了。因此，韓、魏、趙、燕出於強秦逼迫日緊、滅頂之災就在眼前的共同處境，真心實意聯合起來，加入『合縱』之盟，完全不會三心二意。因為這是其國家利益之所在，他們比任何時候都需要這個『合縱』聯盟。但是，齊、楚二國的情況則不然。」

「齊、楚二國的情況有什麼不同？」太子丹立即反問道。

「齊國處於山東六國的最東面，西面有魏、趙、韓，南面有楚，北面有燕，東邊是大海，秦國無論從哪一面都不能直接攻伐齊國。所以，齊國君臣都會認為，地理位置上齊國佔有天然優勢，強秦再強，也不能奈何齊國。因此，他們認為，秦國與其它五國相爭，自己完全不必選邊站，只要做壁上觀，然後從中漁翁取利就可以了。」

太子丹聽了，不住點頭。

鞠武見此，又繼續說道：

「楚國呢？情況亦然。楚國自以為地大物博，地理上又有武關、方城可恃，覺得秦國不敢對它如何。因此，楚國總有一種苟且偷安的想法。因此，對於秦國與魏、韓、趙等國頻繁地征伐採取一種視而不見的態度。甚至還寄望於秦國與魏、趙等國實力消耗後，自己能坐收漁翁之利。

蘇秦『合縱』之盟破局後，公孫衍曾組織過一次山東六國攻打秦國的戰爭，推舉楚王為縱約長。但是，當魏、韓、趙、燕等國軍隊齊聚函谷關下，眼看就要攻入函谷關中，陳於武關之下的楚國軍隊卻按兵不動，不與其他國家軍隊協調行動，以牽制秦國軍隊對東線函谷關外的壓力。結果，秦國得以調動原來用以抵禦楚國進攻的軍隊支援東線戰場，加上齊國軍隊臨陣缺席，終使山東六國共同伐秦的戰爭歸於失敗。從此，秦國對於魏、韓、趙的侵擾更加肆無忌憚了。」

「每個國家都有自己的國家利益，而且始終會把自己的國家利益放在首位。因此，六國伐秦，齊國臨陣脫逃，楚國按兵不動，都是可以理解的。齊、楚二國覺得自己處於比較安全的地位，當然不肯與韓、魏、趙、燕四國同心協力，與秦師拚死相搏。」太子丹說道。

「殿下說得不錯。正因為齊、楚二國在對秦鬥爭中都有明哲保身的想法，而且存有一種僥倖心理，想坐視秦與四國爭鬥，然後從中取利。豈不知，當四國滅亡之日，不僅不是齊楚二國從中取利之時，而是滅頂之災來臨之日。可惜，齊、楚二國的君臣直到今日仍然看不透這一層。這才是老臣最感憂心的。」

「太傅既然知道齊、楚二國有患得患失的心理，以前不肯與魏、韓、趙、燕四國同心，那麼您怎麼可以肯定重新組織山東六國『合縱』之盟後，齊、楚二國就能堅心不變呢？」

鞠武見太子丹對重新組織山東六國「合縱」之盟持消極態度，決定好好開導一下他，讓他明白自己為什麼會提出這個想法的理由。於是，從容說道：

「殿下，此一時也，彼一時也。以前，齊、楚二國實力很強，幾乎與秦國不相上下。就齊國而言，因為它地理位置上不與秦國交界，所以它在客觀上也無法直接與秦國交戰。就是有心與秦國交戰，還得越過魏、韓二國。因此，齊國擴張版圖的戰略歷來都是北取燕，西取趙、魏。因為就近吞併鄰國的領土具有可行性，攻之則能守，可以直接壯大自己的實力。而與魏、趙、韓、燕、楚五國『合縱』聯盟，共同攻打秦國，就是戰勝了，也是與秦國毗鄰接壤的楚、魏、韓三國直接得利。縱然能夠瓜分秦國領土，也無法越境實際佔有與管理。

因此，基於自己的國家利益，齊國一向熱衷於伐燕、伐魏、伐趙，而對山東六國『合縱』抗秦興趣不大。就是勉強加入『合縱』之盟，也是患得患失。但是，現在情況不同了。而今的齊國已非昔日的齊國，五十年前燕將樂毅伐破齊國之後，齊國就一直沒有恢復元氣，至今仍一蹶不振，實力其實已在趙國之下。現在秦國集中精力攻打趙國，如果趙國滅亡了，燕國也就不保。而燕、趙不存，秦國大兵就會從北面、西北兩個方面壓向齊國。再說，魏、韓早已被秦國收拾得差不多了，現在只是名存實亡而已。如果秦國再派一路大軍，從正西越過魏、韓之境，配合從西北與北面進攻的秦國軍隊，齊國焉有不亡之理？因此，如果老臣組織『合縱』之盟，跟齊王講清目前的形勢，曉以利害，相信齊王會真心誠意地與山東其他五國結盟。」

太子丹聽了鞠武的分析，覺得非常透切，遂連連點頭。

鞠武見此，遂又接著說道：

「楚國呢？情況亦然。以前它在人口、土地面積乃至物質財富方面都遠遠超過秦國，是天下獨一無二的強國。但是，隨著秦國的日益崛起與侵奪魏、韓二國領土屢屢得手，秦國的實力早已超過了楚國。加上，早在蘇秦『合縱』前後，楚國不斷與齊國、魏國征戰，已在同室操戈中自己削弱了自己的實力。到楚懷王時期與秦國爆發全面戰爭而痛失漢中、丹陽之地後，楚國已經徹底從一流國家淪為二流國家。至於楚懷王被秦國人扣押而客死於秦，更是讓楚國人對秦國畏之如虎，對楚國的復興沒有了信心。因此，如今的楚國比之齊國，更顯沒有安全感。因為齊國不與秦國毗鄰交界，而秦楚則是山水相鄰。秦國大兵只要一出武關，從方城而下，就可直搗楚都，讓楚國滅亡。基於這種形勢，如果老臣南遊楚國，以利害而說楚王，相信他是能夠接受與山東五國『合縱』結盟的。」

說到這裡，鞠武頓了頓，看了看太子丹的反應；見其神情專注，遂又接著說道：

「國家與人一樣，只有共處患難之中，才能同心協力，共克艱難。而今魏、韓處於滅亡的邊緣，趙國已經朝不保夕，燕國則更是如危巢之卵，齊、楚眼看危機已經逼近，這個時候六國已經沒有選擇的餘地，也沒有患得患失的可能，大家唯有抱成一團，共同對付強秦，才都有生存下來的可能。否則，離心離德，患得患失，必將被強秦各個擊破，死無葬身之地。老臣相信，將這些道理給山東六國之君講清楚，相信新的『合縱』之盟會比以前任何時期都要堅不可破。只要六國團結一心，強秦必然會屈服。屆時，燕國與殿下的屈辱也就可以得到洗雪了。」

看著太傅信心滿滿的樣子，太子丹卻沒有心情振奮的意思，反而更加憂慮地說道：

「太傅的計畫當然不錯，我也相信太傅遊說六國諸侯的能力不在當初蘇秦之下。但是，太傅不知想過沒過，蘇秦當初遊說山東六國組織『合縱』之盟，那是費了很多年的周折，並非一蹴而就。雖然現在的形勢與蘇秦時代不同，但是現在六國的實力也都不比當初。縱使真的能夠『合縱』成功，山東六國地域廣闊，太傅從中協調斡旋，也要費時甚多。

怕只怕，太傅的『合縱』之盟尚未成型，秦國已經滅了趙國而打到了燕國。就算時間來得及，如今山東六國加起來的實力是否能夠超過強秦一國，也不能下定論。秦國以一國而敵六國，雖表面上處於寡不敵眾的不利地位，但是由於軍政統一，戰鬥力很強。而聯合起來的山東六國，軍隊人數可能超過強秦，但戰鬥力如何，則是令人憂慮的。因為六國之師不可能像秦國那樣軍政統一，令出必行。因此，丹以為太傅的計謀雖好，但解決不了目前的困境。」

鞫武見太子丹這樣說，不禁感到心灰意懶。反問道：「那麼，依太子的看法，該計從何出？」

「我就是因為沒有什麼可施之計，才一而再，再而三地請求太傅為我籌策。望太傅妥為謀策。」太子丹說。「好吧，容老臣思之。」鞫武毫無信心地點頭應道。

第二章 聚客

一、鞫武薦賢

與鞫武長談過後，三天過去，太子丹仍然不見他想出合適的計謀。於是，情急之下裂帛為書，給鞫武寫了一封書信：

丹不肖，生於僻陋之國，長於不毛之地，自幼無緣聆君子雅訓、聞達人之道。年稍長，幸得師從太傅，得太傅耳提面命，茅塞漸開矣。丹聞之：「丈夫所恥者，受辱不能伸，有恥不能雪，而苟活於世；貞女所恥者，見劫而虧節，受汙而蒙羞，而求死不得」。故自古以來便有刎頸而不顧、赴鼎而不避者。刎頸而不顧，赴鼎而不避，非其樂死而忘生，乃其心有所守也。「士可殺，不可辱」，此之謂也。

今秦王反戾天常，虎狼其行，遇丹無禮至極，亙古罕見。丹每念及此，常徹夜難眠，痛入骨髓，泣血錐心。然燕乃北鄙之小國，縱舉全國之眾，亦不能與強秦相敵。若與之曠年相持，力固不足矣。故丹不揣固陋，欲陳鄙意於太傅，幸垂察之。太傅欲為「合縱」之計，合山東六國之力以抗秦，固為妙計也。然恐曠日持久，難以奏效。故丹意欲收天下之勇士，集海內之英雄，傾燕國之所有，虔誠以奉養。然後，發重幣，遣勇士，甘言卑辭以見秦王。秦王貪我之厚賂，信我之甘辭，必無防我之心。

當此之時，我之勇士奮袂而起，一劍可當百萬之師；須臾之間，可雪丹萬世之恥。如若不然，令丹有何面目苟活於世；縱死，亦含恨於九泉。丹之恥，即燕之恥，亦太傅及燕大夫之恥也。今謹奉書，願太傅熟思之，深察之。

太傅鞫武接獲太子丹書信，讀畢心中百味雜陳，既為太子丹的衝動而憂慮，又為燕國的前途而擔心。為此，他感到非常無奈。不過，感慨一陣、感嘆一番之後，鞫武不得不面對現實，亦裂帛為書，給太子丹回了一封書信。信曰：

臣聞之：「快於意者虧於行，甘於心者傷於性。」今殿下以秦王非禮為奇恥大辱，日夜思而報之。此情此念，臣知之深矣。故殿下今欲滅悁悁之恥，除久久之恨，老臣理當粉身碎骨而赴之不避。然靜而思之，竊以為，殿下乃燕之儲君，一人而繫千萬人之身家性命，當以國之前途、民之福祉為念，凡為一策，凡有一動，皆當以大局為重。先賢有曰：「小不忍，則亂大謀。」願殿下三思！

昔越王勾踐兵敗於會稽，俯首下氣而侍吳王。歸國後，臥薪嘗膽，十年生聚，十年奮鬥，終滅吳而雪前恥。忍一時之小忿，成未來之大業，乃聖賢之胸懷也。臣雖愚魯，然私以為，智者不冀僥倖而邀功，明者不苟縱情而順心。事必成，然後方舉；身必安，然後可行。如此，方能行無失舉之尤，動無蹉跌之恨也。

今殿下貴匹夫之勇，信一劍之任，而望成其大功，臣以為非上策也。為燕國計，為殿下計，臣願南走而合縱於楚，西進而並勢於趙，說韓魏而成「合縱」之盟，然後圖秦，秦可破也。如此，則殿下之恥除，愚鄙之累解矣，願殿下思之慮之。

太子丹接書，見鞠武固執己見，仍主張「合縱」以抗秦的策略，不同意自己派刺客直接行刺秦王的謀劃，遂大為不滿。書信未讀完，便拋之於地，並立即喝令左右將鞠武召到太子府中。

鞠武奉命來到太子府中，見太子丹一反常態，不僅不像以往親到門外迎接，而且還態度傲慢，側臥於榻上而待他的到來。鞠武一見，心中已然猜出其中情由，但是仍假裝不知就裡，問道：

「殿下召老臣，有何見教？」

「太傅覺得丹之計不可用？」

鞠武見太子丹說話口氣生硬，知道不能像往常那樣說話直來直去了，遂避其鋒芒，沒有直接回答太子丹的話，而是語氣柔婉地說道：

「臣以為，殿下若聽臣言，用臣計，則易水之北，永無秦憂，四鄰諸侯亦必有求於我也。」

「太傅之計，行之曠日持久，丹不能待矣。」

鞠武見太子丹如此不理智，態度又如此蠻橫，雖然意甚不平，但仍然心平氣和、語氣柔婉地說道：「臣為殿下計之熟矣。應對強秦，臣以為疾不如徐，走不如坐。合楚、趙，連韓、魏，遊說齊，雖需時日，但其事必成。」

雖然鞠武說得信心十足，但是太子丹卻高臥不聽。

鞠武見此，知道已經無法說服太子丹了。沉寂了一會，狠了狠心，說道：

「殿下既然主意已定，老臣又不能謀得妙計，今只得遂殿下之願，為殿下推薦一位異人。其人深中有謀，願太子見之。」

太子丹一聽，立即從榻上坐起，瞪大眼睛望著鞠武，急切地問道：

「何人？」

「田光。」

「太傅說的是不是那個江湖上相傳的著名俠士田光？」

「正是此人。」鞠武肯定地點點頭。

「那好，太傅趕緊為我召田光。」太子丹興奮地說道。

「遵命。老臣明日就去拜訪田光。」

鞠武一邊說，一邊躬身施禮，倒退著與太子丹告辭作別了。

秦王政十六年，燕王喜二十四年（西元前二三一年）正月初九，正是北國天寒地凍，滴水成冰的酷寒時節。但是，為了太子丹的囑托，鞠武不得不一大早就冒著呼嘯的寒風，驅車出城了。今天，他要趕到離燕都薊五十里的郊外，因為田光就住在那裡。

田光乃趙國俠士，學識淵博，武功高強，堪稱智勇雙全。雖然諸侯各國之君都有意網羅他，但是他不滿諸侯各國相互爭戰、爾虞我詐的現實，決意遠離官場。於是，便帶劍遠走江湖，行俠仗義，為世上弱勢之人打抱不平，故江湖上人稱「節俠」。十幾年前，田光行走到燕國之都薊，結識了很多燕國的俠義之士，其中就包括身為燕太子太傅的鞠武。

鞠武雖與田光傾心相慕，但並非是整天混在一起的酒肉朋友。身為太子太傅，鞠武擔負著教導燕太子丹的重任，因此很少出城。而田光則很少進城，因為來自諸侯各國的俠士都喜歡聚在燕都之郊，一來可以切磋武藝，二來也可遠離燕國的法律制度約束。也正因為這個原因，鞠武與田光實際上是很少見面的，只是彼此心心相印，在心裡記掛著對方而已。

坐在馬車裡的鞠武，出城之後，一邊看著城郊廣闊的田疇沃野，一邊想著與田光結交的往事以及即將與田光見面的情景。然而屈指一算，鞠武發現二人竟然已有三年多沒有相見了，儘管只是一個在城裡，一個在城外，只有幾十里的距離。

「籲！」日中時分，馬車馳到一座小山腳下時，車夫突然「籲」了一聲，馬車便戛然停下了。正在車中想得出神的鞠武，因毫無防備，差點被車夫這突如其來的收韁住車顛得彈出車外。

沒等鞠武追問原因，車夫就指著山腳下的一座茅舍，問道：

「太傅，您看那是不是田光先生的住所？小人記得，三年前太傅來拜訪他時，就是在此下車步行而到那座茅舍的。」

鞠武從車中探頭往山腳下望了望，然後點點頭。車夫於是上前，伸手攙扶著鞠武下了馬車。

「你在這候著，等老夫前去與田光先生相見。然後，再載田光先生一道回去見太子殿下。」鞠武一邊說著，一邊就徑直往山腳下的那座茅舍走去。

鞠武之所以駐車山腳之下，而不讓車夫直接把馬車趕到田光所住的茅舍前，一是因為往上走的山路馬車不好通行，二是為了顯示拜訪田光的誠意。

走了約一頓飯的工夫，鞠武終於氣喘吁吁地到了田光的茅舍門前，因為年歲大了，走這段山路已經相當吃力了。

站在門前喘息了一會，等氣平了，鞠武這才上前敲門。可是，敲了半天，沒有人出來應門。鞠武心想，田光是個習武之人，不至於時至正午還在睡懶覺吧。莫非他又出去與朋友相聚，或是與人切磋武藝去了？

正當鞠武這樣猜測時，突然聽到身後有人說話：

「是不是來找田光先生的？」

連走路的聲音都沒聽到，怎麼突然有人到了自己身後呢？鞠武不禁嚇了一跳，連忙轉過身來。一看，這才發現原來是一位老者，長髮披肩，白鬚飄胸，頗有一副仙風道骨的模樣。鞠武連忙上前躬身行禮，問道：

「先生認識田光先生嗎？」

白鬚老者點點頭。

「莫非先生也是結廬於此的俠士？」鞫武又問道。

白鬚老者又點點頭。

「先生如何知道在下是來找田光先生的？」

「官人若非來找田光先生，何必棄車步行至此，叩門再三？」老者反問道。

鞫武一聽白鬚老者不僅知道自己所來何為，而且還洞悉了自己的身份，心想，真是神了！看這個人也不簡單。於是態度更加謙恭地問道：

「在下與田光先生是多年好友，今特意登門拜訪，然叩門甚久，不見有人出來應門。不知田光先生現在何處，還望先生指點！」

白鬚老者見鞫武態度謙恭，於是莞爾一笑道：

「官人來得真是不巧，也就是差了一步。」

「此話怎麼講？請先生明教。」

白鬚老者見鞫武有些著急的樣子，反而不急。頓了頓，這才從容說道：

「田光先生十天前剛剛離開。」

「到哪裡去了？」

「大概是回趙國了。」白鬚老者眼神有些飄忽地說道。

「為什麼突然要回趙國呢？」鞫武更加著急了，因為太子丹一時三刻就要急著見田光。

「他殺人了。」

鞫武一聽，立即瞪大眼睛，吃驚地看著老者。

白鬚老者見鞫武似有不信之意，於是就補了一句道：

「因為路見不平，出於正義而拔刀。」

「那殺的到底是什麼人？」鞫武連忙追問道。

「一個惡霸。」

「請先生詳說之。」鞫武一邊謙恭行禮，一邊急切地催促道。

「十天前的早晨，一個年邁的老漢，趕著一牛車的柴禾到集上售賣。走到街口時，由於車上所裝載的乾柴體積較大，而街道入口又很窄，就將出入的街口堵住了。老漢雖然著急，但牛車進退不得，一時手足無措。就在此時，迎面馳來一駕馬車。」

鞫武聽到此，連忙問道：

「車裡坐的是不是就是那個惡霸？」

白鬚老者點點頭，繼續說道：

「那個惡霸見馬車突然停下來，就厲聲喝問車夫。車夫告以實情，惡霸怒氣沖沖地下了車，走到那輛牛車前，喝令老漢讓路。老漢一見惡霸兇神惡煞的樣子，早已嚇得手足無措，呆在了那裡。」

「接著呢？」鞫武急切地問道。

「惡霸以為老漢故意不讓，於是從自己車夫手裡奪過馬鞭，朝著老漢劈頭蓋臉一陣狂打。打得老漢跪地哀嚎，身體縮成了一團。惡霸見此，又用腳猛踢老漢。旁邊圍觀的人雖然都同情老漢而痛恨惡霸，但卻無一人敢站出來制止，甚至連喘一口大氣的人也沒有。結果，老漢被惡霸踢得口吐鮮血，捂住心口滿地打滾。」

「這樣豈不要出人命哪？」鞠武臉色都變了。

「就在這時，田光先生看見街口人頭攢動，卻始終不見人流湧動，便擠向前去。一問，才知道前面因為道路受阻而正在打架。田光先生一向同情弱者，知道一旦有打架的事發生，總是弱者吃虧。於是，就分開人群擠了進去。當他看到那老漢被惡霸踢打得口吐鮮血時，頓時怒不可遏。於是，上前一把扯住那惡霸的後襟，高高舉起後，拋到了馬車中。」

「結果怎麼樣？」鞠武緊張地問道。

「大家都以為，田光先生這一摔，肯定把惡霸摔散了骨架，再也爬不起來了。哪知道，這個惡霸武功挺好，一縱身從馬車中躍出。說時遲，那時快，在躍出馬車的同時，順手抽出了腰佩的長劍，凌空向田光先生劈下來。」

「那田光先生躲開沒有？」鞠武急切地追問道。

白鬚老者看了看鞠武神情緊張的樣子，故意頓了頓，然後才繼續說道：

「田光先生只輕輕一閃，在躲過惡霸劈下的一刀的同時，順手在他的右臂上擊了一掌，那柄長劍便『噹啷』一聲掉到了地上。與此同時，惡霸也立身不穩，左腿觸地，倒在了地上，大家都以為，這下惡霸該服了，會跪地求饒了。沒想到，惡霸是有意趁著跪地的一瞬間，搶起掉到地上的長劍，順勢又向田光先生刺來。」

「田光先生這次躲過了沒有？」鞠武又急切地問道。

白鬚老者莞爾一笑道：

「當然躲過了。田光先生見此惡霸毫無收斂之意，遂反身使了一個掃堂腿，絆倒惡霸後，順手奪下他手中的長劍，怒不可遏地砍下了他的頭顱。」

「接著，田光先生就逃走了，是吧？」鞠武又問道。

白鬚老者又是一笑，說道：

「田光先生殺了惡霸，圍觀的百姓一片歡呼。田光先生則不慌不忙地扶起那賣薪的老漢，然後又幫助他從牛車上卸下柴薪，疏通了進出街口的通道。然後，才從容地拱手與圍觀的人們作別。回到他寄住的這所草廬，稍微收拾了一下，就背著簡單的行囊，離開了這兒。」

「請問大俠，您剛才說田光先生是回趙國了，能確定嗎？」鞠武謙恭地問道。

「雖然不敢十分肯定，但大抵不差，因為有人看見他過易水往西而去，且他本來就是趙國人。如果官人想找他，估計到了趙都邯鄲，好好打聽一下，以田光先生的名氣，是能找到下落的。」

「謝謝大俠指點。」鞠武一邊躬身施禮，一邊說道。

告別白鬚老者後，望著眼前空空如也的田光舊居，想著太子丹的殷切囑托，鞠武不禁萬分沮喪。雖然老者剛才告知田光是回到了趙國，但是偌大的趙國，如何能夠輕易找到他。就算能夠找到，那恐怕也要曠日持久，並非一日之功。這如何向太子丹交待呢？想到此，鞠武不禁一時呆在了那裡。

呆了好久，鞠武突然醒悟過來，必須立即回去向太子丹報告情況，然後籌集路資，往趙國去尋田光。回到城裡，鞠武徑直奔往太子府，將情況如實向太子丹做了稟報。太子丹沒有猶豫，立即令人托出三百金，讓鞠武馬上往趙國邯鄲，務必要將田光請回來。

二、雙雄會

就當鞠武奉命前往趙國召請田光之時，太子丹也沒閒著。對於鞠武到底能不能召請到田光，他心裡沒底。就算召請到，田光到底願不願意領受使命，也很難說。與其將所有希望都寄託於田光一人身上，還不如多做幾手準備，這樣也好有個迴旋的餘地，就像把所有的蛋都放在一個籃子裡，如果有個閃失，那就一切全完了。想到秦國的逼迫愈來愈緊，他就愈是覺得現在需要像齊國的孟嘗君、楚國的春申君等人一樣，必須門下聚積一批門客能人，尤其需要有幾個關鍵時刻能夠拚卻一命報知己的豪俠。

想到此，太子丹立即找來門下兩個心腹，一人是謝勇，一個是甘爽。他們都是從小伴隨太子丹一起長大，且有些武功。

謝勇與甘爽聞召立即趕到。一見太子丹，謝勇就急切地問道：

「殿下，有什麼吩咐？」

太子丹看了看謝勇，又望了望甘爽，然後神色嚴肅地說道：

「去給我找幾個人。」

「殿下，您要找什麼人？」一向都是立功心切的甘爽一見太子丹要派任務，立即問道。

「到民間物色幾個俠士。」

「要什麼樣的俠士？」謝勇問道。

「只要武功高強就行。」太子丹毫不猶豫地說道。

「哪怕是地痞無賴，或是江洋大盜，都行嗎？」甘爽問道。

太子丹一愣，頓了頓，語氣肯定地說道：

「不管他人品如何，只要還能講個『義』字，那就成。」

「明白了。」謝勇、甘爽齊聲應道，說著便要轉身而去。

「慢！」未等二人邁開腳步，太子丹就叫住了他們。

「殿下，還有什麼吩咐？」二人同時轉過身來問道。

「此事要秘密進行，不可為外人道也！如果找到合適的人選，你們可以徑直把他們帶來見我，但事先不要說出我的身份，只說有高人要見，與他們切磋切磋武藝。」

「殿下想得周到。」謝勇說道。

「殿下還有什麼吩咐嗎？」甘爽問道。

「快去快回，好自為之。」太子丹看了看二人，揮了揮手。

告別太子丹，謝勇與甘爽就去準備了。但是，一切準備完畢後，二人卻開始犯難了。太子要的俠士到哪裡去找呢？雖然沒有方向，但二人還是策馬出發了。

燕王喜二十四年三月十五，謝勇與甘爽已經在燕國各地轉悠了兩個多月，走遍了各個俠士經常出沒聚集的城鎮，也暗中觀摩過許多俠士的比鬥，但覺得其武藝並不十分精湛，達不到太子丹所要求的標準。為此，二人都為不得其人而感到苦惱。

這天，不知為什麼，他們竟陰錯陽差地走到了一個毗鄰趙國的邊境小鎮上。一入街口，就迎面看見一個酒肆。酒肆並不大，也不怎麼起眼。說是酒肆，其實有點誇張。事實上，它只是用幾根木柱撐起的一個涼亭而已，但卻在外面掛了一個斗大的「酒」字招幌。

謝勇、甘爽隨意打量了一眼，便信步走了進去，發現酒肆的東、西、北三面都用蘆蓆圍了起來，南面則敞開，正好臨街。雖是四面通風，而且此時還是北國的初春，但走進店內卻並不覺得有什麼寒意。可能是因為整個鎮子處於一個山谷之中，周圍都是群山的緣故。

「二位爺早，請隨意坐。」二人前腳剛邁進門坎，店小二就殷勤地迎上前來。

因為時間剛到巳時，店裡根本還沒別的客人。於是，二人就挑了南面臨街的一個最好的座位坐了下來。

剛剛坐定，店老闆就過來了，滿臉堆笑地問道：

「客倌，要喝些什麼酒？俺們這裡燕國燒、趙國燒，各國燒酒都有，就連秦國燒都有。」

「隨意什麼燒，只要能喝醉就行。」甘爽隨口漫不經心地回答道。

「那好。客倌，您稍等。小二，快給這二位爺燕國燒、趙國燒各來一罈。」

「諾！」

店小二答應一聲，轉身準備去拿酒時，老闆又叫住店小二，補充道：

「還有，再拿一罈秦國燒來，讓二位爺也嚐嚐味道。」

「諾！」店小二答應一聲，一溜煙奔後院去了。

謝勇與甘爽一看，不禁心裡發笑，這老闆真夠自作主張的，還有這麼做生意的。

就在他們心裡這樣想著的時候，店小二已經抱出了三罈酒，一字排開，擺在他們面前。然後，又手腳麻利地拿來六隻酒盞，每人面前各三盞。謝勇與甘爽知道他這是什麼意思，也不說什麼，就看著他打開三罈酒，然後每罈各倒兩盞。

「二位爺請！」店小二倒好酒，一邊彎腰向謝勇與甘爽作揖施禮，一邊滿臉堆笑地說道。

謝勇與甘爽相視一笑，然後各自端起面前右手一盞酒，一仰脖子，喝下去了。

「二位爺，你們剛才喝的是燕國燒。」店小二笑眯眯地看著他們說道。

謝勇與甘爽又同時端起中間那盞酒，正要喝時，店小二又像報帳式地說道：

「這是趙國燒。」

二人沒有答話，仰起脖子，又是一飲而盡。

店小二看二人喝得如此豪爽，遂興高采烈地問道：

「二位爺，怎麼樣？」

謝勇與甘爽看了看店小二，咂了咂嘴，回味了好一會，也沒覺得剛才喝下的兩盞酒在味道上有什麼區別。於是，不約而同地搖了搖頭。

「那再喝喝秦國燒。」店小二指了指案上最後一盞酒。

二人看了看店小二，又彼此對視了一眼，然後端起面前的最後一盞酒，一仰脖子，又喝下去了。

「二位爺，這下不一樣了吧？」店小二渴切地望著二人，急切地問道。

謝勇與甘爽又咂了咂嘴，回味了一會，再次不約而同地搖了搖頭。

店小二見此，原來興高采烈的笑容不見了，立即緊張起來，不知所措地呆在那裡。

就在這時，店老闆過來了。看到店小二站在那裡發呆，便問道：

「怎麼，客倌不滿意嗎？」

店小二聽老闆問話，這才清醒過來，說道：

「二位爺沒喝出燕國燒、趙國燒與秦國燒的味道有什麼不同。」

老闆一聽店小二的話，立即滿臉堆笑地對謝勇與甘爽說道：

「大概是二位客倌剛才喝得太猛了，燕國燒、趙國燒與秦國燒雖都是高粱釀製，但工藝上有三國不同的特點，所以細細品味，三種酒的風味還是有差別的。小二，去弄幾個小菜來，怎麼讓客倌空口喝酒呢？」

「諾！」店小二一聽老闆這樣說，便像掙脫了羅網的困禽，一溜煙走開了。

「二位客倌，這燕國燒用的是我們燕國的易水，趙國燒呢，用的則是趙國的漳水。至於秦國燒，那是用的秦國渭水。三國水質不同，釀造出來的酒當然會有不同。不過，話說回來，三種酒雖然口感有差別，但也不會太大。如果不仔細品嚐回味，一般人確實很難辨別出其間的差別。」

老闆話說到這，沒見謝勇與甘爽有什麼反應。正在心內著急時，店小二用木盤托了三碟小菜過來了：「二位爺，小菜來了。」

老闆見此，立即又有說辭了：

「二位客倌，來點小菜佐酒，再小口慢慢品嚐，相信一定會品出燕國燒、趙國燒與秦國燒各自不同的風味。」

老闆一邊說著，一邊親自動手給謝勇與甘爽二人面前的三隻酒盞斟滿了三種酒，然後深深一揖，恭敬有加地說道：「二位客倌請！」

謝勇與甘爽見老闆與店小二如此一番表演，心裡更如明鏡似的，知道老闆所說的三國燒，其實就是一種酒的三種包裝而已，是生意人推銷買賣的一種把戲罷了。二人本來都有心要揭穿真相，但見老闆如此一番謙恭的態度與說辭，也就不便發作了。再說，此次出來不是為了喝酒，而是幫太子物色俠士。於是，二人便心照不宣地端起酒盞，真的像老闆所說的那樣，慢慢品起了三國燒。品著品著，二人不僅品出了三國燒就是一種酒，而且覺得酒味也不足，肯定兌了不少水。所以，二人從巳時直喝到午時，也還沒有多少醉意，儘管今天的心境並不好。

看著已到日中時分，望著街上的行人愈來愈少，二人商量了一下，決定再吃點主食就準備結帳離去了。可是，還沒等二人張口喊叫店小二，就見一個身材高大、壯碩異常的漢子背著一柄長劍，直直地走了進來，看都不看人一眼，就徑直坐到了臨街靠窗的另一個食案前，離謝勇他們二人只有幾尺遠。

謝勇、甘爽二人不約而同地把目光聚向那壯漢，仔細打量了一番後，二人互對了一下眼神，然後由謝勇出面去搭訕。

「這位壯士，可否賞臉跟我們一起喝盞薄酒？」

那壯漢坐猶未定，就見有人來邀請喝酒，頗感意外。但是，望了望謝勇誠懇友善的眼神與一派正人君子的風範，便毫不猶豫地站起身來，坐到了謝勇與甘爽二人的食案前。

甘爽連忙騰出坐布團，並將自己的酒盞移到謝勇一側，空出另一側給那壯漢。

壯漢也不客氣，未作謙讓便大咧咧地坐下了。

謝勇未及坐下，就連忙招呼老闆道：

「老闆，過來。」

老闆聞聲立即小跑趨前，問道：

「客倌，有什麼吩咐？」

「不管是燕國燒，趙國燒，還是秦國燒，給我上最好的那種，酒錢不用擔心。」謝勇一邊有意將「最好」二字的語調加重，一邊對老闆使了個眼色。

老闆立即心領神會，連連點頭，說道：「客倌，請放心，保證讓三位滿意！」

謝勇聽老闆特意強調了「放心」二字，心裡就有底了。

不大一會，老闆就親自捧上一罈酒，說道：「這是上等的秦國燒，請三位客倌品嚐品嚐。」

謝勇與甘爽心裡明白，他所謂的「上等秦國燒」，其實就是沒有兌水或兌水較少的燕國燒而已。但是，他們都不想戳破真相。因為今天他們的任務是要考察眼前這個壯漢是否就是他們要找的俠士，而不是追究酒的真假。

當老闆打開酒罈的封口要親自給三人倒酒時，店小二早已擺好了三個新酒盞，同時將先前食案上的六隻酒盞與三個酒罈搬開。

老闆倒好酒後，謝勇與甘爽一起舉盞，同聲說道：「壯士請！」

「二位請！」那壯漢也端起酒盞回應道。

於是，三人一起舉盞，一起仰頭，同時一飲而盡。

就在這時，又進來一個人。雖然人長得瘦小，卻也腰佩了一柄長劍。

店小二見此，連忙上前招呼：「客倌這邊請！」

那人一邊揀店中央的一個食案坐下，一邊朝臨街座位的謝勇等三人瞥了一眼。見老闆正在給三人不斷斟酒，又聽三人不斷高聲說道：「好酒，好酒！」

「客倌，您要喝點什麼酒？」店小二端來三隻小菜，一邊擺上食案，一邊問道。

「你們有些什麼酒？」瘦漢問道。

「有燕國燒，有趙國燒，也有秦國燒，還有楚國的米酒。」店小二不假思索地回答道。

「那三個客人喝的是什麼酒？」

「秦國燒。」店小二說道。

「那就來罈秦國燒吧！」

店小二以為眼前的這位瘦漢是個普通人，於是就去抱來一罈兌了水的假秦國燒。打開封口後，先滿斟了一盞給他遞上。瘦漢接盞一飲而盡。店小二又斟滿一盞遞上，瘦漢又是一飲而盡。但是，喝到第三盞後，瘦漢卻突然停下不喝了。

「客倌，怎麼不喝了？」店小二不解地問道。

瘦漢突然瞪大眼睛，面色鐵青，一掌拍在食案上，酒罈、菜碟都滾到地上摔碎，食案也斷成兩截。就在店小二還未反應過來，謝勇、甘爽和那大漢以及店老闆也不知所以之時，只見那瘦漢從坐席上一躍而起，幾步就搶到謝勇等人座前，伸手一把奪下那位壯漢的酒盞，說道：

「什麼好酒？這根本不是什麼秦國燒，是兌了不知多少水的燕國燒。」

壯漢被眼前這位瘦漢的無理舉動所激怒，原本白淨的面皮立即變得血紅，高聲吼道：

「是不是好酒，關你什麼事？俺喝著覺得酒味足，味道醇。」

「俺是路見不平，對你們被騙還蒙在鼓裡於心不忍，俺是看不下去。」瘦漢也怒吼著。

壯漢一聽，更加憤怒了，如猛虎咆哮一樣地吼道：

「你是把俺們看成傻蛋？酒好酒歹，俺們自己喝了還不清楚，要你來教訓？告訴你，爺喝的酒比你喝的水都要多。看你那猴樣！」

這一句，可把瘦漢氣壞了。壯漢言猶未盡，瘦漢早已「嗖」地一聲拔出腰間長劍，以迅雷不及掩耳之勢向壯漢刺了過來。壯漢立在原地未動，只是身體向後傾斜了四十五度，剛好讓瘦漢一劍刺了個空。

瘦漢見此，立即收劍，欲再刺第二劍。但是，壯漢早已縱聲一躍，跳到了一邊，同時「霍」地一聲也抽出了腰間的長劍。然而，就在壯漢長劍尚未舉起之際，瘦漢已經一劍刺了過來。說時遲，那時快，壯漢順勢踢起腳前的一個食案飛向瘦漢。瘦漢眼疾手快，用劍尖輕輕一拔，食案沒有砸到自己，而是把整個朝北一面的蘆葦牆全部擊倒。老闆與店小二正在目瞪口呆之際，瘦漢已經跳到了北院，而壯漢則飛身追了出去。

「快，跟上去。」謝勇一扯甘爽的衣襟，也跟著一個縱身，躍過倒下的蘆葦牆，跳到了北院中。

「噯，客倌，你們怎麼都跑了，酒錢都沒付呢！」老闆突然醒過神來，大叫道。

謝勇突然聽到老闆這聲叫喊，連忙收住腳步，左手伸入右手衣袖中，掏出一把錢，返身扔進了店裡。然後，又隨甘爽一起追著壯漢與瘦漢，看他們比武。

北院是靠山的一片開闊地，亦有不少各色樹木。謝勇一看這地勢，覺得正是比武的好地方，不妨坐山觀虎鬥，看看這一壯一瘦的兩個漢子到底武功如何。如果武功確實不錯，那麼就叫停他們，然後帶他們去見太子。想到此，謝勇不禁眼角現出了一絲不為人察覺的笑意。但是，甘爽看出來了。看了看那二位正拔劍相鬥的漢子，又望了望謝勇一眼，會意地一笑。於是，二人心照不宣，跳到一邊，靜靜地看著那壯漢與瘦漢爭鬥。

二人你來我往，劍來劍去，打了約烙十二張大餅的工夫，也沒分出個高下來。甘爽靠近謝勇，悄聲說道：

「看來二人武功不相上下，要不要叫停他們，直接帶他們去見太子？」

謝勇連忙擺手道：

「不急，再看看。好像二人都沒有使出什麼絕招，看不出功夫的深淺。」

正當謝勇這樣說著的時候，突見那壯漢猛地提高了刺劍的速度，那柄長劍上下翻飛，在樹間灑下的日光輝映下，就像一條凌空飛舞的銀蛇，讓人目不暇接。

「好像壯漢武功要高些，你看他那劍法愈來愈嚴厲了，瘦漢看來只有招架之功，而無還手之力了。」甘爽湊近謝勇耳邊說道。

謝勇搖搖頭，不以為然地說道：

「你看，瘦漢雖然步步後退，但他的步子一點不亂，他這可能是要用招了。」

「不會吧。」甘爽不同意。

然而，就在甘爽話音未落之際，只見瘦漢已經退到了一棵古松之前。說時遲，那時快，就當謝勇與甘爽都還來不及反應的時候，瘦漢倒退著兩腳「騰騰騰」地上了樹，就像如履平地一般。就當壯漢與謝、甘二人都為之愣住的一瞬間，只見那瘦漢凌空從樹上飛下，手中的那柄長劍閃著寒光，兜頭就向樹下的壯漢劈下。

「不好。」甘爽驚愣地失聲叫了出來。

還好，在瘦漢的劍離壯漢頭頂還有一拳頭距離的時候，壯漢巧妙地閃躲過了。

「好險！瘦漢輕功好生了得！壯漢的閃避速度也是驚人。」謝勇情不自禁地評論道。

壯漢看瘦漢竟然使出狠招，遂也不甘示弱。躲過瘦漢淩空劈下的一劍後，壯漢立即近身向瘦漢發起進攻，一柄長劍舞得滴水不漏，速度之快，讓瘦漢這次真的是無法招架了。

瘦漢見此，乃故技重演，再次且戰且退，並利用身形瘦小靈活的優勢，圍著樹木與壯漢周旋。壯漢見傷不到瘦漢，更加氣急敗壞。當瘦漢躲到一棵碗口粗的樹後時，壯漢使出全身氣力，一劍攔腰砍去，想連人帶樹一起砍倒。可是，樹倒了，瘦漢卻跳開了。

「過來啊！爺在這呢！」瘦漢一邊圍著林中的樹木轉圈，一邊挑逗壯漢。

壯漢一聽，更加氣急敗壞了，臉憋得像豬肝。氣喘吁吁地圍著樹木追逐了幾圈後，壯漢終於停了下來。站了一會，突然扔下劍。瘦漢以為壯漢認輸了，遂也喘著粗氣停了下來。然而，就在瘦漢一愣神的瞬間，壯漢突然一腳勾起近旁一根頗大的枯樹幹，向上一拋，雙手接住，然後以迅雷不及掩耳之勢，直直地向瘦漢擲了過去。

「不好！」幾乎是同時，一直站在一邊冷眼旁觀的謝勇與甘爽情不自禁地失聲叫道，並緊張地閉上了雙眼。可是，當謝勇與甘爽睜開眼睛時，卻見瘦漢遠遠站在一旁對壯漢咧嘴大笑。

「勇哥，這次俺們要叫停他們了。壯漢的蠻力，瘦漢的輕功，俺們都是看到的，這功夫不是一般人能有的。」

謝勇點點頭，幾個箭步向壯漢與瘦漢沖了過去，一邊跑一邊高聲喊道：

「二位壯士，請住手！」

「二位壯士都是武林高手，今日可謂是棋逢對手，將遇良才，何不結交做個朋友呢？」甘爽也趕過來，站到了壯漢與瘦漢之間說道。

「我家主人喜好結交天下豪傑，不知二位肯不肯與我家主人交個朋友？」謝勇又說道。

可是，二人沒答腔。

甘爽見此，故意誇張地說道：

「我家主人不僅是個高人，而且武功也好生了得。二位若隨我們走一趟，即使不能與我家主人結金蘭之交，也可與我家主人切磋一下武藝，包二位不虛此行。」

但是，好半天，二人仍然沒有接甘爽的話茬。甘爽急了，遂又說道：

「二位是否自認武藝不精，不敢見我家主人？」

「誰不敢？少廢話，走！」壯漢彎腰拾起地上的劍說道。

「好！俺也願意跟你們走一趟，看看你家主人到底如何了得！」

說著，瘦漢也從樹後跳將出來。

謝勇見此，一種「天下英雄入吾彀中」的得意感油然而生。但是，他沒有將這種欣喜之情表現在臉上。但是，甘爽則不一樣。他見二人中了自己的激將法，頓時笑逐顏開。一邊笑呵呵地走上前去與壯漢、瘦漢把臂示好，一邊問道：

「還不知二位壯士高姓大名。」

壯漢躬了躬身子，脫口而出道：

「在下夏扶。」

「在下宋意。」瘦漢也欠了欠身子，自報了家門。

謝勇見此，連忙上前施禮，同時也自報了姓名：

「在下謝勇。」

「在下甘爽。」甘爽也連忙補報了家門。

「今日得遇二位壯士，實乃平生有幸。二位，俺們再去接著喝酒，如何？」謝勇提議道。

「好！」夏扶、宋意與甘爽幾乎異口同聲地答道。

三、兄弟同心

「老闆，上酒上菜。」一入剛才喝酒的酒肆，甘爽就高聲喊道。

「這回不要再拿貓尿來糊弄大爺了，當心大爺把你這個破店給燒了。」宋意恨意未消地對老闆說道。

謝勇見此，連忙說道：

「老闆，最好的酒菜儘管端上來，錢不是問題。」

謝勇話音未落，甘爽就從袖中摸出一錠小金子，遞給老闆：

「拿著！」

老闆一見金子，眼睛放光，比見了親爹還親。連忙回頭吩咐店小二道：

「快將窖藏三年的那罈秦國燒拿上來，再去切一盤肉。」

酒菜上來後，老闆親自動手，給四位滿斟了一盞，跪下身子，恭恭敬敬地一盞盞地遞上。

「果然是好酒！」宋意喝了一口，就連聲稱讚道。

於是，四人你一盞我一盞，不到烙十張大餅的工夫，一罈十幾斤重的秦國燒，就被喝得罈底朝天，三大盤肉也吃得個精光。

打著飽嗝，邁著蹣跚的步伐，四人走出酒肆，飄飄欲仙地上了馬，一抖轠繩，呼嘯而去。

信馬由轠，跑了約一個時辰，馬也累了，人也被冷風吹醒了。

勒馬停在了一座山腳下，四人頓時傻了眼，這前面沒有路，周圍都是連綿不絕的大小山脈。

「兄弟們，沒有路了，怎麼辦？也不知道方向，太陽也下山了。」夏扶看了看四周，又看了看謝勇、甘爽與宋意三人，不無憂慮地說道。

「那俺們就調轉馬頭往回走唄。」宋意不假思索地說道。

謝勇看了看天色，搖了搖頭，又望了望大家，說道：

「兄弟們，天色已經黑下來了，如果調轉馬頭往回走，到天亮時，俺們兄弟恐怕都走散了。依愚弟看，不如就地休息一夜，天亮再走。」

「在這荒山野嶺，如果遇到豺狼虎豹怎麼辦？」宋意提出了疑議。

「趁著天色還沒有完全暗下來，俺們去找些乾枝枯葉，擊石取火，燒起一堆火，既能驅寒，又能驅趕野獸。我們四人輪流睡覺，即使有野獸來襲，憑俺們四人的力量，應該不會有什麼對付不過去的。」謝勇說道。

「謝兄考慮得周到。那俺們就動手吧。」

一夜無話。

第二天，一大早，四人就打馬而去。跑到日中時分，終於遠遠望見前面有一個村鎮。於是，四人一起揚鞭，四匹馬便像賭命似地狂奔起來。不一會，就到了村鎮上。

一進鎮口，看見一個酒肆，四人來不及比較挑選，便迫不及待地走了進去。

「老闆，先來四盤肉，再上一罈好酒。」甘爽進門還沒坐下，便吆喝道。

老闆一見四個大漢進來，看看他們頭上還沾著草，知道他們大概是露宿野外，好久沒吃喝了。於是，連忙讓店小二上酒上肉。

店小二端上四盤肉，還未放好，甘爽就從袖中摸出一錠小金子遞上。老闆在旁邊看到，眼睛頓時笑成了一條縫。一邊上前幫助擺放盤碟，一邊催店小二道：

「快把那罈上等的好酒拿來，讓四位好漢嚐嚐俺上等的趙國燒是啥滋味。」

謝勇一聽，不禁一愣，怎麼跑到趙國來了？頓了頓，連忙追問道：

「老闆，這是趙國地盤嗎？」

「客倌，這是趙國地盤啊！只不過跟燕國靠得比較近而已。」老闆不假思索地說道。

「那到燕國遠嗎？怎麼走？」謝勇又連忙問道。

「不遠，也就幾十里地，馬還沒撒開腿跑，就到了。出門往右轉，從大路一直往東，就到燕國了。」

「多謝指點！」謝勇與甘爽幾乎異口同聲地說道。知道了身在何處，也瞭解了回家的方向，謝勇等四人放心了。放開懷抱，吃飽喝足之後，四人便起身打馬往東而去。

進入燕國境內兩天後，謝勇等四人繼續起早摸黑向東北進發，希望早一點回到燕都薊。因為謝勇與甘爽心裡明白，太子丹肯定日夜懸望著他們完成託付的任務早日回去。夏扶與宋意雖然不知道即將要見的高人就是燕國太子，但心中對於高人的想像也使他們有急於一見的心情。

第三天，又到了日中時分，謝勇等四人剛想進入一個村鎮喝點吃點，不意卻在離村鎮約一里的路口看到一群人。謝勇與甘爽想繞開他們快點進鎮，以便吃喝好早點趕路。但是，夏扶與宋意喜歡湊熱鬧，又愛管閒事，執意要過去看看。

不看不知道，一看夏扶與宋意就高興了。原來，裡三層外三層圍著的人牆裡面，此時正上演著一場武戲呢。

「瞧，那赤膊漢子多壯實！」宋意興奮地回過頭來對謝勇與甘爽說道。

謝勇與甘爽這時也好奇心上來，連忙擠到宋意旁邊往裡看。果然，看到一個光著膀子的漢子長得五大三粗，正掄著一柄長劍與兩個身穿黑色衣服的大漢打得難解難分。

又打了約烙十張大餅的時間，那兩個黑衣大漢好像力有不支，邊戰邊向旁邊退讓。圍觀人群織成的圍牆，則不時隨著那兩個黑衣漢子的退讓方向而變動位置。不一會，三人邊戰邊退，到了路左邊的一個樹林。

三人剛打到樹林邊上，突然從樹上縱身跳下三個黑衣人，手持同樣的長劍，與先前那兩個黑衣漢子一樣打扮。謝勇等人一看，頓時明白。原來，那兩個黑衣漢子是有意且戰且退，目的是要將那赤膊漢子引到樹林中予以合圍，這大概就是仇家追殺吧。

正當謝勇等人邊看邊想之時，被五個黑衣人圍在核心的赤膊漢子突然凌空躍起，腳尖從一個黑衣人肩上輕輕踏過，然後依次踏過其他四個黑衣人的肩膀。

「這是什麼招術？真是了不起的輕功！」甘爽脫口而出讚道。

「這叫『蜻蜓點水』之功。」宋意不假思索地答道。

甘爽見宋意答得乾脆，又知道他輕功也了不得，遂接口問道：

「為什麼叫『蜻蜓點水』之功？」

「這種輕功練到化境，能夠腳尖點著水面，像一陣風似地飄過幾丈甚至十幾丈的水面，就像蜻蜓飛行時貼著水面飛起又落下的形象一樣。」

「不說不知道，一說還真是很像呢！」甘爽連連點頭道。

正在此時，謝勇叫了一聲：

「快看！」

宋意與甘爽同時循聲望去，只見那赤膊漢子再次被五個黑衣人圍在核心後，突然身子一縮，就地躺倒，就像一根巨大的圓木一樣閃著寒光朝五個黑衣人腳下滾過去。五個黑衣人一見，連忙躲閃，跳到一邊。

「這又是什麼招術？好像江湖上也從未見過。」謝勇見夏扶拈鬚微笑，遂向他問道。

「這叫『就坡下驢』。」

謝勇一聽，連說：

「形象，形象！不失是一個很有創意的招術。」

甘爽與宋意也連連點頭。

就在四人沉浸於赤膊漢子「就坡下驢」的妙招之中時，突然又見那五個黑衣人在赤膊漢子從地上爬起立身未穩之時同時持劍圍了上來。此時，赤膊漢子背後是一棵大樹，五個黑衣人就將他連人帶樹一起圍了起來。赤膊漢子背倚樹幹，轉著圈子與五個黑衣人周旋。但是，隨著合圍的圈子愈來愈小，赤膊漢子似乎沒有了迴旋的餘地。

「這一次赤膊漢子恐怕有麻煩了，真是好漢難敵眾拳。謝哥，我們要不要出手相助？」宋意焦急地說道。

謝勇一邊目不轉睛地盯著那赤膊漢子，一邊搖了搖手，沉靜地說道：

「等一等！」

就在此時，只見赤膊漢子突然圍著樹幹急速地轉起圈子。謝勇等人看呆了，五個黑衣人也看得目瞪口呆。就在此瞬間，說時遲，那時快，赤膊漢子突然單手往上勾住一根樹幹，腳尖點地一縱身，一下子就躍上了樹幹。

「好輕功！」甘爽脫口而出，讚道。

就在甘爽話音未落之時，赤膊漢子突然從樹上縱身躍下。與此同時，只見一道寒光閃過，一根粗大的樹枝應聲向樹下的五個黑衣人壓了下來。五個黑衣人萬萬沒有想到，躲閃不及，早有兩人被樹枝掛住。

「這叫什麼招術？」謝勇向身旁的夏扶問道。

「這叫『烏雲壓頂』。」

「好極！」謝勇脫口而出道。

就在四人說話的當口，赤膊漢子又與五個黑衣人打了起來。

「謝哥，這次俺們要出手相助了。否則，赤膊漢子再強，也會撐不住五人合攻的。」宋意說道。

謝勇點點頭。於是，四人「霍」地一聲同時從腰間抽出長劍，分開圍觀人群，縱身躍入場中。

夏扶大吼一聲：「住手！」

話音未落，謝勇、甘爽、宋意就迅速站到了赤膊漢子一邊，擺明了要幫他對付五個黑衣人。

五個黑衣人一見這陣勢，先是一愣，接著只聽其中一人喊了一聲：

「走！」

黑衣人剛走，夏扶就搶前一步，未及見禮，便對赤膊漢子說道：

「請問壯士尊姓大名？」

赤膊漢子對於突然出現在面前的四個不明身份的人感到一愣，看了看夏扶，又望了望謝勇、甘爽與宋意，警惕地後退了一步，沒有答話。

謝勇見此，連忙上前躬身施禮，態度誠懇地說道：

「壯士可否借一步說話？俺們一起到前面鎮上的酒肆喝盞酒，不知肯賞光否？」

赤膊漢子見謝勇頗是斯文，態度也誠懇，猶豫了一會，這才輕輕地點了點頭。

謝勇見此，連忙對甘爽說道：

「快把我的馬牽過來。」

甘爽不解，但還是去把謝勇的馬牽了過來。

謝勇接過甘爽手上的韁繩，將馬牽到那赤膊漢子面前，說道：

「壯士請！」

等到赤膊漢子上了馬，謝勇將馬韁遞給了他。然後，翻身上了甘爽的馬，與他共乘一騎。夏扶與宋意見此，也連忙各自上了馬。於是，四匹馬及五個人在圍觀眾人驚異的目光中一眨眼間全消失了。

來到鎮上，就在鎮口的一家酒肆前，五人連馬一起進了店。

「老闆，將你們最好的酒菜統統拿上來，這是酒錢。」甘爽一進酒店就招呼老闆，並從袖中掏出一錠小金子給了他。

謝勇見了，會意地笑了。他明白，甘爽這是吸取了上次的經驗教訓，怕老闆用劣酒充好酒，敗了客人的興致。

酒菜上來，謝勇先給那個赤膊漢子倒了一盞，然後依次給夏扶、宋意、甘爽與自己各倒了一盞，最後舉起酒盞，說道：

「今天俺們又幸會一位英雄，可喜可賀！來來來，先喝了這盞。」

於是，五人一起仰脖子，一飲而盡。

一盞酒下肚，宋意開始興奮起來，抹著嘴巴說道：

「好酒！確實是好酒！」

謝勇也覺得是好酒，但他沒說。只要大家認為是好酒，喝得高興了，那就什麼都成了。於是，又開始給大家倒第二盞。但是，倒好了第二盞，謝勇卻沒忙著勸大家喝酒，而是停下來，望了望赤膊漢子與夏扶、宋意及甘爽，然後從容說道：

「唉，真是失禮！到現在還沒給大家介紹。」

其實，在座的五位，需要介紹的只有赤膊漢子一人。因為先前甘爽請教他姓名時，他不肯說，所以謝勇故意以給大家介紹為名，引出赤膊漢子也道出自己的姓名。謝勇的話，大家都聽得出弦外之音。於是，夏扶首先開口說道：

「在下夏扶，燕國人。」

宋意等人見此，也連忙自報家門道：

「在下宋意，燕國人。」

「在下甘爽，燕國薊都人。」

「在下謝勇，也是燕國薊都人。」

赤膊漢子見大家都自報了姓名，一派坦誠相見的態度。於是，囁嚅了一會，終於道出了自己的姓名：「在下秦舞陽。」

謝勇見赤膊漢子終於肯道出姓名，不禁欣欣然。於是連忙說道：

「有幸結識秦大俠，不僅是在下的幸運，也是我們在座三位兄弟的幸運。」

「是啊！是啊！」夏扶、宋意、甘爽三人異口同聲地隨聲附和道。

秦舞陽看到大家對他如此友好，遂端起面前的酒盞，舉過頭頂，說道：

「在下感謝諸位盛情厚誼，今借諸位的酒，敬大家一盞。」

說完，秦舞陽將酒一飲而盡。

夏扶等人見秦舞陽如此豪爽，遂也舉盞一飲而盡。

接著，第三盞、第四盞、第五盞相繼下肚。這時，氣氛有些變化了。除了謝勇還比較沉著外，其他四位都因酒喝多而顯得興奮起來，話也多了。

「不瞞諸位說，俺之所以今天不肯告訴諸位姓名，不是不想與諸位結交，而是另有隱情。」

夏扶與宋意一聽秦舞陽這話，立即異口同聲地追問道：

「兄弟，你有什麼隱情？難道就信不過俺哥們？」

秦舞陽看了看夏扶和宋意，又望了望謝勇與甘爽，然後呷了一口酒，這才慢慢說道：

「俺在十二歲時因為打抱不平，一失手殺死了一個惡霸的獨生子。為此，不僅惡霸派人到處追殺俺，官府也不斷懸賞通緝俺。害得俺多少年來居無定所，三餐不濟，到處流浪。」

「哦，原來如此！」宋意恍然大悟道。

「兄弟，你受苦了！從今以後，你不必擔心那麼多。只要你肯跟我們兄弟一起去見一個高人，不僅從此沒人敢追殺你，就是官府也不會再通緝你了。」

謝勇這話一出口，不僅秦舞陽一驚，就是夏扶與宋意也感到吃驚不小。難道謝勇所說的高人是燕國的什麼達官貴人，或是更高級別的人？

宋意是個急性子，脫口而出問道：

「謝兄所說的高人到底是什麼樣的人？」

謝勇自知失言，正在為難之際，甘爽打圓場道：

「我家主人確實是個神通廣大的高人，等到三位到了燕都薊城，見了自然就知道了。來來來，喝酒！」

「對對對，喝酒！把酒喝好了，再見我家主人，屆時讓大家有一個驚喜！」謝勇說道。

宋意等人見謝勇這樣說，覺得也有道理，遂不再追問，繼續喝起酒來。

喝到最高興的時候，突然宋意提議道：

「我們五人有緣相聚，何不結為兄弟，從此同生同死，豈不快哉！」

夏扶與秦舞陽立即響應，非常贊同。謝勇與甘爽見此，更覺正中下懷。於是，謝勇立即叫過老闆，吩咐道：「快去弄點牲畜血來。殺馬不可能，那就宰隻狗，或者雞也行。」

「那就殺隻雞吧。」老闆答應一聲，就去了。

不一會，雞血上來。大家序齒之後，依次將雞血塗在嘴唇之上，一起立誓道：

「我們五人今天義結金蘭，不求同年同月同日生，但求同年同月同日死。兄弟同心，其利斷金！」

發完誓，五人重新端起酒盞，你一盞我一盞。酬答之間，早已喝得酩酊大醉，不知今夕何夕了。

第三章 召田光

一、客棧奇遇

「籲！」秦王政十六年，燕王喜二十四年四月初五。日暮時分，隨著車夫的一聲「籲」聲，一架馬車戛然停在了一家客棧前。

「嗳，怎麼不走了？」

「太傅，天快黑了，我們不要再趕了，就在這家客棧住下吧。再說了，現在我們走岔了道，往燕國怎麼走都不知道。如果再緊趕慢趕，也許會南轅北轍，要愈走愈遠的。」

鞠武聽車夫這樣說，覺得有理，遂撩起簾子，從車內探出頭來，看了看天色，又看了看周圍，點了點頭。在趙國到處尋覓田光，大城小鎮都到過，已將近三個月了，卻至今仍不見田光的蹤影。為此，他已感到非常疲憊了，甚至說是有些絕望了。

主僕二人剛進了客棧，就見老闆笑吟吟地迎了上來，親切地問道：

「二位客倌，請問要住什麼樣的客房？」

鞠武不經意地看了看客棧的前堂，不以為然地反問道：

「難道你這裡還有什麼高檔的客房嗎？」

老闆聽出鞠武話中之話，立即回答道：

「當然有。後院就有安靜清雅的客房，是專待上客的。」

「是嗎？」鞠武仍然不以為然。

「那客倌就隨我來吧。」老闆一邊說著，一邊就帶頭向後院走去。

一進後院，鞠武方知老闆所言不虛。

放眼望去，只見庭院足有十畝之大。其間，遍植各種花卉與樹木。此時已是北國初春時節，庭院中的桃花開得正盛，紅的紅，白的白，爭奇鬥艷。而牆根的報春花，則金黃一片，在夕陽餘暉的照耀下，猶若黃金鋪地。走在庭院的小徑上，徑旁時有一些樹木的枝幹伸展開來，橫在小徑上，猶如一個個頑皮的孩子伸出的小手，有意阻擋陌生客人深入庭院深處似的。

在老闆的引導下，鞠武正一邊左顧右盼，觀賞庭院的景色，一邊問老闆道：

「老闆，您何以有如此清雅的庭院？既然有此清雅的庭院，為何不自己享受，而要開這個客棧呢？」

「客倌有所不知，這些年趙國與秦國不斷爭戰，家家戶戶捐錢捐糧，就是再富的家底也有花光的時候啊！」

鞠武聽了，不禁感慨萬千，情不自禁地點了點頭。頓了頓，又問道：

「這個庭院恐怕有非同尋常的歷史吧。」

「客倌說的是，這是三十年前趙王分封我的祖父時一同賞賜的。」

「那麼，令祖父一定是趙國功勳卓著的大臣了。不知他是哪一位？」鞠武興味盎然地問道。

「這話就不用再提了。就算功勞再大，那是先人的事，與老朽無關。老朽豈能拿祖先的功德來向世人顯擺呢？」

鞠武見老闆這樣說，也就不好再問了。於是，繼續跟在老闆身後沿著曲曲彎彎的小徑往前走。走不多遠，忽聽似有潺潺流水之聲。鞠武又問道：

「這是不是水聲？」

「正是。」

「那水聲從何而來？」

「客倌不妨再往前走一段路，就一切都明白了。」老闆賣了一個關子。

於是，鞠武又隨老闆繼續前行。在園中小徑曲曲彎彎地走了約百餘步，前面豁然開朗，一座小橋橫於眼前。走上小橋一看，小橋下面是約五尺寬的小渠。渠中流水潺潺，不急不慢地奔向遠方。

鞠武往前後左右看了看，更加好奇了。於是，又問老闆道：

「不知這渠中之水從何而來？」

老闆順手一指，說道：

「就是從那山上流下來的，一年四季從不間斷。」

鞠武順著老闆手指的方向一看，果然庭院背後遠遠有山的影子。看看夕陽照耀下的園中樹木花草，聽著腳下橋底潺潺流過的小渠水聲，鞠武情不自禁地感嘆道：

「園中有樹有花，還有活水，真是清雅！要是能在此終老，那可真是人間至福啊！」

「客倌這話，怎麼與我的一位朋友說的一樣呢？」

「您的朋友？」鞠武聽了，不禁一驚。

「是啊！我的這位朋友是個高人。」老闆自豪地說道。

「請問他是哪一位？是否可以說說他的尊姓大名？」

老闆見鞠武追問得如此之急，立即愣著不說話了。正在鞠武感到納悶之時，突然看見空中飄來片片桃花，一片接一片，連綿不斷。在夕陽餘暉的反照下，這片片飄動的桃花就像從天而降的紅雨。鞠武不禁駐步不前，看得發呆。良久，才回過神來，讚道：

「真是美不勝收！世上竟有如此壯觀的桃花雨！」

「客官知道這桃花雨從何而來嗎？」老闆見鞠武神采飛揚，興奮不已的樣子，不禁深受感染，欣然問道。

「是從山上風吹來的吧。」鞠武望著老闆，試探似地說道。

老闆搖搖頭，說道：

「不是，就是從這園中飄來的。」

「可是，現在園中的風並不大啊！」鞠武奇怪了。

老闆看著鞠武不解的樣子，神秘地一笑道：

「我剛才所說的那位朋友，看來就在前面了。」

鞠武聽了，更加不解了，遂又問道：

「您的這位朋友難道與這桃花雨有什麼關係嗎？」

「當然有關係。這是他的『五月飛雪』啊！」

「『五月飛雪』，什麼意思？」鞠武更糊塗了。

老闆見鞠武如墮五里霧中的神情，呵呵一笑道：

「『五月飛雪』是一種武功。」

「老朽雖然不會武功，但江湖上卻頗有些俠士朋友，從來沒聽說過有『五月飛雪』這種武功。」

鞠武話音未落，老闆所說的那位朋友已經到了跟前。

「藺兄這是在跟誰說話呢？」

鞠武正在低頭回味「五月飛雪」的景象，猛然聽到一個熟悉的聲音，不禁吃驚地抬起頭來。不看不要緊，一看頓時差點興奮地昏了過去。真是「踏破鐵鞋無覓處，得來全不費工夫」。眼前這人不正是自己三個月來苦苦尋覓的田光田大俠嗎？

田光這時也看清了鞠武的面容，吃驚地問道：

「這不是鞠太傅嗎？」

「正是在下。田大俠，你怎麼會在這個地方呢？」

「那你怎麼會找到這種地方呢？」田光也感到吃驚。

「真是一言難盡啊！」

「既然一言難盡，那麼，咱們就進屋慢慢說吧。」田光呵呵笑道。

「既然二位認識，那老朽就不奉陪了。二位是二人合住，還是單住，都請自便。」老闆說著便要轉身離去。

「那藺兄也請自便吧。」

「藺兄？」鞠武吃驚地望著田光，半天都合不攏嘴巴。

「太傅怎麼啦？」田光看著鞠武目瞪口呆的樣子，不解地問道。

「您是說老闆姓藺？」鞠武問道。

田光毫不猶豫地回答道：

「是啊，是姓藺。怎麼了？」

「莫非老闆就是趙國賢相藺相如的後人？」

「太傅是怎麼知道的？」這一下，輪到田光吃驚了。

老闆見此，連忙打哈哈道：

「不說這個，不說這個，都是哪輩子事了！」

鞠武與田光望著老闆，會意地一笑，連聲說道：

「好好好，不說這個。」

於是，二人攜手走向庭院深處。

進得屋來，席未坐穩，鞠武就開口了：

「大俠，您怎麼跑到這個地方來了呢？害得我找你找得好苦啊！」

田光見鞠武一開口便抱怨，遂笑呵呵地說道：

「那太傅說說看，你是怎麼找我的，最後又是如何找到這個地方來的。」

鞠武先嘆了口氣，然後就將自己如何在趙國大城小鎮尋找田光蹤影的經過，以及後來走岔道的事都一五一十地從頭細說了一遍。

聽完鞠武說完自己的辛苦，田光不但沒有慰問之言，反而打趣地問道：

「太傅乃一國儲君之師，您不在燕都教導太子，而要如此辛苦地四處尋找田光，究竟為何？莫非太傅厭倦了太子府的山珍海味與榮華富貴，想過田光一樣閒雲野鶴般的自由生活？如果太傅有心要過這種生活，或是想終老於此，不知太傅帶夠了金子沒有？」

「那大俠您帶夠了金子沒有？」鞠武笑著反問道。

田光哈哈大笑，道：

「田光乃一介遊民，何來金子？我之所以隱到此處，一來是要避開世間的紛紛擾擾，二來是因為衣食無著，想投靠藺兄長而終老於此。」

「大俠到此，好像不是為了隱居吧。據藺老闆說，您正在此練什麼『五月飛雪』之功，是嗎？」

田光一聽，哈哈大笑。笑了好久，才停下來，說道：

「太傅真會說笑，哪有什麼『五月飛雪』之功，藺老闆那是隨口說說的。」

「不是說笑，剛才我已經看到滿天桃花飄飛如雪，難道這不是大俠的『五月飛雪』之功嗎？」鞠武認真地說道。

田光呵呵一笑，說道：

「我那是在桃花林中練功，不小心碰到桃花枝幹，引得桃花飄落，在風的鼓蕩下，桃花花瓣滿天飛舞，就像是五月飄雪。有一次，藺老闆偶然看見這情景，問我這是什麼功，我隨口戲言是『五月飄雪』之功，藺老闆就信以為真了。」

鞠武聽了，仍然不信，說道：

「隨便碰一碰桃花枝幹就能引得滿天桃花如雪片一樣飛舞，即使不是大俠所使的武功，也不是一般人所能做到的。大俠武功深厚，即便是隨便伸伸腿，抬抬胳膊，也是蓋世武功。」

「太傅，您別這樣說了。否則，愧煞田光了。我哪有那麼神？如今已年過半百，哪裡還談得上什麼蓋世武功呢？」

「大俠不必過謙！」鞠武說道。

「噯，太傅，說正事。您到處找我有什麼事嗎？」

鞠武聽田光這樣一問，突然醒悟，見面都說了這麼多話了，自己卻還沒上題說正事。於是，立即正襟危坐，恭敬而嚴肅地說道：

「大俠，鞠武找您確實是有事，而且是國之大事，不足為外人道也。」

田光見鞠武神情如此嚴肅，話又說得一本正經，就好奇了。於是，連忙問道：

「太傅，您說，您找我到底有什麼大事？田光乃一介草民，焉敢與聞國之大事？」

「不瞞大俠說，鞠武是奉燕太子之命來請您的。」

田光一聽，不禁大吃一驚，道：

「燕太子請我？田光何德何能，燕太子為什麼要請我？別開玩笑了！」

「大俠，我們之間是什麼關係？多少年的老友了，怎麼敢跟您開玩笑呢？再說，鞠武為了找您，在趙國苦苦尋覓了三個月，怎麼可能跟您開玩笑呢？」

田光見鞠武態度非常嚴肅，沒有說笑的意思，遂也嚴肅起來，問道：

「太傅，那麼燕太子找田光到底是為什麼？」

鞠武沒有立即回答，而是警覺地四下東張西望了一會。

田光見此，笑言道：

「太傅，您放心，這裡說話絕對可以放心，連鳥兒都不會偷聽到的。有話您就直說吧。」

見田光這樣說，鞠武遂打開了話匣子，將燕太子丹在秦國為人質時所受的欺淩，以及目前秦國宮廷內的諸多事情都向田光詳細敘述了一遍，同時也將燕太子丹決心報復秦王的計畫和自己的計畫都坦誠地說了出來。然後說道：

「大俠，你我老友，鞠武一向敬佩您智勇雙全，雖然太子對鞠武恩寵有加，但是我始終不同意太子以武力行刺的形式報復秦王。我總覺得這樣太冒險，不但勝算不大，失敗後反而更快地招致滅頂之災。可是，不論我怎麼勸說，太子就是不聽，堅決不同意我『合縱』山東六國以對抗強秦的計畫，認為這樣會曠日持久，很難奏效。鞠武深知太子的個性，他打定的主意任憑誰也難以改變。我知道我說服不了太子，但我只是一個手無縛雞之力的文士，即使有殺身成仁的報主之心，也無足夠的智慧按照他的計畫而遂行其願。所以，我就向太子推薦了大俠。太子早聞大俠之名，仰慕大俠節義，欣然同意。遂發重金，令鞠武日夜兼程，往趙國尋訪大俠。今日鞠武歷經千辛萬苦尋訪到了大俠，希望大俠能夠跟我一起去見太子。不管大俠認為太子的計畫是否可行，都希望大俠能當面與太子交換意見。這樣，也算是幫了鞠武，讓我完成了太子的囑托。」

田光聽完鞠武的話，半天沒有言語，一時陷入了深思。

沉默了約一頓飯的時間，鞠武終於耐不住了，說道：

「大俠，您到底是什麼意見？難道不肯幫鞠武一個忙，連去見太子一面也不肯嗎？」

聽鞠武這樣說，田光從深思中抬起頭來，望了望鞠武，然後從容說道：

「太傅誤會了，田光向來為朋友兩肋插刀，在所不辭。跟太傅去見太子一面並不難，田光剛才一直在想一個問題，太子的計畫也不能說沒有實現的可能。」

鞠武一聽田光似有贊同太子行刺秦王的計畫，不禁大感意外，以田光的智謀，他怎麼會認同太子丹的計畫呢？於是，立即追問道：

「大俠，您也覺得太子行刺秦王的計畫可行嗎？」

田光看了看鞠武，不以為然地反問道：

「天下情勢已然如此，難道太傅覺得再行蘇秦『合縱』之策還有可能嗎？秦國吃定山東六國不能同心同德，所以實行『遠交近攻』之計，對山東六國各個擊破。而今魏國、韓國已經名存實亡，趙國在秦國的不斷進攻下，也朝不保夕。如果趙國不能支撐下去，接下來必然就是燕國，然後是齊國與楚國。既然明知『合縱』之策難以遂行，何不冒險賭一把，以暴易暴？也許還有一線希望。如果行刺秦王成功，起碼能讓秦國政壇混亂一陣子。要是秦國內部因為權力爭奪而起內訌，那麼山東六國在一定時期內會多了一線生存的希望。」

「如此說來，大俠是認為行刺秦王的計畫有成功的把握嘍！」鞠武不無失望地問道。

田光聽出了鞠武話中的意思，但仍想將話說完，對於摯友，他不想隱瞞自己的看法。於是，望了一眼鞠武，繼續說道：

「行刺的計畫不能說就一定能成功，但也不能否認有成功的可能。昔日齊桓公為天下之霸，侵凌魯國，吞併其土地。魯莊公任勇士曹沫為將，與齊戰，三戰三北。魯莊公懼，乃獻遂邑之地以求和。齊桓公得魯地，遂允魯莊公與之會盟於柯。當齊桓公與魯莊公盟於壇上時，曹沫執匕首以劫桓公，桓公左右知魯沫勇力過人，無人敢輕舉妄動。最終，齊桓公不是答應了曹沫的要求，讓齊國歸還了侵奪的魯國之地了嗎？」

鞠武知道這個歷史事件，但是聽了田光敘述，沒有說話。田光知道鞠武內心的想法，遂又接著說道：

「曹沫之後一百六十七年，伍子胥奔吳，欲借吳國之力消滅楚國，而報父兄之仇。可是，公子光識破其計，乃向吳王進言，諫止了吳王出兵伐楚的計畫。雖然如此，但伍子胥並不以公子光為敵，反而接近他、幫助他。他知道公子有異志，遂進刺客專諸於公子光。後來，公子光得專諸之助刺殺吳王僚成功，遂自立為王，是為闔閭。闔閭執政後，伍子胥成為吳王闔閭的重臣。後吳國伐楚，伍子胥帶兵攻入楚都，掘楚平王墓，鞭屍三百，報了父兄之仇。事實上，伍子胥利用刺客不僅為自己實現了報仇雪恨的人生目標，也為吳國的強大，成為諸侯一霸，立下了不可磨滅的功勳。如果沒有伍子胥用刺客專諸之計，何能報得父兄血海深仇；沒有伍子胥用刺客專諸之計，何來吳國的強大與吳王闔閭稱霸天下的局面？」

鞠武見田光舉伍子胥用刺客專諸之事來論證行刺秦王的可能性，知道已無力反駁他了。只得順坡下驢說道：

「既然大俠認同太子的計畫，而且正如大俠所舉的史實一樣，以暴制暴確實也是一種成大事的途徑，那麼大俠就跟鞠武一起去見太子吧。」

田光一聽鞠武這樣說，這才意識到，剛才那番引史為證的話，反而成了套牢自己的繩索。如果現在推託不去，連推託之詞都找不到。沒有轉圜的餘地，田光只得橫下一條心，在略一猶豫後，還是爽快地說道：

「好！田光願隨太傅去見太子。」

於是，二人立即起身，往燕都薊去見燕太子丹。

二、太子待客

燕王喜二十四年五月十三。經過一個多月的日夜兼程，太傅鞠武終於陪著田光回到了燕國之都薊。進入薊城時，已是薄暮時分。

「大俠，要不要直接到太子府見太子？」剛進城門，鞠武就問田光道。

田光毫不猶豫地回答道：

「今天已經很晚了，不合適。再說，與太子見面也不急在一天兩天，我看還是過兩天吧。」

鞠武一聽，便明白田光的意思，這樣見面不夠鄭重，也看不出太子丹的誠意。必須自己先與太子丹約個時間，然後再讓二人見面，那樣方顯出賓主彼此的誠意。想到此，鞠武連忙問田光道：

「大俠，您看這樣好吧，今天就暫時委屈您在寒舍將就一夜。明天我去太子府與太子約定時間，您看哪天合適？」

「如此最好。至於見面時間，今天是十三，就約後天正午。」

「好，就約定十五日正午。」

跟田光一切說妥，鞠武便從馬車裡探出頭來，吩咐車夫道：

「回太傅府。」

一夜無話。第二天，一大早，鞠武就前往太子府。

「太傅，您這麼早就來啦！」鞠武一到太子府前，就有一個府中的小廝迎上前來問候。

「太子殿下在府中嗎？」

「在在在，正在後花園看三位大俠在比武練功呢！」小廝殷勤地報告道。

鞫武一聽，不禁心中一驚，怎麼太子讓他去請田光，自己又另請了三位大俠，這是什麼意思？他怎麼向朋友田光交待？這樣一想，鞫武不禁一時愣住了。

「太傅，要不要請太子殿下出來與您見面？」

小廝見鞫武愣在那裡不言不動，遂提醒似地說道。

聽小廝問話，鞫武這才醒過神來，連連搖手道：

「不要不要，還是領我到後花園去見太子殿下吧。」

太子府很大，後花園更大。所以，往後花園的路要走相當長的一段時間。於是，鞫武就一路走一路問小廝關於太子請來的三位所謂大俠的情況。小廝根據聽來的消息，一五一十地全告訴了鞫武。末了，小廝又主動告訴鞫武道：

「太傅，等會兒你見了那三位大俠，您要記住了，胖的叫夏扶，瘦的叫宋意，不胖不瘦，特別高大的，就是秦舞陽了。」

「那太子殿下對這三位大俠滿意嗎？」鞫武問道。

「太傅，太子殿下滿意不滿意，小的不敢講。但是，三位大俠的日常起居，太子殿下都不讓小的們侍奉，而是親自來，包括斟酒倒水之類。至於那恭謹的態度，猶如侍候燕王與王后似的。」

鞫武聽了，沒有言語。沉默了一會，又問道：

「他們三位比武，你們見過嗎？」

「小的們不敢光明正大地去觀看，但都偷偷躲在一旁見識過。」小廝不無得意地說。

「那你們覺得三位大俠的武功如何呢？」

小廝一聽鞠武要他評論太子請來的大俠武功，先前的興奮勁一下子沒了，立即噤聲不說了。

「太子殿下又不在面前，你儘管說，我不會跟太子殿下說這些的，放心！」

小廝望了望鞠武，見其態度頗是真誠，再說平時他的為人就很溫和，於是就大起膽子說道：

「太傅不要見笑，小的不懂武功，只會看看熱鬧。小的偷看了幾次，那個瘦個子的宋意好像輕功非常了不得，他能手不著樹，雙腳腳尖點樹便能直直地上樹；那個胖漢夏扶，力氣很大，能夠一劍揮斷一棵不大不小的樹。」

「那秦舞陽呢？」鞠武不等小廝說完，便急切地問道。

「秦舞陽就更神了。」

「怎麼神？」

「他能一人對付夏扶、宋意二人。他比武時喜歡散開頭髮，長髮飄飄，長劍與長髮一起上下翻飛，讓人看得眼花撩亂，應接不暇。還有更絕的，打到高潮處，他大喝一聲，頭髮根根豎起。」

小廝說著說著，又眉飛色舞起來。

「如此說來，老夫倒要見識見識。」小廝話音剛落，鞠武情不自禁地脫口而出道。

「太傅，馬上就到了，您馬上就可以見識到這三位大俠的本事了。」

可是，當鞠武剛剛趕到現場時，只看到了三位大俠比武收勢的最後一個動作。接著看到的便是太子丹恭謹地迎了上去，又是替三人掃席，又是為三人奉酒遞水的一幕。

鞫武見此，心裡說不出是什麼滋味。所以，在離太子丹還有十數步之距時便立住了，躲在一棵樹後，靜靜地觀察太子丹與三位武士如何遞杯接盞。

等了約半個時辰，看見太子丹從坐席上起來，鞫武這才從樹後轉出來，小步快趨迎了上去。

太子丹一見鞫武，立即面露欣喜的神色。鞫武走近太子丹，輕聲地說道：

「殿下，田光召到。」

「在哪裡？」太子丹急切地問道。

「田大俠讓我來跟殿下傳話，約定後天正午準時到達太子府前。其他就什麼也沒說了。」

「太傅，您這次怎麼去了這麼長時間？」

「殿下，一言難盡。今天就不向殿下細述了，我還要在正午前給田大俠回話，就先告辭了。」

太子丹點點頭，鞫武便轉身想離開了。就在這時，太子丹突然叫住了鞫武，道：

「太傅，給您介紹一下三位大俠。」說著，太子丹便招手示意夏扶、宋意和秦舞陽三人過來了。

「給三位大俠介紹一下，這是太傅鞫武先生，教導我十一年有餘。」說完，太子丹，又指著夏扶等三人一一介紹道：

「這是夏扶夏大俠，這是宋意宋大俠，這位則是秦舞陽秦大俠。」

鞫武與三位一一見禮。禮畢，向太子丹告辭，回去給田光回話了。

五月十五日，一大早，太子丹就起來沐浴更衣，又令人將太子府裡裡外外打掃得乾乾淨淨。巳時剛到，就彈冠潔身而親至府前，站在府前最高一級台階上，手搭涼棚，不時遠眺前方。

等了足足一個時辰，眼看太陽快到頭頂了，太子丹還是望眼欲穿，不見田光的影子。這時，他開始心裡打鼓，這田光是否徒有其名，真的要禮聘他，派他大用時，他膽怯了，畏縮了？

正當太子丹這樣想時，突然一駕馬車風馳電掣而來，就像迎面刮起了一陣旋風。

「籲！」

隨著一聲「籲」聲，馬車戛然停下。幾乎是在馬車停下的同時，從馬車上跳下一位英武的壯士。太子丹一看，知道這大概就是田光了。無意間一瞥，發現門前日晷的陰影全然消失，時間正好是正午。太子丹心裡一激靈，頓時明白壯士一諾千金，連約好的時間也分毫不差。於是，一種崇敬之意油然而生。

就在太子丹一愣神的時候，田光已經迎面走過來了。太子丹一見，連忙小步快趨，迎向田光，在太子府前最低一級台階的右側畢恭畢敬地跪著迎接田光。

田光一見，立即快步趨前，扶起太子丹，然後還禮如儀。而太子丹起身後，又再次向田光長揖再拜。

田光無奈，只得再次答禮。相互揖讓客套了好一陣，太子丹這才倒退著邊走邊給田光引路，一同進府登堂。

到了堂上，太子丹又跪下來給田光拂拭坐席。等到田光坐定，左右退下之後，太子又起身繞席，跪於田光面前，說道：

「太傅不以丹天性愚魯，又生於蠻夷之域而賤之，十餘年來耳提面命，諄諄教誨，不離不棄。

今太傅又使先生屈尊降臨敝邑，丹何幸之甚哉！燕乃僻處北陲之小邑，毗鄰蠻域，而先生不以千里為遠，不以燕小丹愚為意，紆貴駕臨，使丹得以睹尊顏、侍左右，此乃上世神靈庇護弱燕，福佑萬民也。」

田光一見，連忙起身，長跽而拜說：

「太子殿下言重了！太子何人也，田光何人也？田光不過一介遊民，今幸得太傅眷顧，而有幸一睹殿下天顏。田光結髮立世，至於今日，雖久聞殿下之令名，久慕殿下之高行，然不得見之。今親炙殿下之仁義，田光何其幸哉！不知殿下將何以教田光？」

太子丹聽田光如此說，立即膝行而至田光面前，涕淚橫流。飲泣良久，才拭乾淚水，將自己在秦國為人質時所受的屈辱，以及冒死逃出函谷關的經過，從頭到尾述說了一遍。說到傷心處，不禁痛哭失聲。

田光聽了，也非常感傷，但是一時卻找不出安慰的話。於是，一時愣在了那裡。

過了好一會，太子丹突然覺得有些失態，遂連忙向田光長揖再拜道：

「秦王無禮，非但丹之辱也，亦燕國之辱也。故自秦而歸，丹日夜焦心，思欲報之。然論兵之多寡，則秦多燕寡；論國之強弱，則秦強而燕弱。太傅謀國日深，曾獻『合縱』之計。然顧念昔日蘇秦之事，心徬徨而不能決。為此，丹常食不甘味，寢不安席。若謀得一策，縱使秦燕同日而亡，於燕亦為死灰復燃、白骨再生之妙計。望先生思之圖之！」

田光聽到此，知道太子丹的心意，沉吟片刻，回答道：

「此乃國之大事，請讓田光三思！」

「善哉！」

於是，太子丹待田光為上賓。不僅將太子府中最好的房子讓給田光起居，每日山珍海味地招待，而且還像侍奉父母一樣，每日存問不絕。

可是，這樣招待了三個月，田光不僅沒為太子丹籌一計半策，反而引起了夏扶、宋意與秦舞陽等人對太子丹的不滿。

燕王喜二十四年八月十九，一大早，太子丹就照例前往田光的住所侍奉其起居飲食。可是，剛與田光坐到食案前，還未及正式吃早餐，就見太子府中一個小廝急慌慌地狂奔而來，人還沒進門，就大叫道：

「太子殿下，不好了！」

太子丹一聽，連忙問道：

「何事驚慌？什麼不好了？」

「快去看啊，打起來了！」

「誰打起來了？」太子丹一邊這樣問，一邊情不自禁地站起來，跟著那小廝出了門。

田光見此，也在好奇心的驅使下立即跟了出去，三步兩步就趕上了太子丹。就在離太子丹大約有五步遠的時候，忽然聽到太子丹問道：

「你是說夏扶、宋意和秦舞陽他們打起來了，是吧？」

「太子殿下，不是他們三人，這太子府中還有誰敢打架？」

「那麼，今天究竟是因為什麼事而打起來的呢？」

田光聽太子丹這句話，好像他們三人打架已經不是第一次了。那麼，他們究竟又是為什麼呢？心裡這樣嘀咕著，田光便情不自禁地放慢了腳步，他想跟在後面仔細聽聽，夏扶他們三人究竟為什麼打起來。

就在這時，就聽那小廝回答道：

「還不是因為太子殿下給他們的食用少了，他們覺得不夠。」

「就為這事？」太子丹不解地問道。

「是，今天就是因為最後一盞酒歸誰的問題而動起手來的。」

太子丹一聽這話，沒有說話，只是加快了腳步。而田光聽到這話後，反而慢下了腳步。他已然意識到了，自己與夏扶等三位賓客之間已經出現了矛盾。於是，內心也開始矛盾起來。從剛才小廝與太子的對話中，他已隱約知道，夏扶等人鬧事，起因不為別的，可能是因為太子對自己太過恭謹了，讓他們對比之下心理失衡，覺得受了委屈，所以才藉故鬧事，以引起太子重視他們。

想到此，田光原本慢下來的腳步又不自覺地快了起來，很快就跟上了太子丹，但距離保持在十步左右。

走了大約有烙五張大餅的工夫，就到了夏扶等三人居住的地方。其實，這個住所也是太子府中比較好的房子，周圍的環境也好，前後都各帶一個獨立的小花園，在太子府中屬於那種園中有園的幽雅之所。

還未到那房子，就已經聽到劍劍相叩的聲音。田光於是慢了下腳步，躲到樹後，慢慢地前移，看著太子丹一步步地走近那房子。

不一會，田光就看到了屋外的空地上有兩個人在互相格鬥，劍來劍往，在朝日的映照下，一道道寒光閃得人連眼睛快睜不開了。這時，太子丹已經走到那兩個格鬥的人跟前了，似乎是定了定神，然後才高聲說道：

「兩位大俠，這麼早就比武練功啦！武功一定又大有精進了吧。」

太子丹話音未落，「噹啷」一聲，兩劍撞擊了一下後，戛然而止，格鬥的二人也各自向後跳開了一步，幾乎是同時轉頭向太子丹看過來。這時，太子丹與躲在樹後的田光終於看清了剛才兩個格鬥的人是秦舞陽與宋意。

太子丹抬手躬身對二人作了一個揖後，轉過身來，對圍在一旁看熱鬧的兩個小廝說道：

「壯士比武，豈能無酒？快去將我書房櫃中最後一罈好酒拿來，讓二位壯士先盡了興，然後再比武，相信更有精彩的表現。」

田光躲在樹後，一聽太子丹這話，知道他的用意，他這是有意裝糊塗，和稀泥，以柔克剛，化解矛盾。於是，內心不禁一陣熱流上湧，覺得他還真有待客的誠意與雅量。

正當田光這樣想著的時候，只聽宋意高聲說道：

「太子殿下的好意我們心領了，好酒還是留著給田先生喝吧。」

田光一聽，心裡更是如明鏡一般了。他認為宋意太過份了，擔心太子受不了，會勃然大怒。可是，出乎田光意料的是，太子丹竟然呵呵一笑道：

「不妨將田光先生請來，大家一起喝。」

田光一聽，連忙從樹後轉出來，高聲說道：

「太子殿子，不用請，田光已經在此。」

太子丹見田光突然出現，並沒有驚訝之色，因為他猜到田光會跟來的。這時，感到驚訝的倒是宋意等三人。

見田光出現了，夏扶也從樹後轉出來，並且情不自禁地與宋意、秦舞陽二人站成了一排，儼然成了統一戰線。秦舞陽見此，會意地點點頭，然後對太子丹說道：

「太子殿下，您的好酒，我們是一定要喝的。不過，不是大家分著喝，而是比劍後，誰勝了誰喝。您看如何？」

太子丹聽出了秦舞陽的弦外之音，覺得為難。於是，就沒有立即接話。

田光也聽出了秦舞陽的言外之意，又見他們三人現在站成一排，明顯有向自己挑戰的意思。再看太子丹，聽了秦舞陽挑釁的話後，卻沉默不語。他終於明白，秦舞陽等人對自己不服，太子丹也對自己的本事沒信心。於是，略一沉吟，便高聲說道：

「殿下，秦大俠的主意不錯。今天我們不妨在殿下面前獻獻醜，讓殿下樂一樂，也是好的。」

太子丹一聽田光這樣說，覺得他還真是會說話，綿裡藏針。既然他願意接受挑戰，讓他露露本事也好。因為直到現在，田光到底有多大能耐也不知道，只聽鞠武一人吹得很神。如果他真的有本事，就算得罪秦舞陽等三人，也是在所不惜的。

想到此，太子丹看了看大家，然後裝著若無其事的樣子，說道：「既然田先生也有雅興，那大家就不妨露一手，讓我開開眼。只是大家不要認真，點到為止就好。」

太子丹話音未落，夏扶就跳將出來，「霍」地一聲抽出腰間的長劍就上了場。

田光看了夏扶一眼，就不緊不慢地迎著他走了過去。

「田先生，您沒帶劍。讓人回去把您的劍取來吧。」太子丹焦急地說道。

田光搖了搖手，繼續往前走。

「要不，請秦大俠把劍先借田先生一用。」太子丹又說道。

田光又搖了搖手。

夏扶見此，頓時勃然大怒，血湧上頭，面色血紅，他覺得田光這是小覷自己。於是，沒等大家反應過來，舉劍上前，就向田光喉嚨直刺過去。

可是，田光只輕輕地一側身，就讓夏扶的劍刺了個空。太子丹一見，不禁暗暗點了點頭。

夏扶見第一劍就沒刺著赤手空拳的田光，覺得顏面盡失，更加憤怒了。於是，又舉劍向田光一連刺了三劍，但每次都是在只差一寸的距離時而被田光輕巧地讓過。這時，夏扶更加氣急敗壞了。於是改變方式，劍鋒直指田光的左胸。但是，田光卻並不慌張。夏扶刺一劍，他就退一步；刺兩劍，他就退兩步。如果進劍的速度加快，他退步的速度也加快。

夏扶一連刺了十二劍後，田光已經退到了一棵大樹前。夏扶見此，終於臉上露出了詭異的笑容。太子丹一見，不免心中緊張起來，田光已經沒有退路，再走一步就被大樹堵住了後路。如果夏扶再進一劍，那田光就會被夏扶一劍穿透到樹幹上。

正當太子丹感到緊張之時，猛聽得夏扶大吼一聲，以迅雷不及掩耳之勢向田光連刺了兩劍。包括太子丹在內的所有人，這時都情不自禁地閉上了眼睛。可是，當大家睜開眼睛時，卻發現田光並沒有被夏扶用劍釘在了樹幹上，而是夏扶的劍插入樹幹拔不出來了。就在大家都不知田光蹤影而發愣的瞬間，只見一個身影就像一片樹葉一樣地飄落下來。還沒等大家看清楚，那片樹葉已經幻化為田光，站到了夏扶的身後，在夏扶右肩上輕拍了一下，就聽夏扶「啊喲」一聲，左手捂著右肩大叫了一聲。然而，叫聲未落，就見田光已經伸手從樹幹上拔出了夏扶穿透於樹幹上的劍，轉身順手在夏扶的右肩上拍了一掌，接著雙手捧劍，恭恭敬敬地將劍遞給了夏扶。夏扶沒有接劍，而是羞愧地低下了頭。

就在此時，宋意大吼了一聲，持劍跳向前去。太子丹一見，不禁大吃一驚，失聲叫道：

「田先生當心！」

因為此時田光正捧著劍，面向夏扶，根本看不到從背後突然上來的宋意。然而，出人意料的是，田光好像是背後長了眼睛似的，在宋意的劍快要從背後刺過來的時候，已經瞬間倒轉了手中的劍，回身迎向宋意刺過來的劍，只輕輕一撥，就擋開了。

宋意見自己第一劍就被田光擋掉，頓時血湧上頭，面色鐵青。於是，怒從心中起，惡從膽邊生，舉起長劍不間歇地向田光一連刺了十劍。可是，田光每次都並不用力，只在他的劍刺到面前時，用劍背輕輕一撥，就躲開了。

見每次都刺不中田光，宋意就急了。於是，開始施展自己的輕功，圍著田光前後左右亂竄，意圖擾亂田光的心緒，然後伺機進劍。可是，前後左右周旋了半天，也絲毫沒見田光有一絲半毫的慌亂。這一下，宋意更急了。於是，情急之下，施展輕功，「噌、噌、噌」地上了一棵大樹，在田光沒有反應過來的瞬間，突然從空中躍下，給了田光一個淩空直劈。可是，在劍離田光頭頂還不到一寸的時候又被田光讓過了。

「宋兄弟，讓我來！」

秦舞陽早就看不過去了，覺得宋意與田光二人在樹間樹上跳躍騰挪，不是什麼真功夫。於是，就在宋意覺得氣餒的時候，持雙劍飛奔上去。

田光見秦舞陽披頭散髮，手舞雙劍，氣勢洶洶地奔來，並不慌張。他一眼瞄了一下秦舞陽，一眼餘光掃了一下宋意，見他正愣著看秦舞陽飛奔而來，遂將手中的劍輕輕一扔，正好將宋意手中的劍擊落。

秦舞陽見田光此時手中已經無劍，遂雙劍掄圓了劈將過來。可是，手中無劍的田光，只用進退騰挪之功，很快就將蠻力過人的秦舞陽的氣力消耗得差不多了。又打了約烙十張大餅的時間，秦舞陽突然跳到一旁，高聲叫道：

「夏兄弟，宋兄弟，一起上！」

此時正站在旁邊發愣的夏扶與宋意，這才從全神貫注地觀戰角色中清醒過來，立即撿起地上的劍，從不同方向揮舞著殺將過來。不一會，三人合圍，三人四劍，將赤手空拳的田光圍在了核心。

太子丹沒想到，秦舞陽他們竟然不顧江湖道義，不守剛才約定的規則，以眾欺寡。他怕田光寡不敵眾，最後被他們三人所傷害。如果那樣，就再也找不到田光這樣武功高強的人了。而沒有像田光這樣武功蓋世的高手，那又如何能執行自己刺秦王的計畫？想到此，太子丹就想喊停四人的格鬥。可是，還沒等他張嘴要喊時，就見田光在四劍蓋頂的一瞬間，突然身子一縮，就地一滾，一個掃堂腿，將三人悉數掃倒在地，四把劍飛得老遠。

太子丹一看，情不自禁地連聲喝彩道：

「田先生真是好身手，天下無雙！」

再看從地上爬起來的夏扶、宋意與秦舞陽，這時都羞愧地齊齊低頭垂手而立，異口同聲地向田光說道：「先生武功，在下望塵莫及！俺們服先生！」

太子丹見此，哈哈大笑，走上前去，拉住四人的手，握到了一起。然後，高聲對早就搬來好酒而立在一旁看熱鬧的小廝道：「拿酒來！」

於是，五人就站在屋前園中，抱著酒罈，依次輪流仰脖。不一會，就將一罈上好的燒酒喝得底朝天。然後，大笑一聲，一齊躺倒在地上。

三、田光薦賢

比武飲酒之後，在太子丹看來，田光與夏扶、宋意、秦舞陽三人之間的矛盾已經消除，所以，他覺得現在跟田光提執行刺秦計畫的時機已經成熟了。

燕王喜二十四年八月二十一日，也就是田光與夏扶等三人比武後的第三天，中午太子丹跟往常一樣侍奉田光進餐。飲酒過半時，太子丹突然顯得誠惶誠恐，囁嚅了半天，想說什麼，卻始終沒說出口。

田光一見，心知其意，乃起身繞席，謙恭有禮地說道：

「太子殿下，您是否有什麼指教？請直言，只要田光能做到，一定粉身碎骨，在所不辭！」

太子丹等了三個多月，要的就是這句話。於是，立即接口道：

「三個月前，先生曾答應替丹籌一高策，不知先生現在是否已有妙計在胸？」

田光幾乎沒有猶豫，立即接口道：

「即使太子殿下不問，田光也想跟殿下稟報了。」

太子丹以為田光有了妙計，頓時欣喜得眉飛色舞，連忙催促道：

「先生快請講，丹洗耳欲聽久矣！」

「殿下待田光，恩寵無以復加。田光日夜思以報之。然靜夜思之，太子所托乃國之大事，非兒戲也。只能成功，決不能失敗，哪怕是萬分之一的差錯。」

「先生思慮極深！」太子丹脫口而出道。

「正因為如此，田光就愈來愈沒有自信。」

「為什麼？先生的武功，丹已經親眼目睹，難道這世上還有比先生武功更高的嗎？」太子丹不解地問道。

田光苦笑了一下，說道：

「太子殿下太高看了田光。其實，山外有山，人外有人，在這個世上很難說誰就是天下第一。殿下聽鞠太傅所說的田光，那都是以前的事了。現在的田光已經老矣，精力、武功以及反應能力，都大不如從前。所以，田光這些天愈想愈沒有自信了。」

「先生何必這樣悲觀？即使您真的不如從前那樣神勇了，但還有夏扶、宋意和秦舞陽三個幫手，關鍵時刻還是能夠發揮些作用的，取秦王，成大事，當不成問題。」太子丹帶有勸慰意味地說道。

田光聽了太子丹這話，不禁搖了搖頭，苦笑了一下。

「先生為什麼笑？」太子丹感到不解。

「這些人有用嗎？」田光不以為然地說。

「先生認為他們的武功不夠高，不堪重用嗎？」

「殿下，您要做的事，非同一般。如果是衝鋒陷陣，或是看家護院，夏扶、宋意和秦舞陽，一定是合適的，也是能勝任的。可是，讓他們協同完成刺秦王的大任，則肯定不合適。不僅不合適，恐怕還要壞了大事。」

「先生為什麼這樣講？」太子丹以為田光還記恨前幾天夏扶等人對他的態度。

田光看了看太子丹不解的眼神，從容說道：

「夏扶，乃血勇之人，怒而面赤。」

「先生察人果然仔細。那宋意、秦舞陽呢？」太子丹又問道。

「宋意，乃脈勇之人，怒而面青。至於秦舞陽，則為骨勇之人，怒而面白。」

田光剛說到此，太子丹就急切地問道：

「先生是說，他們都易於激動，情緒都表現在臉上，會暴露內心的秘密，是吧？」

田光點點頭，說道：

「殿下說的是！做大事的人，要沉穩冷靜。容易激動，喜怒哀樂都寫在臉上，對方把你內心的秘密都窺破了，還能做成大事嗎？」

太子丹聽了，連連點頭。

「行刺秦王，乃天下第一號的大事，既要有過人的膽量，更要有山崩於前而面不改色的心理素質。否則，秦王尚未見到，內心的秘密就已暴露，那是什麼結果？況且要見秦王，也不是那麼容易的事吧。在這個過程中，既需要耐性，更需要冷靜，絕對不能有急躁情緒。」

太子丹又點了點頭，認為田光考慮得極其周致。

「見秦王是一回事，接近秦王又是另一回事。田光沒有見過秦王，但是可以想像得到，以秦國雄霸天下的實力，秦王的安全保衛工作肯定也是極其森嚴的。為了突顯秦國的實力，秦王召見外國使節，恐怕也是儀仗鮮明，威武無比的，絕非一般小國之君的排場可比。夏扶、宋意和秦舞陽雖有血勇、脈勇或骨勇，但都是匹夫之勇。他們原本就是遊民，沒有見過大世面，更未見過宮中森嚴的武備陣容。面對這種場面，他們是否還能保持冷靜，勇氣會不會大打折扣，都非常難說。」

太子丹聽了，覺得田光的分析有理，遂又點了點頭。

「即使他們的勇氣不打折扣，但是在接近秦王的過程中，是否能很好地控制住自己的情緒，冷靜而無破綻地完成一系列外交禮儀，然後再伺機行動，一舉成事，絕不失手呢？」

「先生言之有理，分析得極其精闢周到。不過，按照先生的說法，夏扶、宋意和秦舞陽大概都算不得合適人選了。」

田光不置可否。

太子丹見此，遂又追問道：

「如果說夏扶、宋意或秦舞陽都不是合適的人選的話，您剛才所說的那種山崩於前而色不改的人，我們現在到哪裡去找呢？」

看著太子丹愁容滿面的樣子，田光微微笑了笑，說道：

「太子殿下，您不必憂愁，這樣的人還是能找到的。」

「在哪裡？」太子丹急切地追問道。

「在哪裡，田光現在一時也說不上，但這個人是在這個人世，而且還是田光的朋友。」

「既然是先生的朋友，先生怎麼說不知道他在哪裡呢？」太子丹疑惑不解地問道。

「他也跟田光一樣，是雲遊天下的遊俠。」

「那他叫什麼？」太子丹又急切地問道。

「他叫荊軻。」

「荊軻？沒聽說過。」

「殿下當然沒有聽說過。殿下乃燕國貴胄，荊軻只是行走於江湖的一個下層遊民。即使他再神武，殿下亦不得與聞。」

「既然他是先生的朋友，丹相信定非等閒之輩。那就請先生說說這位朋友，如何？」

「此人博聞強記，體烈骨壯。不僅勇力過人，而且智慧過人。更難能可貴的是，此人喜怒不形於色，正是殿下所需要的人，足以完成殿下所要託付的大事。」

「既然先生這樣說，丹自然是確信無疑的。只是有一點，丹還是滿擔心，荊軻合適是合適，但是否願意受丹之託付呢？」太子丹有些擔心地問道。

「荊軻為人，倜儻豪放，不拘小節，但志存高遠，欲立大功。殿下託付之事，乃軍國之大事。若能成功，足以彪炳千古，荊軻豈有不允之理？」

太子見田光這樣一說，原來深鎖的眉頭開始舒展開來。但是，沉吟了片刻，又擔心地問道：

「荊軻雖有立功之志，但不知武功如何？恐怕不及先生吧。」

田光聽了，哈哈一笑道：「殿下，這您就放心吧！荊軻的武功遠在田光之上，況且他又年輕氣盛，正是氣勢如虹的時候。」

雖然田光如此推崇荊軻，但太子丹似乎還不放心，畢竟他沒親眼見到荊軻的武功展示，田光的武功已經見識到了，所以他現在對田光的能力反而比以往更加信賴了。於是，太子丹又試探地問道：「先生有沒有跟荊軻交過手？」

田光一聽，覺得太子丹對荊軻似乎不太信任，於是略一沉吟，便又說道：

「殿下，那田光給您略略介紹一下荊軻其人吧。」

「那太好了！」太子丹明顯興奮起來。

田光看了看太子丹，正襟坐直身子，從容說道：

「荊軻，是衛國人。其先祖乃齊國大夫慶封，後遷徙於衛。」

「哦，原來荊軻還是齊國大夫慶封的後裔！」太子丹一聽立即驚訝地睜大了眼睛。

「殿下知道慶封嗎？」

「只聽說過他的名字，知道他曾是齊國政壇上叱吒風雲的人物。具體情況不太清楚，先生是否很瞭解？」

田光點點頭，說道：

「曾聽荊軻酒後說過家史。」

太子丹一聽，頓時來了興趣，立即催促道：

「那先生就先講講他的家史吧。」

田光見太子丹期待地伸長了脖子，沉吟了片刻，便不緊不慢地說道：

「慶封是三百多年前齊莊公的大臣，後與權臣崔杼聯合，弑齊莊公，共立莊公之幼子杵臼為齊君，是為齊景公。景公立，崔杼自任右相，慶封則為左相。崔杼自以為擁立有功，又欺景公年幼，遂獨攬朝政，權傾朝野。結果，就引起左相慶封的不滿，遂有殺崔而代之的念頭。」

「結果怎麼樣？」太子丹急切地問道：

「也是事有湊巧，正當慶封有此念頭時，崔杼家庭內部鬧起了矛盾。崔杼喜歡小兒子，欲廢長立幼。慶封瞭解內情後，遂乘機引誘崔杼的嫡長子崔成與另一個兒子崔疆起來反抗，並以精甲兵器資助二人刺殺了廢長立幼主謀的崔氏家臣東郭偃與棠無咎。

崔杼大怒，乃急往慶封府中哭訴。慶封假裝非常吃驚，並不失時機地說道：『這兩個孩子真是不懂事！怎麼這樣目無尊長，大逆不道呢？崔相若是想教訓這兩個逆子，慶封一定效力。』崔杼不知是計，高興地說道：『如此最好！若能替杼除掉這兩個逆子，以安崔氏，杼命宗子崔明認您為父。』」

「那結果如何？」太子丹又急切地問道。

「慶封有了崔杼這句話，立即集結府中精兵甲士，令家臣盧蒲嫳率領，不分青紅皂白，將崔杼妻妾兒女悉數誅殺殆盡。然後割下崔成與崔疆首級，掠取崔府所有車馬服器揚長而去，臨走時還放了一把火，將崔府化為灰燼。當崔杼看到兩個兒子的首級時，不禁又悲又恨。向慶封致謝後，崔杼驅車回府，看見一片焦土，這才知道中了慶封的奸計。悲憤至極，乃自縊身亡。」

「這慶封也真夠狠的。」太子丹情不自禁地感嘆道。

田光頓了頓，繼續說道：

「崔杼死後，慶封獨攬大權，專擅朝政，荒淫驕縱，無惡不作。一次，他到家臣盧蒲嫳家中，見其妻貌美，便與之私通。」

「怎麼會這樣呢？」太子丹覺得不可思議。

「這還不算什麼，還有更過份的事。自從戀上盧蒲嫳之妻後，慶封不僅不問政事，朝政一委於其子慶舍，而且還帶著妻妾財貨搬到了盧蒲嫳家。從此主僕兩家妻妾彼此相通，醜聲四聞。」

太子丹聽到此，不住地搖頭。

「盧蒲嫳見慶封與自己交情如此，遂向慶封請求，讓他逃亡於魯國的兄長盧蒲癸回到齊國。盧蒲癸是齊莊公的侍臣，崔杼與慶封弒莊公後，逃亡於魯。慶封為了女人昏了頭，竟然忘了這一層，答應了盧蒲嫳的請求，讓盧蒲癸回到了齊國，並讓他做了自己兒子慶舍的家臣，寵信有加。盧蒲癸善逢迎，且體力過人，慶舍乃將女兒嫁之，從此翁婿相稱。」

太子丹聽到此，不解地問道：

「盧蒲嫳是慶封的家臣，應該屬於同宗。其弟盧蒲癸娶慶舍之女，犯了同宗不婚的禁忌，怎麼可以呢？」

「雖然當時也有人這樣提醒，但是盧蒲癸卻對人說：『同宗既不避我，我何必而避同宗？只要能遂我願，何必顧忌那麼多。』」

「遂他何願？」太子丹問道。

「就是替他以前的主子齊莊公復仇。」

「哦，還算是有情義的臣僕！」太子丹讚道。

「雖得慶舍信任，但盧蒲癸覺得自己勢單力薄，要想成大事尚難。於是，又利用慶舍對自己的信任，為昔日同侍莊公的王何遊說。結果，慶舍同意王何歸齊。王何乃勇猛之將，歸齊後，同樣得到了慶舍的重用。慶舍每當出入或就寢，都會讓盧蒲癸與王何執戈守護。最後，盧蒲癸與王何利用了慶舍對自己的信任而發動叛變，誅殺了慶舍及其同黨。慶封獲悉兒子被殺後，立即起兵欲斬盧蒲癸與王何。可是，攻城久而不克，士卒潰散。

齊景公三年，慶封兵敗奔吳。吳王昧夷封朱方為其食邑，並予厚祿，讓他如在齊國一樣富有。魯大夫子服惠伯聞之，對叔孫豹說：『慶封在吳又富厚矣！如此荒淫之人，上天怎麼降福於他？』叔孫豹說：『積善之家富厚，乃為賞賜；荒淫之人富厚，乃是天降災殃。慶氏滅頂之災不遠矣！』果然，七年後，楚率諸侯伐吳，楚將屈申包圍朱方，慶氏全族盡為楚人所誅。只有個別慶氏子孫做了漏網之魚。」

「如此說來，荊軻便是這漏網之魚的慶氏子孫嘍！」太子丹問道。

「正是。荊軻在衛國之所以被人稱為慶卿，就是這個原因。但是，到了燕國，則被人稱為荊卿，乃語音之變也。」

太子一聽荊軻到了燕國，立即追問道：「荊軻現在燕國嗎？」

「前些年，他遊說衛元君，不為所用，於是就周遊列國，最後到了燕國。」

「先生在燕國與他見過面嗎？」太子丹急切地問道。

「大約一年前在燕都酒肆見過。」

「先生是說，荊軻好喝酒，是嗎？」

「荊軻嗜酒如命，至燕，與狗屠、高漸離等人結交，情同兄弟。」

「狗屠？狗屠是何人？」太子丹不禁好奇地追問道。

「狗屠的具體名字誰也說不清，他自己也不肯與人說明，只知道是一個殺狗的人，氣力過人，為人豪放，能飲酒。」

「那高漸離又是何人？」

田光見太子丹連高漸離也不知道，遂莞爾一笑，道：

「高漸離可是一個江湖上聞名的人啊！他是善於擊筑的音樂高手，但也是酒中仙人。」

「哦？還有這樣的異人！」太子丹不禁感嘆道。

「荊軻每日與狗屠、高漸離等人飲於燕市，酒酣而去。臨去時，高漸離擊筑，荊軻和而歌，招搖於市，時而大笑，時而大哭，旁若無人。」

「如此說來，荊軻確是一個異人。不過，也有些怪。」

田光一聽太子丹說荊軻有些怪，怕引起誤會，遂立即補充說道：

「荊軻雖嗜酒，日與狗屠之流為伍，但其人深沉而好讀書。周遊列國，所到之處盡與其賢豪者結交。在衛時，曾脫賢大夫之急十有餘起，江湖聲名遠播。」

太子丹見田光這樣說，遂立即說道：

「既然先生如此推崇荊軻，相信一定非等閒之輩。那麼，是否請先生召荊軻來一見？」

「諾！明日田光就去召荊軻。」田光爽快地應道。

接著，二人又說了一會閒話，太子丹便起身告辭。田光將他送出大門，二人再次長揖揮手作別。可是，沒等田光轉身往回走，沒走幾步的太子丹突然又回過身來。

「殿下，還有什麼吩咐嗎？」

太子丹轉身走了兩步，田光也迎了上去。太子丹望了望田光，然後伸手緊緊把著田光的手臂，搖了搖，附在田光耳邊說了一句話：

「此軍國大事，不足為外人道也，望先生勿洩！」

田光退後一步，長揖而拜道：

「殿下請放心！」

太子丹這才安心地走了。

望著太子丹遠去的背影，田光原地呆了很久。

第四章 荊軻受命

一、召荊軻

接受了太子丹召請荊軻的託付之後，田光第二天一大早就出門往燕都薊的市井酒肆。可是，出了太子府不久，田光就改變主意了。

「不要往東城了，往西城太傅府。」

車夫一聽，愣了一下，但又不敢多問田光。於是，立即勒轉馬頭，往西城方向而去。

不到烙十張大餅的工夫，田光的馬車便停在了太傅府前。

「田大俠，怎麼一大早就光臨寒舍，是什麼風把您這樣的貴客吹來的啊？」太傅鞫武聽說田光來訪，忙不迭地從府中奔出，而且遠離田光幾十步之遙時就這樣欣喜地高聲說道。

田光見此，也非常高興，連忙三步並作兩步地迎了上去。

二人攜手入府，到了廳堂坐定後，鞫武又問道：

「大俠，今天一大早就光臨寒舍，一定是有什麼重大事情吧。」

田光抬頭看了看堂上，見有兩個小廝在旁侍候，於是便看了看鞫武，沒有張嘴。

鞠武一見，立即明白其意，遂連忙對那兩個小廝揮了揮手，讓他們下去了。見兩個小廝下去，堂上只有自己與鞠武二人，田光便開口說道：

「不瞞太傅說，今天冒昧來訪，確實是有重大事情要請教相商。」

「什麼事？但說無妨。」鞠武急切地催促道。

「承蒙太傅高看，薦田光於太子殿下。殿下親之尊之，讓田光感激莫名。然田光非昔日之田光，氣力與反應能力都不及從前。太子殿下所托，乃軍國大事，攸關燕國百萬人民的命運。田光自入太子府以來，夙夜思慮，終不得一策。又觀太子殿下所養之死士夏扶、宋意與秦舞陽之輩，皆不可用。田光獨力一人，不可能赴秦完成太子託付之大任。所以，思前想後，田光向太子殿下推薦了衛人荊軻。」

「大俠說的是那個天天與狗屠之輩在燕市縱酒放歌的荊軻嗎？」鞠武急切地問道。

「正是。太傅以為如何？」

「鞠武以為不可。」

「為什麼？」田光急切地追問道。

「此人嗜酒如命，如何擔得起太子所託付的大任？那可是天大干係的事啊！」

「太傅擔心他喝酒誤事嗎？」

「正是。我雖知道他的武功可能不在大俠之下，但是當初我之所以不向太子殿下推薦此人，而要遠赴趙國苦苦尋覓大俠，一是因為我瞭解您的武功，二是你我有多年的交情，還有您過人的謀略，足以擔當大任。我推薦您，我心定。反觀荊軻，從他所結交的朋友，就知道他的格調不高，如何能擔當大任？」

田光覺得鞠武可能誤解了荊軻，覺得應該替他解釋幾句。他怕太子丹受鞠武影響，請來了荊軻而太子不用，那就對不起朋友了。也因為考慮到鞠武對太子丹的影響，他今天早上才突然改道先訪鞠武，徵求他的意見。於是，立即接口說道：

「感謝太傅對田光的信用。不過……」

「大俠請讓我把話說完。」

「好，太傅您先說。」田光見鞠武情緒有些激動，遂笑著說道。

「荊軻每日與狗屠之輩為伍，縱酒放歌於燕市，旁若無人。這種放浪形骸的人，即使他的武功天下無敵，恐怕也很難接近秦王吧。」

「太傅為什麼這樣說？」田光有些不解了。

「大俠，您想想看，要想接近秦王，只有一條途徑，那就是以燕王之使的身份。」

「太傅的意思是說，荊軻不適合擔任燕王之使，所以就不可能接近到秦王，是吧？」田光問道。

「也可以這樣認為。」

「為什麼？只要太子殿下向燕王建議，讓荊軻擔任燕王之使，秦王難道還會有什麼異議嗎？」田光不以為然地說道。

鞠武見田光這樣說，嘿嘿一笑道：

「大俠，荊軻那麼有名，難道秦國就沒人知道他的身份來歷？如果秦王知道荊軻是一個整日與狗屠之流為伍的人，他一定認為燕王派這樣的人出使秦國，是有意侮辱秦國。以秦國之強，秦王之尊，他能欣然接受荊軻做為燕王之使而召見他嗎？」

田光一聽，覺得鞫武分析的也有道理，雖然沒有點頭認同，但也沒有立即反駁。

鞫武見此，遂又繼續說道：

「如果荊軻是個無名之輩，燕王派他做燕使，也許秦王還不會注意，當然也就不會覺得有什麼不妥。可是，事實上，荊軻在江湖上是有些名聲的。這樣，秦國人就容易調查出他的身份。如果真的調查身份，燕王不用燕國大臣為使節，而委派一個浪跡天下的衛國武士為燕使，那燕王派出使臣的動機就要被懷疑。如果這樣，荊軻能見得到秦王嗎？見不到秦王，如何能完成太子殿下託付的大任呢？」

田光聽到此，呵呵一笑，說道：

「我知道，太傅一直主張『合縱』以抗秦，不贊成太子殿下行刺秦王的極端行為，所以就難免從心底排斥行刺秦王的任何計畫。當初，太傅推薦田光給太子殿下，大概認為田光也會贊同您的主張。即使不贊成，田光迫不得已實施太子殿下行刺秦王的計畫，也會考慮得更周全。這是太傅出於對田光的信任，也是對田光的瞭解。今日太傅聽說田光要推薦荊軻給太子殿下執行這個計畫，所以就更加不放心了，是吧。」

「大俠既然知道，為何還要向太子殿下推薦荊軻呢？」鞫武望著田光，不解地問道。

「剛才已跟太傅說過，今日之田光，非昔日之田光。田光怕完成不了太子殿下託付的大任，既有負於太子殿下重托，又有負於太傅的信用。昔魯人孔丘有言：『舉爾所知。爾所不知，人其舍諸？』這是孔丘教導其得意弟子仲弓的話。意思是說，舉薦你所瞭解的人。你不瞭解的人，由他人舉薦。我覺得孔丘之言是符合舉賢用能之道的，所以就依據這個原則，向太子殿下舉薦了荊軻。」

「大俠的意思是說，荊軻並非是最合適的人選，但目前在您視野中只有他一人最合適，是嗎？」鞠武問道。

田光略略點了點頭，說道：

「也可以這樣說。」

「對荊軻其人，鞠武也並不真正瞭解，只是就我所看到的縱酒放浪的荊軻而提出疑問，表示我的擔心罷了。」鞠武語調低緩地說道。

見鞠武這樣說，田光覺得有必要再就荊軻的為人向他申述一下，以打消他的憂慮，進而影響到太子丹。於是，又接著說道：

「太傅看到的荊軻，只是裝出來的荊軻，並非真面目的荊軻。他之所以縱酒放歌於燕市，與狗屠之輩混跡，無非是以放浪形骸的形式表達自己懷才不遇的抑鬱之情罷了。就田光所知，荊軻其人，好讀書深思，並非一般遊手好閒的武士。更為難能可貴的是，荊軻為人義薄雲天，守誠信，重然諾，在衛國時曾脫賢大夫之急十餘人。」

「大俠所說的這些，鞠武以前倒是不知道。」

「太傅還有一樣可能更不知道。」

「荊軻還有什麼過人之處，大俠請賜教。」

「田光之所以要向太子推薦荊軻，還有一個重要原因，就是他有喜怒不形於色，山崩於前而色不變的心理素質。而這一點，正是刺客特別是要入秦的刺客所必須具備的條件。太子殿下雖養了幾個武士，但依田光看都不堪大用。夏扶乃血勇之人，怒而面赤；宋意乃脈勇之人，怒而面青；秦舞陽則是骨勇之人，怒而面白。這些人如若入秦執行任務，恐怕還沒見到秦王就控制不住情緒了。太傅，您想想看，這樣的人能成大事嗎？俗話說：『千軍易得，一將難求。』也許天下武功超過荊軻的人有很多，但田光相信，心理素質能及於荊軻的恐怕不多吧。這樣的人才，只能是可遇而不可求的。正是考慮到這一點，田光這才向太子殿下鄭重舉薦。」

聽到這裡，鞠武突然有了興趣，遂連忙追問道：

「荊軻真的有這麼好的心理素質嗎？」

田光見鞠武似乎仍有不信，於是莞爾一笑道：

「太傅，田光給您說一件小事吧。」

「好。」鞠武點點頭，望著田光，頗是期待。

「荊軻曾到趙都邯鄲遊歷，一次與趙國人魯句踐博戲，因博戲之局而發生了爭執。」

「結果怎麼樣？」鞠武頗是急切地問道。

「魯句踐是個性情暴躁的人，儘管與荊軻已經結為好友，但為了一點小事，仍然控制不了情緒，對荊軻大聲呵斥。」

「那荊軻怎麼樣？」鞠武又問道。

「旁觀者都覺得魯句踐太過份，認為荊軻一定忍不住這口氣，會揮拳或揮劍相向。可是，荊軻沒有。他只是看了魯句踐一眼，然後嘿然離去，從此不再與他見面。」

「荊軻選擇嘿然離開，是不是因為武功不及魯句踐，而只得忍氣吞聲呢？」鞠武又問道。

「當然不是。荊軻到趙都邯鄲後，是魯句踐慕其俠義與武功主動交結於他，武功遠在魯句踐之上，不然他也不敢到遊俠遍地的趙都邯鄲。荊軻之所以選擇忍讓，一是基於朋友道義，二是基於自己的理想。」

「與朋友相處選擇忍讓，這是對的。如果朋友之間都不能彼此相讓，而是斤斤計較，那麼就無法與別人相處了，更難以人格的魅力而讓江湖上的朋友所敬佩。這一點，我覺得荊軻做得很好，有容乃大。」

聽到鞠武終於對荊軻有了正面評價，田光立即趁熱打鐵地說道：

「魯人孔丘有言：『小不忍則亂大謀。』荊軻與魯句踐相爭，之所以選擇忍讓，除了基於朋友之道的考慮外，更重要的是他心中裝著遠大理想，他想留得有用之身，尋覓機會，實現自己的抱負與理想。這一點，才是做大事的人才具備的素質。田光相信，如果太子殿下委荊軻以大任，他一定會在執行刺秦任務的過程中從容面對，處理好各種突發狀況，最終達成目標的。」

「聽大俠這樣一說，鞠武也確認荊軻的心理素質非常好，有做大事必備的資質。不過，這只是一個方面。還有一個方面，大俠是否也已經確認過。」

「什麼方面？」田光不解地問道。

「武功到底怎麼樣？大俠您有沒有與之交過手，或是看他與別人交過手？鞠武不是不相信大俠，只是曾經聽人說過關於荊軻的一件事，讓我心存疑慮。」

「什麼事？」田光也急了。

「聽說有一次，荊軻慕劍術家蓋聶之名，前往榆次拜訪蓋聶，想與之切磋劍術。但是，沒談幾句，蓋聶就覺得荊軻不行，遂用眼瞪了他一下。結果，荊軻就離開了。」

「這說明荊軻能忍啊！這不又一次印證了我剛才所說的那句話嗎？他這也是『忍小忿而成大謀』啊！」田光興奮地說道。

鞠武搖搖頭，說道：

「他這不是『忍小忿而成大謀』，而是能力不及，知道不是蓋聶的對手而知難而退罷了。這雖是一件小事，但卻反映出兩個問題。一是荊軻劍術不精，二是荊軻膽量不足。而這兩點，正是執行刺秦大任的最大障礙！」

田光見鞠武這樣說，立即反問道：

「何以見得荊軻就是因為膽怯或劍術不精而退，而不是別的原因呢？」

鞠武見田光較起真來，遂也較起真來，說道：

「荊軻離開後，有人勸說蓋聶，將荊軻再請回來。蓋聶說：『剛才我與他談論劍術時，他所論甚是不妥，所以我用眼瞪了他一下。如果你們願意，就去找找看，讓他再回來。不過，我估計他已經離開了，不敢再留在此地了。』」

「結果怎麼樣？」這一下輪到田光著急了。

「蓋聶派出的人找到荊軻平日所居之所，房東告知，荊軻已付清房租離開榆次了。蓋聶獲報，得意地說道：『他本來就應該走了，我剛才瞪了他一眼，他已經知道自己幾斤幾兩，所以害怕地逃走了。』」

「即使這個傳說是事實，但田光仍然不相信荊軻是因為害怕而離開榆次，而是別有用意。因為我瞭解他，他雖然很冷靜，但絕不是一個沒膽量的人。至於武功方面，如果太傅能看得上田光，那麼應該對荊軻有信心。」

「大俠，此話怎麼講？」鞠武連忙問道。

「大約在五年前，田光在邯鄲結識了荊軻。當時，邯鄲有一個天下劍客大會，幾乎所有的劍客都到了。」

「是不是要比武論英雄？」鞠武興奮地問道。

「正有此意，但不是這麼說，而是以切磋劍術為名。所有劍客都可以上場一試，大家點到為止，沒有一個人因此而受傷。」

「這很好。那麼，大俠是不是跟荊軻比試了呢？」鞠武又問道。

「田光與荊軻的比試雖然只有幾招，但從他的劍法起勢與收勢中，都能領略到一種少有的凌厲。如果是劍術不甚精湛的人，恐怕在與荊軻交手時幾個回合就要敗下陣來。」

「果然有哪麼厲害？」

田光點點頭，繼續說道：

「田光在與荊軻交手之前，因為認真觀察了他與許多人交手的套路，暗記下要領。所以，在與他交手時心中有數，這才沒有敗在他手下。」

「大俠的意思是說，如果您不事先觀察熟悉他的劍術套路，您是打不過他的，是吧？」

田光點點頭。

「江湖上人人皆知大俠是以輕功著稱，那麼荊軻又是以什麼功夫最為出眾呢？」

「他以進劍速度見長，短時間內的爆發力強。如果劍術不精，氣力不足，而又無輕功消耗他的氣力，恐怕很多人在上場的幾招中就要成了他的劍下鬼。」

「大俠的意思是說，您能與他打成平手，是因為用輕功消耗了他的體力，使他的爆發力使不上勁，是吧。」鞠武興趣更大了。

田光看了看鞠武，莞爾一笑道：

「想不到太傅也懂武功了。」

「見笑了！是大俠講得好，鞠武才略有所悟。」鞠武不好意思地笑道。

看鞠武對荊軻的抵觸情緒大大減少，神情也輕鬆了不少，田光也高興了。於是，用輕鬆地口吻說道：「太傅，您還記得藺家花園漫天飛花的情景嗎？」

「當然記得。當時，正當夕陽西下，滿天紅霞，落花飄飄，恰似五月飛雪。」鞠武一邊這樣說著，一邊似乎已經沉醉於其時的情境之中。

「其實，『五月飛雪』就是田光從荊軻那裡學來的功夫。當時，荊軻被我的輕功弄得精疲力竭，招架無力，眼看我的劍鋒就要逼到他的鼻梁時，他突然神力爆發，飛起一腳，踢得滿樹花兒如飛雪一樣飄落，一下子模糊了我的視線。就在我一愣神的時候，他已經轉到了我的身後，把劍架到了我的脖子上。」

「哦？原來還真有『五月飛雪』之功，只不過不是大俠的發明，而是荊軻的絕招。」

田光微笑地點點頭。

過了一會，鞠武突然又問道：

「大俠剛才替荊軻說了那麼多好話，難道他就沒有弱點嗎？」

「當然有弱點。剛才不是說了嗎，他最大的弱點就是輕功差了點。如果有輕功，那就如虎添翼了。另外，他的近身搏擊能力不足，能使長劍，但不能徒手相搏。這一點，是田光最為擔心的。」

「為什麼？」鞠武又好奇地追問道。

「行刺秦王，不可能手持長劍進入秦王宮。以歷史的經驗來看，無論是曹沫劫持齊桓公，還是專諸行刺吳王僚，都是持匕首而成事的。荊軻近身搏擊能力不足，若持匕首刺秦王，恐非他的強項。」

「既然如此，大俠為什麼還要向太子舉薦荊軻呢？」鞠武不解地問道。

「太子殿下索之甚急，田光一時到哪裡去找一個十全十美的人呢？況且這世上根本就沒有十全十美的人。權衡之下，目前也只有荊軻可擔此大任。」

「大俠說的是。」

見鞠武這樣說，田光便起身與鞠武告辭：

「既然太傅也這樣認為，那麼田光這就去燕市召荊軻了。」

「這樣，你就好脫身了，是吧？不過，鞠武倒是要提醒大俠一句，您生平素有大志，這次您把機會讓給荊軻，那從此青史垂名的事就與您無關了。大俠，您看您這是不是辜負我當初對您的信任與一片心意呢？哈哈！」

田光聽得出來，鞠武這是在開玩笑，於是也大笑了一聲，說道：

「田光這不是逃脫責任，也不是有意要辜負太傅您的厚意，而是田光有自知之明，為了太子的大事而勇於讓賢而已。如果朋友能成大事，不是也一樣嗎？」

「是！」

二、田光殉義

田光在燕市找到荊軻時，沒敢在稠人廣座的鬧市中相認，而是等到他與狗屠等人縱酒放歌，分道揚鑣後，悄悄地尾隨其後，到了他的居所。

其實，說是住所，那是太誇張了。事實上，荊軻原來根本就沒有什麼固定的住所，也沒有寄住的客棧，而是棲身於燕都薊城東門外靠近城門附近的一個臨時草棚中。這裡白天各色人等進進出出，吵吵鬧鬧。而一到日落，城門關閉之時，則杳無人跡。晚上除了一片漆黑，就是風聲鳥聲蟲鳴聲。如果是冬天，恐怕就是萬籟無聲了，一片死寂。

當荊軻蹣跚著走到那個草棚前時，原來一直躡手躡腳地尾隨其後的田光，立即止住了腳步，遠遠躲在一棵樹後觀察。過了好一會，見荊軻鑽進草棚後就毫無動靜，田光估計他已醉酒睡著了。於是，便躡手躡腳地從樹後轉出來，慢慢地靠近荊軻所住的草棚。

可是，還沒等田光靠近那個草棚，早已被一股難聞的氣味熏得要窒息了。下意識中，他低頭看了一下腳下，這才明白是什麼原因。原來，草棚周圍到處都是大小便，蒼蠅滿天飛。看著這一切，田光情不自禁地退後了一步。可是，還未站穩，就覺得腳底下似乎被什麼黏住了。田光又情不自禁地回過頭來看了一眼，這才發現正一腳踩在一泡大便之上。

「唉，這個荊軻，也真是的。再怎麼粗獷，再怎麼不修邊幅，也不能在自己棲身的地方隨地大小便啊！難道多走幾步，往旁邊樹木中解決，也累死人嗎？」

田光一邊這樣心裡嘀咕著，一邊還是捏著鼻子，仔細地看著地面，一蹦三跳地往荊軻住的草棚靠近。

終於靠近草棚後，田光探頭往草棚裡一看，只見裡面黑乎乎的，什麼也看不見。再仔細打量一下草棚的大小，發現真的很小，估計也就只能容下一人躺下的空間而已。

田光在草棚口站了好一會，揉了揉眼睛後，再次往草棚裡探望。但是，仍然什麼也看不到。站在草棚口猶豫了一會兒，田光最後決定鑽進去看個究竟。於是，便貓著腰，低著頭往草棚內鑽去。可是，頭還沒鑽進去，就聽裡面鼾聲如雷，原來荊軻早就睡著了。

田光見此，只得躡手躡腳，同時眼睛仔細看著地面，腳尖點地，輕輕地離開了荊軻窩身的草棚。然後，找了一個乾淨的地方，靠著一棵大樹，眼睛正好望到荊軻窩身的那個草棚，遠遠地守望著，等他睡醒了出來相見。

可是，等了一個時辰，荊軻沒出來；等了兩個時辰，荊軻仍然沒睡醒。眼看紅日快要西沉，城門即將關閉了，田光再也坐不住了。於是，顧不得禮貌，也顧不得腳下，三步並作兩步地奔到荊軻窩身的草棚前，對著裡面大喊了一聲：

「荊軻大俠，荊軻大俠！」

第一遍，沒反應，裡面毫無動靜。喊第二遍時，則聽到裡面有悉悉索索的聲音。到第三遍時，已見荊軻從草棚內鑽出頭來，揉著眼睛，吃驚地問道：

「誰在大喊大叫？」

「是我，田光。」

「田光？」荊軻似乎還沒從睡夢中完全醒來。

「荊卿，我是趙國田光啊！難道您忘了兄弟不成？」田光幾乎是吼叫道。

「是田光田大俠啊！」這一下，荊軻算是徹底清醒了。於是，一邊說著，一邊坐到了草棚口。

「荊卿，您怎麼住在這種地方呢？」田光幾乎是不假思索地衝口而出。

荊軻再次揉了揉眼睛，嘿然無語。

田光知道自己失言了，於是連忙轉移話題道：

「荊卿，您讓愚兄找得好苦啊！」

「愚弟也想念兄長，可惜一直沒有您的音訊。來，快坐！」

荊軻話音剛落，手一拍到屁股下的草堆，這才想起這裡沒有坐席，只是臭不可聞的窩棚。於是，連忙改口道：

「兄長，我們借一步說話吧。」

「好！」田光就等這句話。

於是，二人攜手離開了窩棚，向一片離城門不遠的開闊地走去。

走到那片開闊地，還沒等坐下，田光就發現守城官兵正在準備關閉城門了。

「賢弟，馬上就要關閉城門了。愚兄今天為了尋找賢弟，一天都沒進食。依愚兄看，俺們索性先進城，一起吃頓飯，喝點酒，一邊喝一邊聊，如何？」

荊軻一聽，心裡雖然非常高興，但表面卻不好意思欣然接受，所以就沒有立即回應。

田光知道他的心思，遂一把拖住荊軻的胳膀，說道：

「賢弟，快走吧，等會兒關了城門，俺們想進去也進不去了。」

荊軻見田光這樣說，也就不再推辭，立即跟田光快步奔向城門，在城門即將關閉的一瞬間，攜手進了城。

進城之後，田光本想立即帶荊軻到太子府去見太子丹。但是，在進城門時，因為拉拽荊軻，近距離與他接觸，聞得他身上氣味實在難聞。再說，他現在頭髮蓬亂，就像一個亂雞窩。衣服也破破爛爛，臉上污垢縱橫。這個樣子跟太子見面，既唐突了太子丹，也有損荊軻的形象。如果太子丹感覺不佳，不認可荊軻，那麼自己想脫身就很難。

想到此，田光就一邊走一邊向城中兩旁的客棧瞅。走到一家較有規模的客棧前時，田光有意慢下了腳步，裝著漫不經心的樣子，對荊軻說道：

「賢弟，您看，這家客棧不錯，隔壁還有一家酒肆。天也黑了，愚兄已經餓得不行了，不如俺們就在此吃點東西，然後住下，通宵把酒夜話，如何？」

「兄長的這個主意好！」荊軻興奮地說道。

於是，二人便往酒肆走去。可是，快要進酒肆時，田光突然提議道：

「賢弟，索性俺們不進酒肆了，直接到客棧住下，讓老闆將酒菜叫到客棧，俺們兄弟在客棧一邊喝一邊聊，豈不是更清靜？」

「兄長這個主意好！」

於是，二人轉往旁邊的客棧。

「老闆，有沒有上等的客房？」一進客棧，田光就高聲問道。

老闆一聽要上等客房，知道這是個有錢的主。於是，一路小跑地趨前應答道：

「當然有。客倌，要幾間？」

「一間就夠，不過，要大點的。最好清靜無人打擾。」田光強調說。

「客倌，說來也湊巧。後院有一間大的客房，獨門獨戶，前後左右都沒別的客房，十分清靜。這間房，原來是由一個趙國的客商長期租住，昨天他才退房回趙國。」

田光一聽，非常高興。心想，這樣的地方，正好與荊軻談正事，也不怕有人偷聽到。於是，就爽快地說道：

「那就這間吧，房錢不成問題。不過，有兩件事，要勞煩老闆辦一下。」

「哪兩件事？請客倌吩咐！」老闆哈著腰，謙恭有加地說道。

「一件是趕快送一桶熱水，我這位兄弟長途旅行，身體勞乏，要先洗個澡放鬆放鬆；另一件很簡單，讓人到隔壁酒肆訂些酒菜，搬到客房來。」

「好好好！」老闆連聲應答，但是，卻沒動地方。

田光見此，這才醒悟，連忙從袖中掏出一錠小散金遞了過去，說道：

「這些付一夜的房錢與訂酒菜的錢，應該夠了吧？」

老闆一見金子，眼睛立即放光，接在手裡，樂在心裡，兩只眼睛笑得擠成了一條縫，一迭聲地說道：

「夠了夠了！謝謝客倌照顧！」

說著，老闆連忙招來兩個夥計吩咐了一番，讓他們分頭去辦。而他自己呢，則帶著田光與荊軻徑直往後院客房而去。

不進來還不知道，一走進後院，田光還真大吃了一驚。原來，這家客棧外表看來並不怎麼起眼，只是覺得規模好像比較大些。進到後院，這才發現是別有洞天。院子約有五畝大小，裡面遍植花木，雖然現在已是八月初秋，已經看不到什麼花了，但是卻能聞到淡淡的花香在薄暮的空氣中彌散著。

「老闆，你這後院還真雅緻，花木參差，剛才好像還聞到了一股淡淡的幽香，莫非現在還有什麼奇花不成？」

「客倌，您忘了嗎？現在八月，正是桂花飄香的時候啊！」老闆興奮地說道。

「原來你這後院還有桂花啊！」

「現在天色已晚，看不見了，只能聞到桂花的香味。如果天色尚明，您會看到一叢叢淡黃色的桂花綴滿枝間，與綠葉相襯，非常好看。客倌真是好福氣，這個時候住進來，晚上都要聞著桂花的香氣入睡呢！」

老闆一邊這樣說著，一邊沿著院中曲曲彎彎的小徑，將田光與荊軻二人帶到了後院的客房。來到客房，站在門前一看，只見房前院中滿眼的樹木，左右兩邊則是高低不一的各種樹木與灌木構成的樹牆，屋後也是這種樹牆。在暮色中，這些影影綽綽的樹木，就像一個個守衛院落的衛兵。

「客倌，俺們進屋吧，天色不早了，快看不見了。」老闆見田光站在房前左顧右盼，好久不動，遂輕聲提醒道。

「好，進屋吧。」田光應了一聲，就與荊軻一起隨老闆進了屋。

「二位客倌，你們先站著別動，等我擊石取火，點燈照明。」老闆一邊這樣說著，一邊就從衣袖裡摸出了打火石。卡嚓卡嚓地打了一陣，終於打著了火，於是，屋裡頓時明亮起來。

「二位客倌，你們看看，這間客房還滿意吧。」老闆望著田光與荊軻恭謹地說道。

田光點了點頭。

「既然滿意，那二位先休息一下，洗澡水一會兒就讓人抬過來。洗澡的大木桶就在那個牆角。」老闆一邊說著，一邊用手指了指裡面一間房間的角落。

老闆說完便告辭退出了。大約過了烙十張大餅的工夫，兩個店小二抬著一大木桶熱水進來了。田光見水熱氣騰騰，便上前想用手指試一下水溫。一個店小二看見，連忙制止道：

「客倌，這是開水，當心燙傷皮膚的。」

「那這麼熱的水怎麼洗澡呢？」田光反問道。

「等會兒我們會加冷水，調到半溫不熱的樣子，就可以洗了。」另一個店小二說道。

二人一搭一唱地說著的同時，已經麻利地將那桶開水倒進了房內的大木桶中。然後，二人一起提著水桶往房後牆根走去。田光好奇，跟在後面看。原來牆根有一口水井。

兩個店小二打了一桶井水，抬到房內後，先往裡倒了半桶。用手試了一下水溫後，又往裡倒了一點。再試，再倒一點。試到第三次時，兩人終於確認溫度正好了。於是，轉過身來，對田光與荊軻說道：

「客倌，水溫調好了，現在可以洗澡了，保證洗得舒服。」

田光點點頭，兩個店小二就退出了。

但是，沒等店小二前腳跨出門檻，田光就把他們叫住了。

二人連忙轉身，幾乎異口同聲地問道：

「客倌還有什麼吩咐？」

「你們幫我去弄一套好的衣裳過來，不管什麼方法。這是衣服的錢。」田光湊近他們耳邊，一邊說著，一邊就從袖中掏出了一點碎金塞到一個店小二手中。

店小二借著屋內射出的微弱燈光一看，原來是金子，大喜過望，連聲說道：

「客倌，俺們馬上去辦。」

大約過了烙十張大餅的工夫，兩個店小二又回來了。一人舉著火把走在前面照路，一人捧著一個竹筐，竹筐上面是一套衣裳。

二人進得門來，一個先將竹筐上面的那套衣裳向田光奉上，說道：

「客倌，您看這套衣裳如何？是俺們老闆想辦法才臨時弄到的，不知合意不？」

田光展開衣裳看了看，覺得與荊軻的身材應當相配，顏色款式也恰當。心想，這大概是老闆臨時從別的客人那裡用高價換來的吧。於是點了點頭，收下了衣裳。

「客官，這筐裡是酒菜，剛從隔壁訂的，還熱乎著呢？趁熱吃吧。」另一個店小二說道。

田光揭開筐蓋看了看，滿意地點了點頭。

兩個店小二告辭出去後，田光捧著那套衣裳就進了屋裡。此時，荊軻已經洗刷乾淨，田光送上衣裳正是及時。

「賢弟，愚兄給你弄來一套衣裳，不知合適否？將就著點穿吧。賢弟原來穿的那套，要不我請老闆找人漿洗一下，留著以後再換吧。」田光體貼地說道。

荊軻一聽，看了一眼自己那堆洗澡前換下的又髒又破的衣裳，心中頓時湧起一股暖流，不知說什麼好。良久，才望著田光，說道：

「兄長不必再費心了！既然承蒙兄長弄來了一套新衣裳，那這堆髒衣裳扔掉也罷，沒有必要再漿洗了。」

「賢弟說的也是。既然如此，那愚兄現在就把它拿到院子裡吧。」

「還是愚弟自己來吧，別髒了兄長的手。」荊軻一邊說著，一邊從木桶中站起身來。擦乾頭上與身上的水，換上田光弄來的新衣裳，攏了攏洗過的長髮，燈光下的荊軻面貌煥然一新。田光打量了一上，情不自禁地脫口而出道：

「賢弟如此一番打扮，簡直讓愚兄都不認識了。無論是氣度，還是神色，一看便是一個非凡的大俠形象。」

荊軻不好意思地低頭看了看衣裳，又望了望田光，說道：

「謝兄長抬愛！」

「好了，我們不說了。飯菜都快涼了，我們快點吃吧。賢弟洗完澡恐怕更餓了吧。」田光一邊說著，一邊拉著荊軻的手，從房內走到了外室。然後，麻利地將筐內的酒菜拿出來，擺上了食案。一切妥當後，二人施禮後入席坐定。

田光執壺先給荊軻斟了一盞酒，再給自己也斟了一盞，然後舉起酒盞，說道：

「這盞酒是愚兄敬賢弟的，乾！」

「兄長，怎麼好您先敬呢？理應是愚弟先敬兄長才對啊！」荊軻長跽而謝道。

「你我兄弟，何分先後呢？多少年後才有機會與賢弟相逢，愚兄高興啊！」

「其實，愚弟也一直想念兄長。曾起念要去尋找兄長，但是一事無成，溫飽尚不能解決，何面目去見兄長？」荊軻無奈地說道。

「自趙都邯鄲一別，賢弟就到燕國來了嗎？」田光開始將話題引向自己設定的路徑。

「唉，說來話長。」荊軻嘆了一口氣道。

「那就長話短說吧。咱們兄弟很久都沒能在一起聚了，有什麼事都說出來，即使愚兄不能為你分擔，也能為你出個主意啊！」

荊軻見田光這樣說，遂打開了話匣子：

「三年前，一個風雪交加的夜晚，愚弟因為兩天沒進食，天冷難耐，遂當了僅有的一件皮袍，到酒肆買醉。酒後頂著風雪回寄住的客棧，走到半路就倒在了雪地裡。」

「那豈不要被凍死啊！」田光口氣急切地說道。

「大概是天不絕荊軻，就在我倒地不久，雪地裡走來一個大漢，他也喝了酒，醉眼朦朧，步履蹣跚，被我絆倒了。大概摔得不輕，倒是被摔清醒了。爬起來一看，發現絆倒自己的也是一個醉漢，於是他艱難地把我背回客棧，救了我一條命。不然，我早就填了溝壑，兄長今天怎麼可能見到我呢？」

「那麼，救賢弟的那個醉漢是誰？」田光急切地問道。

「就是這些年天天與愚弟一起喝酒，放歌於燕市的狗屠兄弟。」

田光一聽，這才徹底明白，為什麼荊軻整天與狗屠這種人混在一起，原來狗屠是荊軻的救命恩人。

正當田光陷入深思之時，荊軻又說道：

「狗屠兄弟不僅救了愚弟一條命，這些年還養了愚弟這條命。」

「此話怎麼講？」田光好奇地問道。

「愚弟在燕國舉目無親，又無謀生的一技之長，吃喝都賴狗屠兄弟殺狗的生意所得維持。」

「哦，原來是這樣。那這位狗屠兄弟真是夠義氣！」田光情不自禁地讚歎道。

「是啊，沒有這位兄弟，愚弟恐怕這幾年也無法在燕國活下來。」

「這位兄弟的真實大名是什麼？」田光一直想知道這位狗屠兄弟的名字，遂忍不住問道。

「這個，說實話，愚弟也不知道。有一次，我也問過，他不肯說，所以之後我再也不問了。」

「雖說這位兄弟夠義氣，但賢弟也不能一輩子靠他喫飯。是吧？」田光開始上正題了。

「愚弟也是這樣想的。狗屠兄弟每日屠狗所獲菲薄，我每天靠他吃喝，實在過意不去。」

田光聽他這樣說，覺得轉入正題的機會差不多成熟了。但是，這時他反而不著急。連忙給荊軻斟了一盞酒，說道：

「來來來，喝！吃肉！我們都光顧著說話了。」

等荊軻又喝下一盞，又吃了一些肉後，田光才接著說道：

「賢弟，你我當初雖只是一面之交，但在我們心中卻像是幾十年的老友一樣，肝膽相照。賢弟的人品與武功，愚兄都是非常欽佩的。所以，愚兄以為，以賢弟的能力與志向，不應該一輩子碌碌無為，而應該做一番轟轟烈烈的大事業，以此名垂青史，彪炳千古。」

「兄長真是開玩笑！愚弟即使真有兄長說的那樣好，也沒有機會啊！」

田光望了望荊軻，見他眼露誠懇，說得認真，覺得可以直搗中心了。於是，說道：

「現在就有一個絕好的機會，賢弟附耳過來。」

田光一邊這樣說著，一邊自己先欠起身來，同時警覺地看了看客房內外。荊軻見此，也立即長跽而跪起身來，附耳到田光跟前。於是，田光就將推薦他給太子丹的經過與所要執行的刺秦任務原原本本地跟他說一遍。說完後，二人各自歸席。田光緊張地看了看荊軻的臉色，就怕他不肯答應。沒想到，荊軻聽完，歸席坐未穩，便站了起來，向田光長揖三次，說道：

「昔豫讓有言：『士為知己者死，女為悅己者容』。荊軻素有鄙志，然不能償其願。今承蒙兄長看顧，令愚弟結交於太子，如承蒙太子殿下信任，荊軻定當赴湯蹈火在所不辭！」

「好！一言為定！來來來，先喝三盞！」田光終於一樁心事完成了，興奮之情溢於言表。

荊軻意外地獲得結交燕太子丹的機會，自然更是高興。雖然刺秦的結局可以預料，但對於他來說則非常坦然，能有這樣一個機會顯揚萬世之名，這是他夢寐以求的。

二人都了卻了心願，於是喝酒的意興更高了。不一會，一罈上好的燕國燒就喝了個底朝天。荊軻好像還不盡興，但田光看來卻有些醉意了。

「賢弟，剛才愚兄所拜託的事務必記住，明天務必要去拜見太子殿下。」田光有些饒舌地叮囑荊軻道。

「難道兄長明日不陪愚弟一道去晉見太子殿下嗎？」

「愚兄聽說有這樣一句話：『士不為人所疑。』我與太子告別來找賢弟時，太子殿下送至門外，囑曰：『此國事，願勿洩之！』太子說這話，說明他還不太信任田光。疑而生於世，田光所羞也！」

「兄長的意思是說，因為太子的這句話，您不再回去晉見太子殿下了，是吧。」荊軻問道。

「正是。」田光一邊說著，一邊從袖中掏出一錠金子，推到荊軻跟前。

荊軻一見，不解地問道：

「兄長，您這是幹嗎？」

「這些是給賢弟臨時零用的。」田光說完這句，就趴在食案上不動了。

荊軻以為田光是喝醉了，趴著睡著了。於是，就坐在田光對面的席上，望著睡熟的田光，思前想後，浮想連翩。

等了約一個時辰，荊軻看房內燃燒的松明已經奄奄一息，快要熄滅了，知道夜已深。於是，就上前推了推田光一把，沒有反應。再推一把，還是沒有反應。荊軻覺得不對，遂把田光的頭扳起來，發現案上已經血跡一灘。再扳開田光的嘴，發現滿嘴都是血。荊軻是習武之人，知道田光已經吞舌而死了。於是，放聲大哭，直哭得自己也沒了氣。

第二天早上，店小二來送水送飯，這才發現昨晚住進的二人已經一死一昏。於是，連忙叫來老闆。最後，經過一陣拍打與灌水，才算將荊軻救醒過來。

三、荊軻來見

幸虧有田光臨死前留下的那錠金子，以及客棧老闆的幫忙，荊軻才得以從容而風光地為田光辦理好喪事。

三天後，也就是燕王喜二十四年八月二十五日，荊軻總算從田光吞舌而死的悲傷中走出來，強打精神，日中時分到了燕國太子府前，準備晉見太子丹。

荊軻剛到太子府前，就有府中小廝上前問道：

「請問您是哪位？有什麼事要求見太子嗎？」

「讓太子殿下自己來問，就什麼都知道了。」荊軻看都不看他一眼，眼睛朝天地說道。

小廝看荊軻氣宇軒昂的樣子，覺得他可能大有來頭，於是就不再追問，連忙轉身回府，一路小跑地向太子丹報告去了。

「殿下，府前有人說要求見。」小廝一見太子丹，就氣喘吁吁地報告道。

「什麼人？」

「不知道是什麼人。此人長得高大魁梧，長髮披肩，腰懸長劍，看相貌倒是一表人才。」

「那怎麼不問問清楚，他到底姓甚名誰？何處人士？」

「小人謙恭地請教過，但是他似乎非常高傲，不肯說。而且堅持一定要殿下到門口親自去問他。」

「哦？這倒是一個奇人！來人，將禮服拿來！」太子丹心中已經猜到，這個奇人肯定就是田光請來的荊軻了。

太子丹話音未落，立即上來兩個小廝，問道：

「殿下，今天有什麼重大活動嗎？」

「不要問那麼多，拿來便是！」太子丹不耐煩地說道。

兩個小廝立即諾諾而退，不一會就將太子丹的禮服送來了。接著，二人合作，給太子丹穿好，繫上帶子，佩好劍。然後，又給太子丹戴上太子冠冕。一切停當後，太子丹便隨著剛才來報告的小廝一路小跑著往太子府門前而去。

大約離太子府正門還有二十步的距離，太子丹已經看到一個高大的年輕人正昂然挺立在門口，背對著太子府門裡，正抬眼向府前方眺望著。

「不知大駕光臨，有失遠迎，實在抱歉！」太子丹走近荊軻，還沒看到他的臉，就謙恭地說道。

荊軻聞聲，立即轉過身來，發現太子丹竟然盛裝出迎，知道他有待士之誠意，心裡頓時一熱。情不自禁間，他想先給太子丹施禮，但最後卻忍住了，故意裝得非常平靜，用眼睛餘光掃了太子丹一眼，然後不緊不慢地說道：

「莫非你就是燕太子？」

太子丹聽荊軻稱呼自己連殿下的字眼都不用，就知道他是一個高傲的人了。但是，他心想，凡是有能力的人都是高傲的。只要有本事完成自己刺秦的大計，任憑您多狂多傲，也沒關係。想到此，太子丹立即坦然而笑容滿面地回答道：

「正是不才。大俠莫非就是田光先生推薦的荊卿荊大俠？」

荊軻聽太子丹稱呼自己如此客氣，恭敬有加，遂對太子丹又多了幾份好感。但是，這種好感荊軻仍然沒有表現在臉上，而是平靜如常，絲毫看不出他內心有什麼激動或感激之情。聽太子丹問到自己的身份時，他只是淡淡地說道：

「正是荊軻，衛國一介草民。」

「大俠令名譽滿天下，丹仰慕久矣！如果不是因為田先生的緣故，丹這一輩子恐怕都無緣一仰大俠的風采。」

太子丹一邊不失時機地恭維著荊軻，一邊長揖三拜。而荊軻呢，則只禮節性地回了一拜。

「殿下，快請大俠進府說話呀！」小廝提醒道。

「哦，對對對！你看，我都高興得什麼都忘了。大俠，裡面請！」太子丹一邊說著，一邊走在前面親自側身引路。

一到廳上，太子丹立即對荊軻伏地而拜。然後，又膝行而至座前，弓身替荊軻掃席。掃席畢，恭恭敬敬地請荊軻居上首就座。荊軻也不謙讓，大咧咧地在上席坐下。

荊軻剛坐定，太子丹就吩咐府中小廝道：

「快去書房，將櫃頂那罈珍藏的秦國燒拿來。」

荊軻一聽，覺得太子丹果然有禮賢下士的誠意。於是，一絲笑意不經意地寫在了眼角。

太子丹一直暗中觀察荊軻的表情，見荊軻臉上終於露出不為人察覺的笑容，知道田光說的不錯，看來這個荊軻是個嗜酒之徒。今天不妨來試試他的酒量與酒品，如果這兩樣都好，那就不怕他喝酒誤事。

不一會，小廝就將酒搬來了，滿滿一大罈，足有十斤重。

太子丹親自動手，擺好酒盞，先給荊軻滿斟三盞，再給自己斟了一盞。然後，跪直了身子，舉盞對荊軻說道：

「大俠遠道而來，風塵僕僕，請先喝了這盞！」

荊軻也不推辭，端起面前的一盞，一仰脖子，就將一盞秦國燒喝了下去。

太子丹見此，也一仰脖子將自己手中的一盞喝光。然後，跪直身子，親手端起荊軻面前的另一盞酒，高高舉過頭頂，說道：

「燕乃荒僻小國，大俠不嫌蠻域而丹不肖，不遠千里而辱臨敝邑，此乃上世神靈保佑燕國，降福於丹也！燕國何其幸哉！丹何其幸哉！從今以後，丹得以常侍大俠左右，旦夕受大俠耳提面命。」

荊軻一聽太子丹說自己是遠道從衛國而來，以為太子丹不知道自己這些年一直與狗屠之輩混跡於燕市的事，心中不禁一喜，非常感念田光。如果田光先前跟太子丹說自己在燕市與狗屠之流混跡，恐怕太子丹就會看不起自己了。想到此，他便不置可否地接住太子丹的話說道：

「田光頌殿下仁愛之風，稱殿下不世之器，說殿下高行滿天下，美聲盈於耳。故軻出衛都，望燕路，歷險不以為苦，望遠不以為遐，晝行夜宿，馬不停蹄，三日而至燕都。今軻無尺寸之功，殿下禮軻以舊故之恩，接軻以新人之敬，令軻感動莫名。軻雖不才，但從今而後願聽殿下驅使，赴湯蹈火，在所不辭！」

荊軻說完，接過太子丹舉過頭頂的那盞酒，一飲而盡。

太子丹見此，又端起荊軻面前的第三盞酒，再次舉過頭頂，說道：

「大俠請飲了這第三盞。」

荊軻並不推辭，接盞在手，又是一飲而盡。

「大俠果如田光先生所言，不僅是義薄雲天的偉丈夫，就連飲酒也豪爽過人，真乃當世之豪傑也！」

「田先生過獎了！」

太子丹聽了荊軻這句話，本來伸出要再倒酒的手一顫，突然停住了，望著荊軻說道：

「田先生飲酒也是豪爽過人，他怎麼沒跟大俠一起回來啊？」

荊軻聽太子丹這麼一問，原本已起的酒興立即沒有了，情不自禁間低下了頭，良久無語。

「大俠，田先生今無恙乎？」

「田先生與軻把酒盡歡，末了突然跟軻說起一件事。」

「什麼事？」太子丹立即追問道。

「田先生說，殿下送他時，執手囑曰：『此國事，願勿洩之。』」

「確有此事。怎麼了？」太子丹不解地問道。

「田先生以為，這是殿下不信任他。他說：『士不為人所疑。疑而生於世，羞之大也。』遂向軻吞舌而死。」

太子丹一聽，大驚失色，半天說不出話來。良久，才淚如雨下，唏噓感傷地說道：

「田先生怎麼這樣想呢？丹囑其『勿洩之』，只是出於謹慎，並非懷疑其人品。丹何曾對田先生為人有過懷疑？今田先生因丹一言而自盡，丹何面目再苟活於這個世上？有何面目再面對天下之義士？」太子丹一邊說著，一邊跪起欲拔腰間所懸之劍自刎。

荊軻一見，眼疾手快，隔著食案一把揑住太子丹的手腕，勸說道：

「殿下何必自尋短見！田先生已經因為誤會而離世，殿下若再因此而有個閃失，荊軻何以有面目獨活於這世上？況且，殿下大業未竟，如何告慰於田先生？」

沒想到荊軻這情急之下的一番話，還真的打動了太子丹。良久，太子丹收住眼淚，望了望荊軻，堅定地點了點頭。

荊軻見此，連忙起身抱起酒罈，反客為主，替太子丹斟起酒來。於是，二人便開始你一盞，我一盞地喝了起來。不一會兒，酒罈空了，兩人也醉得不省人事了。

第二天，太子丹從田光吞舌而死的悲傷中清醒過來，覺得昨天對荊軻的招待不夠鄭重，不能最大程度地表達出自己待士的誠意，於是決定將夏扶、宋意與秦舞陽等人都邀集到一起，共同為荊軻接風洗塵。

日中時分，酒宴開始。太子丹虛上席以待荊軻，荊軻並不謙讓，大喇喇地坐下。夏扶、宋意與秦舞陽都坐在對面末席，太子丹則坐在荊軻右邊，執壺而為大家斟酒。

因為是太子丹宴客，並明說是為荊軻接風，所以荊軻坐上席而不謙讓，大家也不便說什麼。但是，喝酒喝得酣暢，到了大家耳熱臉紅之時，大家的情緒漸漸就顯露出來了。正好此時太子丹起而為荊軻祝壽，說的話又有些肉麻，這就讓夏扶等人看不下去了。在他們心目中，荊軻只不過是一個平凡的武士，武藝並不一定比自己高。如果太子丹此時是為田光先生祝壽，他們還能服氣。三人此時都是這樣想著，便不約而同地相互看了看。最後，夏扶趨前，跪直身子，好像是對著荊軻說，但又好像是對著太子丹，說道：

「夏扶聽說有這樣一句話：『士無鄉曲之譽，則未可言德行；馬無服輿之伎，則未可論優良。』今荊卿遠道而至，將何以教太子？」

夏扶的話，其實說得很明白。意思就是說，你荊軻何德何能，太子禮賢下士，你倒一點不客氣。

無有一寸之功，居上席而無愧色。既如此，你應當有什麼過人之處，能對太子有所幫助啊！

荊軻並沒喝多，即使喝多了，他也聽得出夏扶話中的吃酸味道。他知道，夏扶的話無非是想刺激一下自己而已。想到此，荊軻莞爾一笑，從容說道：

「士有高於世人之行者，不必有譽於鄉曲；馬有日行千里之能者，不必有服輿之伎。昔姜太公呂尚，家道中落，衣食無著，為求溫飽，為養家室，乃至商都朝歌屠牛賣肉。後又遠至孟津，做過賣酒的生意。但呂尚並不妄自菲薄，自暴自棄，而是胸懷大志，勤奮好學，一邊屠牛賣酒，一邊刻苦鑽研，探討治國安邦之道，以期有朝一日一展平生抱負。雖然等了幾十年仍不得機會，但他並不氣餒。直到晚年，才等來了機會。當時，殷紂王當政，不思百姓疾苦，而是聽信佞臣之言，迫害忠良，寵愛妖姬，荒淫無道，無惡不作，天下百姓怨聲載道。就當東方大國殷商王朝正在走向衰落與崩潰時，西方蕞爾小國周迅速崛起。」

荊軻說到此，停下看了看太子丹，又掃了一眼夏扶等人，見其神情專注，遂喝了一口酒，又從容講道：

「周僻處西陲荒遠之地，國小人寡。但周西伯姬昌倡仁政，愛百姓，積極發展經濟，厲行勤儉治國之風。西伯治國的成效迅速顯現，社會呈現繁榮發展的局面，人心趨於安定，國勢也日益強盛起來。對比東方大國殷紂王的荒淫無道，周邊諸侯皆望風歸附西伯。由此，周的崛起之勢已經不可阻擋了，不久的將來周極有可能取殷商而代之，成為天下共主。」

荊軻說到此，又停了一會，抬眼看了看燕太子丹，見他不僅神情專注，而且還不住地點頭。

遂又繼續說了下去：

「呂尚此時雖已年屆八十八歲，但仍壯心不已。獲知西伯禮賢下士，重視人才，遂悄然離開殷都朝歌，隱居渭水之濱的磻溪，直鈎垂釣，以觀世局變化，以待西伯來聘。」

「那結果怎麼樣？」秦舞陽是個粗人，對於歷史一竅不通，荊軻所說的事，他一點不知道，所以急切地問道。

「有一天，也是機緣湊巧，西伯姬昌遊獵而至磻溪，發現呂尚直鉤垂釣，遂下車而至溪邊與他攀談。愈談愈投機，愈談愈覺得呂尚學識淵博，見解獨到，是個奇人。於是進一步以國策相詢，呂尚答以『三常』之論。」

「何謂『三常』之論？」夏扶也忍不住打斷荊軻的敘述而問道。

荊軻掃了夏扶一眼，意有不屑地答道：

「所謂『三常』之論，就是『君以舉賢為常，官以任賢為常，士以敬賢為常。』也就是一句話，治國興邦要以人才為根本。舉賢、任賢、敬賢，天下英才才能為其所用。有了人才，天下何愁不治？國家何愁不強？」

太子丹聽了荊軻說出這番借題發揮的話，不禁對荊軻刮目相看。遂連連點頭。

荊軻見太子丹面露欣賞之色，立即接著說道：

「西伯聽了呂尚之言，大為感嘆道：『昔我先君太公有言：周有聖人至，方得興盛。以此觀之，您就是我先君所言之聖人吧。我先君太公望先生久矣！』於是，親自將垂釣於溪邊的呂尚扶上自己的座車，並親自駕車，一起回到周都，拜為太師，號曰『太公望』。之後，呂尚先後輔佐西伯及其子周武王，滅殷商而興周，奠定了周朝八百年江山之基礎。呂尚屠牛賣酒之時，乃天下之賤丈夫也；遇周文王於磻溪，則為周之國師。千里馬拉鹽車，則處駑馬之下；一旦遇伯樂，則有千里之功。可見，一個人在鄉曲有美譽，並不意味著就是英才；一匹馬會拉車，並不意味著就是良駿。」

一席話說得夏扶等人無言以對。但是，沉默了一會，夏扶還是不服氣，說道：

「雖說荊卿說得不無道理，但是，夏扶還是有一句話要請教。」

「什麼話？但說無妨。」荊軻豪爽而自信地說道。

「呂尚是呂尚，那是古代的傳說。就眼前燕國的處境，不知荊卿以何策而教太子殿下？」

宋意、秦舞陽等人聽夏扶說出這番話，都很振奮，以為誇誇其談的荊軻一定會答不上來了。不意，夏扶話音未落，荊軻張口就來，說道：

「荊軻雖不才，但有信心使燕國復興，令太子德比周召公，甘棠有遺愛。不敢說讓太子功比三皇，但敢說讓殿下追跡五霸。不知夏君以為如何？」

夏扶等人聽荊軻口氣如此之大，信心如此之滿，一時為之語塞。太子丹在旁冷眼旁觀，不禁為之雀躍。他聽荊軻對歷史如數家珍，這才想起田光所言不虛，覺得荊軻與一般武士確實不同，是好讀書而有思想的武士，不是魯莽之夫。想到此，一絲欣慰的笑容便寫在了臉上。

之後，夏扶、宋意、秦舞陽等人仍有不服，又出了一些難題，希望給荊軻難堪。可是，都被荊軻侃侃而談而折服。直到酒宴結束，荊軻也沒有被難倒，一直神采奕奕，從容不迫，自信滿滿。

看著荊軻酒宴上的表現，太子丹就像吃下了一顆定心丸，對荊軻更加放心了。他相信，以荊軻如此的口才與應變能力，讓他為燕王之使，在秦廷上與秦國君臣折衝樽俎，那是遊刃有餘的。唯有如此，燕王之使才有可能真正接近到秦王，最終實現刺殺秦王的目標。否則，恐怕連見上秦王一面的機會都沒有，何來有刺殺秦王的可能。

酒宴罷，太子丹甚喜，自以為得荊軻，則永無秦憂。

第三天，太子丹陪荊軻在太子府內遊玩。二人一邊走一邊說話，甚是其樂融融。但是，走到後花園的一個水池邊，荊軻突然停下不走了，凝神看著水中悠游自在的烏龜，突然像個孩子似的高興起來。

「大俠沒見過烏龜嗎？」太子丹看見荊軻見龜興奮的樣子，不解地問道。

荊軻沒有回答，只是搖搖頭。

太子丹這就更加糊塗了，正想再問他時，卻見荊軻從腳邊拾起一塊瓦片，瞇起眼睛向著一隻大烏龜擲了過去。烏龜被擊中，立即沉入水底。荊軻遂又拾起一塊瓦片，瞄準另一隻浮在水面的小烏龜投擲過去。

太子丹見荊軻如此對投龜有興趣，又見其尋瓦片之不便，遂連忙揮手招來遠遠跟在後面的小廝，讓他去取一盤散金過來。

不一會，小廝就回來了。太子丹從小廝手中接過那盤散金，悄悄走到荊軻身邊。當荊軻正要彎腰去尋瓦片時，太子丹輕聲說道：

「大俠，這裡有。」

荊軻直起腰來一看，太子丹正托著一盤散金，不解地問道：

「殿下，您這是幹什麼？」

「給大俠擲龜啊！讓您彎腰去拾瓦片，那多麻煩！」太子丹一邊說著，一邊順手遞上了一塊散金。

荊軻猶豫了一下，接金在手，瞄準水面上的另一隻烏龜擲去。一下，二下，三下，……盤裡的散金愈來愈少了。太子丹連忙回頭暗示小廝，小廝會意，立即又回去取了一盤過來。到第二盤擲盡，太子丹再托上第三盤奉上時，荊軻一擺手說道：

「不是替太子殿下愛惜金子，而是荊軻臂痛而已。」

說完，荊軻就率先離開池邊，不再投金擲龜了。太子丹連忙跟上，陪他一起向園中深處走去。

第五章　山雨欲來

一、樊將軍來投

秦王政十六年，燕王喜二十四年九月初三，秋高氣爽。一大早，太子丹就陪荊軻騎馬出行。在燕都薊城南郊，二人遊獵到日中時分，已是大有收穫。

滿載而歸的路上，荊軻與太子丹騎在馬上並排而行，一邊走一邊聊。聊著聊著，突然迎面一匹駿馬飛奔而過，一眨眼的工夫就不見了。

「這人不知是何人？他騎的這匹馬一定有來歷，肯定是一匹千里良駒。」望著遠去的那人那馬，太子丹情不自禁地脫口而出道。

「據說，千里馬的肝非常美味。」

荊軻似乎說得漫不經心，但太子丹卻聽得非常認真。

第三天，也就是九月初五，一大早，太子丹與往常一樣，前往荊軻的住所問候他。陪他用完早餐，告辭而出時，太子丹回頭對荊軻說了一句：

「大俠，今天不要走開，中午我請您過去喝酒，就咱們二人。」

說完神秘地一笑，走了。

荊軻覺得太子丹笑得詭秘，但也沒多想什麼。上午，荊軻沒有出去，只在住所附近練了練功，看了一會兒花草。

「大俠，太子殿子請您過去。」午飯時間快到時，太子丹差遣的一個小廝準時來請。

平時三頓飯，都是太子丹親自過來陪著吃，今天卻鄭重其事地請到太子那邊吃，好像是有什麼特別的安排。但是，荊軻是武人，沒想那麼多。於是，也沒問小廝，就跟他來到了太子住所。

太子丹早就等在門口了。二人相見互相施禮後，便攜手入室。

分賓主甫一坐定，酒菜就陸續擺了上來。太子丹首先給荊軻斟了一盞酒，然後自己再斟了一盞，舉盞在手，說道：

「平時一直怠慢大俠，都是粗食淡飯，也沒什麼美味佳餚招待。所幸大俠也不嫌怠慢，多所寬容。今日，設法得一美味，所以要請大俠過來嚐嚐。」

說到此，太子丹對一旁侍立的小廝使了個眼色，小廝立即退出。太子丹見此，說道：

「大俠，丹先敬您一盞。」

荊軻見太子丹先喝了，遂也爽快地一仰脖子，一盞酒也進了肚裡。

接著，太子丹又開始給荊軻斟第二盞酒。剛斟好，小廝領著一位廚子進來了。只見那廚子手裡捧著一個木盤，上面遮蓋了一層布，還熱氣騰騰地冒著煙。荊軻看太子丹與廚子都顯得神秘兮兮的，不知葫蘆裡賣的是什麼藥，心裡雖有疑問，但卻冷眼旁觀，並不追問。

廚子輕手輕腳地彎腰走到太子丹與荊軻共食的食案前，先慢慢地跪下，然後把盤子小心翼翼地擺放在荊軻的面前，最後才慢慢地揭去上面遮蓋的一層布。這一下，荊軻終於看清楚了，不禁莞爾一笑道：

「殿下，荊軻以為這是什麼神秘的食物呢，原來不就是一盤牛肝嗎？難道這牛肝與一般的牛肝有什麼不同嗎？」

「大俠，您再仔細看看。」太子丹微笑地望著荊軻說道。

荊軻遂又低頭仔細地向盤中看了看，然後以不容置疑地口氣說道：

「殿下，這確實是牛肝啊！荊軻以前也吃過，並不怎麼可口。」

廚子這時憋不住了，脫口而出道：

「這是千里馬的活肝。是太子殿下花盡府中所有黃金搜求來的。」

荊軻一聽，頓時吃驚地睜大了眼睛，望著太子丹半天也說不出一句話來。太子丹對廚子揮了揮手，廚子便起身退了出去。

看著廚子遠去的背影，荊軻這才從吃驚中慢慢清醒過來。良久，望著太子丹認真地問道：

「殿下，這果真是千里馬的肝嗎？」

「當然是。大俠不記得了嗎，那天我們出郊遊獵，看到一人騎了一匹駿馬飛馳而過，丹感嘆其馬有千里之能，大俠說千里馬的肝是天下美味。所以，丹回來後就派人出去搜求千里馬，僥倖重金購回。今日早上送到，上午活殺後取肝，蒸熟奉上。」

荊軻一聽，立即感動得熱淚盈眶。良久，起身繞席，伏地向太子丹稱謝道：

「殿下待軻恩義如此，軻縱然粉身碎骨，也難報得殿下之恩於萬一。」

太子丹一見，連忙起身扶起荊軻。二人禮讓了好一會，這才重新坐回席上。

「大俠，快趁熱吃！」太子丹熱情地勸著。

荊軻望了望太子丹，小心翼翼地從盤中掰了一塊送到嘴裡，還沒來得及細嚼，品出什麼味道就吞了下去。然後，一個勁地誇說：

「美味，美味，天下美味！」

太子丹看了，不禁莞爾一笑，道：

「大俠，要蘸著醬吃，才是美味。」

於是，賓主相視一笑，舉起酒盞一飲而盡。

喝了大約有一個時辰，馬肝已吃盡，一罈酒也快喝空。就在這時，太傅鞠武急急進來。

太子丹見他匆匆忙忙，似乎有什麼急事的樣子，便急切地問道：

「太傅有什麼急事嗎？」

鞠武見荊軻居上席巍然端坐，猶豫了一下。太子丹心知其意，立即說道：

「丹與大俠每日同案而食，同席而眠，情同手足，彼此沒有什麼秘密。太傅有什麼話，但說無妨。」

鞠武見太子丹這樣說，遂開口說道：

「剛才府前來了一位神秘的客人，想求見太子殿下。門者問他是什麼人，他執意不肯說。武到府前相探，開始他也不肯說，後來知武乃太子太傅，這才肯透露了點消息，說他是秦國大將，名叫樊於期，因為得罪了秦王，所以潛逃在外多年。今聽說太子禮賢下士，招求天下俠士，故來相投。」

「樊於期？丹在秦國多年，未曾聽說有一個叫樊於期的大將啊！」太子丹頗感困惑。

「秦國的將軍成百上千，武不可能都知道，但秦國有名的大將，還是能數得出來的。所以，武進一步試探。最後，他附耳對武說，他其實是叫桓齮。」

「桓齮？」太子丹一聽，差點從席上跳了起來。

「太子殿下知道他嗎？」鞫武看太子丹的反應如此強烈，遂好奇地問道。

「何止是知道，丹還與他一起喝過酒呢？」

「那殿下對他的情況很瞭解嘍？」鞫武進一步追問道。

太子丹看了看太傅鞫武，又看了看荊軻，然後從容說道：

「秦王嬴政六年，韓、趙、魏、衛、楚五國聯合進攻秦國，攻佔了壽陵邑。秦國出兵後，五國停止了進攻。但是，秦國卻乘機攻下了衛國，逼近東郡。衛君角率宗族遷居到野王，憑借山勢險阻，保住了魏國河內。嬴政七年，秦相呂不韋認為五國伐秦，主謀是趙。遂派大將蒙驁與張唐督兵五萬伐趙。兵出三日後，呂不韋又令長安君成蟜與桓齮率兵五萬為後援。蒙驁兵出函谷關後，前軍取道上黨，徑直進攻慶都。而長安君所率五萬之師，則駐紮於屯留。」

荊軻那時因為以劍術而說衛君不聽，負氣離開了衛國，所以不知後來發生的事情。聽太子丹說到五國伐秦後的事情，產生了興趣，遂連忙追問道：

「那趙國怎麼應付？」

太子丹見荊軻對這段歷史也有興趣，遂連忙接著往下說道：

「趙王聞聽秦國大軍來犯，立即遣龐媛為大將，扈輒為副將，率兵十萬迎擊秦兵。由於秦兵人少，堯山一仗，秦師未能取勝。蒙驁遂派張唐督兵到屯留催取長安君成蟜與桓齮率領的五萬後援。當時，成蟜年方十七歲，對軍旅之事並不熟悉，遂召桓齮密議。桓齮對蒙驁與張唐等人對長安君頤指氣使而心有不平，加之他早就聽聞呂不韋納妾盜國之事，更是義憤填膺。於是，便乘機向長安君進言道：『今秦王非先王之骨肉，惟君乃嫡子。』又說呂不韋此次出兵，目標不是趙國，而是想借機除掉長安君，以絕後患。長安君於是問他，當前情勢如何處置。」

「桓齮怎麼說？」荊軻又急切地問道。

「桓齮獻計說：『今蒙驁兵困於趙，急未能歸，而君手握重兵，若傳檄以宣淫人之罪，明宮闈之詐，臣民誰不願奉嫡嗣者。』長安君一聽，覺得有理。心想，此乃天賜良機，何不放手一搏？如果成功，秦國便是自己的了。於是，長安君成蟜就採納了桓齮的計謀，讓桓齮對前來催兵的張唐使者說，大軍不日就將移營馳援。」

「結果怎麼樣？」鞠武對這一段的內幕不甚清楚，只有當時身在秦都咸陽的太子丹最清楚了，所以當太子丹說到長安君謀反的事，他也來了興趣，急忙追問道。

「桓齮不僅在張唐使者走後沒立即率兵往慶都馳援蒙驁，反而替長安君草擬了一篇討伐呂不韋的檄文。結果，蒙驁所率之師孤立無援，最後蒙驁自己也戰死於慶都。」

「那後來呢？」荊軻也追問道。

太子丹看了看荊軻，又望了望鞠武，繼續說道：

「有關呂不韋進妾之事，秦國很多人早就有所耳聞。等到長安君的檄文四下傳布，大家見到檄文中有懷妊奸生等語時，就更加確信實有其事。雖然很多秦國將領因為畏懼呂不韋的權勢而不敢立即起兵響應長安君，但對朝廷未來的走勢都持觀望態度。張唐見長安君謀反已成事實，遂策馬飛奔，星夜趕往咸陽告變。秦王聞報大怒，乃與呂不韋計議，派大將王翦率十萬大兵往屯留征討長安君成蟜。最終，長安君投降了趙國，手下的軍官大多被秦王誅殺。」

「那主謀桓齮怎麼逃過的呢？」荊軻不解地問道。

「桓齮為謀反的主謀，當時我在咸陽時都沒聽說過。只是前年聽說他戰敗潛逃了，才陸續有人揭出他的老底。」

「那桓齮真算是幸運。」鞠武感嘆道。

太子丹看了看鞠武，說道：

「何止是幸運！秦王嬴政十年，呂不韋和嫪毐失勢後，桓齮還被秦王提拔為大將軍，齊國與趙國派來使臣擺酒祝賀。嬴政十一年，秦王令王翦為主將、桓齮為副將、楊端為末將，三軍並為一軍，攻打趙國鄴邑。雖然奪取九座城邑，但未攻下鄴邑。後來，還是桓齮攻下了鄴城。王翦又派他攻打櫟陽，也攻下了。從此，桓齮便成了常勝將軍，聲勢如日中天。嬴政十三年，秦王又派桓齮率兵伐趙，攻打趙之平陽邑。結果，殺趙將扈輒，斬趙師之首十萬。但是，嬴政十四年，他再次伐趙時，卻被趙將李牧打敗。」

「殿下剛才說桓齮是秦國的常勝將軍，怎麼會被趙將李牧打敗呢？」荊軻不解地問道。

太子丹看了看荊軻，頓了頓，又接著說道：

「桓齮殺扈輒，斬趙師十萬之後，自以為天下無敵，遂萌生了驕傲情緒。平陽戰役結束不久，也就是秦王嬴政十四年初，桓齮未請示秦王，就擅自率兵東出上黨，越太行山自北路深入趙國後方，攻佔了赤麗、宜安，然後兵指趙都邯鄲。趙王見情勢危急，星夜遣將奔赴代地雁門郡，調回老將李牧，並加封其為大將軍，令其率所部南下，指揮全部趙軍反擊秦師。」

對於這次戰爭，鞠武與荊軻雖然都聽說過，但不清楚具體細節。唯有太子丹掌握密報，知道詳情。於是，二人便不約而同地問道：

「結果怎麼樣？」

「李牧率雁門邊關守軍主力與趙王從邯鄲派出的軍隊會合後，在宜安附近與桓齮所率十萬秦師相遇，雙方形成對峙態勢。李牧是趙國名將，也是身經百戰的老將。他認為，秦師在連續獲勝的情況下，士氣可用，在心理上佔有優勢。如果趙師現在倉促迎戰，勝算不大。於是，就採取了堅壘固守的戰略，讓士兵挖溝築壘，拒不應戰，以避敵銳氣，俟其鬥志消磨殆盡時，再伺機反攻。」

「桓齮是常勝將軍，難道就不能識破李牧的計謀嗎？」荊軻問道。

「當然識得破。桓齮一看李牧的陣勢，就知道他這是在學昔日趙國老將廉頗以堅壘而拒秦將王齕的老招。於是，就率主力佯攻肥下，誘使趙師出兵救援，然後在趙師移動中殲滅之。李牧知其用意，所以當秦師抵肥下，趙將趙蔥請求李牧發兵馳援時，李牧不為所動。相反，李牧卻趁秦師主力外移，大營空虛之機，一舉襲占了其後方陣地，不僅殲滅了其留守兵力，而且繳獲了其全部輜重。」

「那桓齮怎麼辦？」荊軻緊張地問道。

「桓齮聞訊，立即回師。但是，李牧早就預料到，並布好了局。他將趙師主力隱藏於兩翼，小股軍隊置於正面。當秦軍主力與這小股趙軍相遇時，趙國兩翼主力立即形成合圍之勢。結果，趙師以逸待勞，一舉殲滅了十萬秦師。桓齮只率少數親隨突圍而出。此次戰役不僅使趙國獲得了喘息的機會，也打破了秦軍不可戰勝的神話，在秦國將領心裡投下了陰影。正因為如此，桓齮知道問題的嚴重性，徘徊徬徨而不敢回到秦國。最終只得選擇潛逃，而不知所終。」

「那今天他怎麼會出現在燕國太子府了呢？」荊軻不解地問道。

「這個，丹就不清楚了。」太子丹搖了搖頭，一臉茫然地說道。

「武可以回答。」

「那太傅趕快說說看。」太子丹與荊軻幾乎異口同聲地催促道。

「剛才在府前，樊將軍已經略有透露，說秦王聽說他戰敗，非常震怒。戰敗後，他雖猶豫過是否回到秦國，但一聽說秦王震怒，只能選擇潛逃不歸了。可是，秦王知道後，卻將他的父母並全宗族的人統統殺害，並且懸賞捉拿他。於是，他只得化名樊於期，在山東五國間流浪。他之所以不敢公開投靠山東五國之君，就是考慮大家不敢得罪秦王。所以，這才猶豫著選擇投靠太子殿下。」

「既然是這樣有名的秦國大將，而且是自己投到太子門下，何不網羅？」荊軻脫口而出。

鞠武聽荊軻這樣說，幾乎也是脫口而出道：

「太子殿下，這個千萬使不得。」

「為什麼？」太子丹問道。

「樊於期，不是別人，他就是秦王恨得牙癢的敗將、叛將桓齮啊！殿下若是收留他，豈不是得罪秦王，惹火燒身嗎？」

「太傅說的確實有道理，但是，桓齮是丹的故人，有難相投，丹豈能拒人於門外呢？再說，即使與桓齮素昧平生，他信任丹，丹也不能不講義氣而不伸手拉他一把啊！」

見太子丹說得振振有詞，慷慨激昂，鞠武急了。可是，一急，反而說不出話了。

太子丹見此，連忙起身，要到府前迎接樊將軍。

鞠武看太子丹已經被「義氣」二字糊了心竅，失去了理智。遂情急之下，雙膝跪地，向前一把拉住太子丹的衣裾，說道：

「殿下，請讓鞠武把話說完。」

太子丹見自己的老師如此，只得停下來，扶起鞠武，說道：

「太傅，您有話就說吧。不能讓樊將軍在府前等候太久，那樣不合待賢之道。」

「武以為，殿下往府前迎接樊將軍沒有問題，招待他喝盞酒也沒問題。只要謹慎而不露出風聲，相信秦王也不會知道。但是，與他見過之後，希望殿下急遣其往匈奴以滅口。然後，西約三晉，南聯齊、楚，北講和於單于，則燕無憂矣。若殿下必以義氣為重，結一人之交，而不顧國家之大害，則是行危而求安，造禍而求福，此所謂『資怨而助禍』也。望殿下三思！」

太子丹聽了鞠武一番陳說，猶豫了一下。但是，當他抬眼望了一眼荊軻後，仿佛從他的眼中看到了什麼，遂徑直到府前迎接樊於期，並將之待為上賓。

二、華陽台之宴

太子丹拒絕了太傅鞠武的諫議，執意收留了秦國叛將樊於期（桓齮）之後，鞠武對燕國的前途更加悲觀了。不過，儘管太子丹一意孤行，重用荊軻等武士，不聽勸諫，但是鞠武仍沒有拋棄太子丹，拋棄燕國的想法，而是每日通過各種管道蒐集情報，瞭解秦國的一舉一動。可惜，太子丹不能體會到他這片老臣愛國的苦心。

就在鞠武日夜為燕國的前途憂心忡忡之時，太子丹卻天天侍候著荊軻以及夏扶、宋意、秦舞陽等人吃喝遊樂。對於樊於期，也是厚賞厚遇有餘。

秦王政十八年，燕王喜二十六年（西元前二二九年）八月初八，太子丹在華陽之台宴請賓客，除了樊於期和荊軻兩位首席嘉賓外，還有所養的死士夏扶、宋意、秦舞陽，以及荊軻的朋友，擊筑高手高漸離。

午時剛到，宴席就已經擺好，太子府的樂隊也早已分兩列侍立台下。因為今天是太子丹十日一次的大宴，所以就顯得格外隆重。

當受邀嘉賓陸續拾級登台時，樂隊開始演奏起歡快的迎賓曲：

呦呦鹿鳴，食野之苹。
我有嘉賓，鼓瑟吹笙。
吹笙鼓簧，承筐是將。
人之好我，示我周行。

呦呦鹿鳴，食野之蒿。
我有嘉賓，德音孔昭。
視民不恌，君子是則是傚。
我有旨酒，嘉賓式燕以敖。

呦呦鹿鳴，食野之芩。

我有嘉賓，鼓瑟鼓琴。
鼓瑟鼓琴，和樂且湛。
我有旨酒，以燕樂嘉賓之心。

時當仲秋，天高氣爽，華陽台周圍的丹桂正是飄香之時。伴隨著習習秋風，一陣陣清香不時送到華陽台上，直沁人心脾。太子丹喜逐顏開，熱情招呼著每一位嘉賓入席。

荊軻還是一如既往，毫不謙讓地居上席坐下。樊於期則坐於荊軻之左，太子丹坐於荊軻之右。荊軻儼然就是全場最尊貴的人物。太子府中的宴集隨時都有可能舉行，大家經常聚會，看慣了這種排場，也瞭解荊軻的作派，所以大家都習以為常，並不覺得他有僭越或是不妥。

待大家都已坐定，太子丹親自執壺，從荊軻開始，長跽膝行，依次給大家斟酒。然後舉盞，一一敬勸，禮數非常周致。

酒過三巡，大家都已耳熱面赤。這時，太子丹對台下一招手，立即有兩個眉清目秀的小廝「噔」、「噔」、「噔」拾級上台，一前一後，動作非常協調地抬著一架古琴放到了嘉賓席前。

酒席是由兩排食案相對組成。太子丹與荊軻等人所坐的那排，是華陽台坐北朝南的位置；夏扶等人所坐的那排，則正好是與太子丹等相向的坐南朝北的位置。古琴所擺放的位置正好打橫，在兩排食案的左側，也就是華陽台的西側位置。坐在這個位置面向兩排嘉賓彈琴，既能讓每一位嘉賓都能側身看到彈琴人的一舉一動，一顰一笑，又能藉助西風將琴聲更好地傳到每一位嘉賓的耳中。

琴剛擺好，就見上來一位婷婷裊裊的女子，一襲白色的長裾，伴隨著一陣香氣，飄飄欲仙地從客人面前飄過。當她在琴前坐定時，大家終於看清了她的面目。只見她髮似潑漆，雲髻峨峨；眉似兩彎新月，又如初春柳枝上新抽出的兩片葉芽；明眸忽閃，恰似兩汪清澈見底的甘泉，波光粼粼；鼻直唇紅，齒如瓠犀，頸似蝤蠐，肩若削成，腰如束素。身材修短合度，膚色猶如凝脂。

正當大家都看得如癡如醉的時候，太子丹向她點了點頭。只見她嫣然一笑，兩頰立見一對淺淺的酒窩。接著，抬臂揮袖，舉皓腕，出素手，輕撫琴弦，啟朱唇，緩聲唱道：

南有喬木，不可休思。
漢有游女，不可求思。
漢之廣矣，不可泳思。
江之永矣，不可方思。

翹翹錯薪，言刈其楚。
之子於歸，言秣其馬。
漢之廣矣，不可泳思。
江之永矣，不可方思。

翹翹錯薪，言刈其蔞。
之子於歸，言秣其駒。
漢之廣矣，不可泳思。
江之永矣，不可方思。

太子丹美人撫琴唱出的這首曲子，大家都耳熟能詳。它是描寫一個青年男子路遇一位女子而情思難遏的故事。這女子美麗動人，是他鐘情已久的對象。但是，他只是一個溫飽都沒有著落的樵夫，而她則是一位即將被人迎娶的嫁娘。看著自己心愛的女人從自己面前飄然而去，想著這輩子永遠與這位姑娘無緣，男子不禁悲從中來，惆悵失落之情猶如眼前浩渺無際、滾滾東去的江水，於是放歌一曲，將自己滿腹的愁緒盡情宣洩而出。

這首民歌雖是抒發失戀男子的無限哀愁，但往往都是由女子演唱，諸侯各國的青樓酒館都能聽到。雖是一首爛熟的流行之曲，大家行走江湖，不知聽過多少遍，但是今天由太子丹美人撫弦縵聲唱出，人人都覺得韻味無窮，擊節嘆賞。到底是因為歌唱得好，還是琴彈得好，抑或是人長得好，讓人欲說已忘言。

正當大家如醉如癡之時，太子丹向那女子招了招手。女子連忙提裾起立，小步快趨地來到太子丹席前跪下。太子丹指了指面前的酒壺，對她說道：

「快給諸位嘉賓斟酒。」

女子於是抬袖露出白如柔荑的一雙小手，執壺長跽膝行。按照太子丹指定的順序，女子首先來到荊軻面前，恭恭敬敬地給他斟了一盞酒，然後小心翼翼地端起，慢慢地舉過頭頂，送到荊軻面前。

荊軻並沒有立即接盞飲酒，而是癡癡地看著女子端著酒盞的那雙白嫩細巧的小手。太子丹從旁看見，遂輕聲提醒道：「大俠，請飲酒。」

荊軻聽到太子丹的聲音，側身看了一下太子丹，然後仍然眼睛緊盯著女子的那雙手，脫口而出道：「好手琴！」然後，才接盞飲酒。

太子丹一聽，以為荊軻是說女子一雙好手彈得一曲好琴。於是，待她執壺給所有嘉賓斟完一輪酒後，又讓她重回琴前，再撫琴而歌一曲：

蒹葭蒼蒼，白露為霜。
所謂伊人，在水一方。
遡洄從之，道阻且長。
遡游從之，宛在水中央。
蒹葭淒淒，白露未晞。
所謂伊人，在水之湄。

遡洄從之，道阻且躋。
遡游從之，宛在水中坻。

蒹葭采采，白露未已。
所謂伊人，在水之涘。
遡洄從之，道阻且右。
遡游從之，宛在水中沚。

這是一首秦國的民歌，太子丹在秦國為人質而鬱悶時，最愛聽這首情歌。它寫一位男子癡情愛著一位女子的故事，將晚秋「蒹葭蒼蒼」的景色與主人公思念情人意亂情迷的幻覺交織在一起，以朦朧的意象與變態的心理生動地再現了主人公對女子情真意切的深情，讓人十分感動。雖說它是一首秦國民歌，但卻流播於諸侯各國，是大小青樓酒館歌女必唱的保留歌曲。在座的除了太子丹，雖說都是武夫，但畢竟都是男人。面對太子丹這位如花似玉的美人，看她那忘情深情的演奏，即使聽不懂其中的歌詞，也能從曲調中感受到那種淒切纏綿的情韻，酒不醉人人自醉。

荊軻是否從中聽出這種韻味，不得而知。但是，女子撫琴而歌時，他是一直專注地看著她撫琴時勾、剔、抹、挑等每一個動作，看得如醉如癡。太子丹以為荊軻真的懂琴，沉醉於琴聲的旋律之中。於是，待一曲終了，立即讓那彈琴的女子將琴送上。可是，當那女子捧琴跪於前時，荊軻卻良久沒有伸手去接琴，而是直勾勾地看著她的手。

太子丹見此，立即明白荊軻之意，原來他不是喜歡女子所彈的琴，而是女子本人。於是，令她放下古琴，將她一把送入荊軻的懷中。

在座諸位嘉賓一見，不禁大吃一驚，太子竟然將自己心愛的美人就這樣送給荊軻了？

正當大家驚訝得張大嘴巴時，荊軻卻輕輕推開那美人，漫不經心似地對太子丹說道：

「只愛其手而已。」

太子丹一聽，不禁一愣，其他賓客也為之一愣，原來荊軻是個戀手癖。

太子丹猶豫了一下，然後對台下招了一下手，立即上來一個親隨。太子丹叫過那親隨，對他附耳說了一句後，他就帶著太子丹的美人下臺了。

眾人不解，不知道太子丹接下來要怎樣奉承荊軻。於是，都靜待事態發展，目送著那美人走下華陽台下，無心再飲酒。

大約過了烙十張大餅的工夫，一個小廝手托一個玉盤，上面蓋了一層紅色的綢布，從華陽台下拾級而上。然後，小心翼翼地將玉盤托到太子丹面前，跪下稟道：

「殿下，您要的東西在這，請過目！」

太子丹擺擺手，說道：

「還是請大俠過目吧。」

小廝遂長跽膝行到荊軻面前，將玉盤雙手舉過頭頂，請他過目。

就在荊軻伸手要去揭開紅綢布，去看盤中之物的同時，除了太子丹，幾乎所有在場賓客都情不自禁地長跽而起，秦舞陽甚至還站了起來。當荊軻終於揭開那覆盤的紅綢布時，大家不禁驚呆了，原來那是太子丹美人的一雙手啊！

荊軻看了一眼，重新蓋上紅綢布，揮了揮手，讓小廝拿了下去。然後，端起面前的酒盞，一飲而盡，絲毫看不出他的表情是喜還是悲。

秦舞陽等人看了，不禁跌坐在席上，久久回不過神來。

太子丹見大家如此神情，一仰脖子，將面前的那盞酒一飲而盡。良久，看看荊軻，看看樊於期，又掃視了一下對面的夏扶等人，穩了穩情緒，開口說道：

「諸位怎麼不喝？莫非今天酒不好？」

說著，太子丹對台下一招手，道：

「來一罈秦國燒。」

話音剛落，台下就有一個小廝抱著一大罈秦國燒上來了。

等小廝開罈將酒倒入一個銅酒壺後，太子丹親自上前，執壺在手，從荊軻開始，依次給大家斟酒。然後，自己也斟了一盞，端起來，說道：

「今日華陽台與諸位相聚，務須盡歡。來來來，乾了！」

太子丹說完，自己先一仰脖子喝乾了。他這是有意要打破沉悶，消除大家心中的陰影，在縱酒中忘卻剛才美人之手的事。大家雖遵命喝乾了自己盞中的酒，但喝酒的氣氛仍然沒有調動起來。

見此，太子丹突然靈機一動，一邊對著台下一招手，招來一個小廝給大家斟酒，一邊徑直坐到剛才美人彈過的那張琴前，撫琴唱道：

既醉以酒，既飽以德，
君子萬年，介爾景福。
既醉以酒，爾殽既將，
君子萬年，介爾昭明。
昭明有融，高朗令終，
令終有俶，公尸嘉告。
其告維何，籩豆靜嘉，
朋友攸攝，攝以威儀。
威儀孔時，君子有孝子，
孝子不匱，永錫爾類。

其類維何，家室之壼，
君子萬年，永錫祚胤。
其胤維何，天被爾祿，
君子萬年，景命有僕。
其僕維何，釐爾女士，
釐爾女士，從以孫子。

太子丹的琴聲與吟唱，一下子調動起大家的興趣。他們從未想到，太子丹竟有如此才藝。驚喜之餘，又聽太子丹所唱的歌詞是給大家祝福的，更是為之感動。於是，剛才玉盤盛手的陰影頓時一掃而盡，酒興頓起。

太子丹見此，心裡的疙瘩慢慢解開。一曲既終，又彈了一曲抒寫遇人之樂的「唐風」：

揚之水，白石鑿鑿。
素衣朱襮，從子于沃。
既見君子，云何不樂？

揚之水，白石皓皓。
素衣朱繡，從子于鵠。
既見君子，云何其憂？
揚之水，白石粼粼。
我聞有命，不敢以告人。

太子丹一曲未竟，一直不露聲色的荊軻突然長跽而起，高聲說道：「殿下說得好：『既見君子，云何不樂？』『既見君子，云何其憂？』來來來，喝！」說著，一仰脖子，就將滿滿一盞酒一飲而盡。然後，以迅雷不及掩耳之勢從席上一躍而起，並順手從腰間抽出長劍，伴著太子丹琴聲的節奏，在華陽台上舞了起來。

樊於期一見荊軻舞劍，遂也興之所致，從席上一躍而起，抽劍與荊軻對舞，形成格鬥之勢。太子丹一見，立即換了一首「秦風」的曲子：

豈曰無衣？與子同袍。
王于興師，脩我戈矛。
與子同仇。

豈曰無衣？與子同澤。
王于興師，脩我矛戟。
與子偕作。
豈曰無衣？與子同裳。
王于興師，脩我甲兵。
與子偕行。

高漸離見此，立即抱筑而起，擊筑與太子丹同奏。一時間，華陽台上琴筑同奏，長劍上下翻飛，叮噹作響。琴筑同奏結束，荊軻與樊於期的長劍格鬥也戛然而止。大家重又回到食案前，大盞喝酒。最後，全部醉倒在華陽台上。

三、李牧之死

華陽台之宴的第二天，日暮時分，太子丹正與樊於期飲酒閒聊，太傅鞫武突然急急趕到太子府。太子丹一見，連忙問道：

「太傅，這些天您去哪了？昨日華陽台之宴，我遣人往太傅府中召請，府中門者說您出去好多天了。今天這麼晚了，您怎麼突然出現了？」

「太子殿下，大事不好了。」

「到底出了什麼事？」太子丹覺得奇怪，鞠武不回答自己的問題，反而沒頭沒腦地說這樣的話，遂連忙問道。

「李牧死了。」

「李牧？」太子丹一時沒反應過來。

「就是趙國大將軍李牧。」鞠武加重語氣道。

「是老病而死的嗎？」樊於期急切地問道。

「不是。」鞠武斷然回答道。

「那是怎麼死的？快說啊！」太子丹也急了。

鞠武見太子丹真的急了，遂連忙說道：

「趙國這些年來由於一直與秦國開戰，國力已經日益削弱。今年七月，趙國北部代地發生了地震，其他地方又出現了大面積饑荒。秦王見有機可趁，遂派大將王翦率秦軍主力直下井陘，又讓楊端和率河內之兵增援。兩路大軍合計有幾十萬人，將趙都邯鄲圍了個水洩不通。」

「這事我怎麼不知道？」太子丹奇怪地問道。

「這是上個月的事。趙國年年與秦國作戰，燕趙之間的人員往來很少，怎麼可能有人瞭解得那麼詳細呢？武因一直得不到趙秦作戰的確切情報，所以特意跑了一趟。」

「哦，原來是這樣。那秦軍圍邯鄲，情況如何？」太子丹又問道。

「趙王見秦軍此次來勢洶洶，大有一口要把趙國吞掉的意味，遂派李牧為大將軍，司馬尚為副將，傾全國之兵馬，以迎擊王翦與楊端和所率之秦師。」

「既然趙王任李牧為主將，那邯鄲之圍就不會有什麼危險。在下雖然是李牧手下敗將，不敢言勇，但自以為智勇都不在王翦與楊端和之下。李牧既然能讓末將身敗名裂，歸秦無門，自然不會讓王翦與楊端和討到什麼便宜吧。」樊於期坦然地說道。

「將軍說得太對了。王翦一聽趙王派李牧為主將，立即畏縮不前。乃遣人往咸陽，稟告秦王。秦王乃派人深入邯鄲，行反間之計。」

「如何用反間之計？趙王就識不破嗎？」太子丹急忙問道。

鞠武見太子丹如此急切的樣子，故意停了一下，然後才從容說道：

「秦王派出的細作混進邯鄲後，用重金收買了郭開。」

「郭開？」太子丹沒聽說過這個人。

「就是趙王遷的近臣郭開。他以前曾誣陷過大將軍廉頗，迫使老將軍無奈離開趙國，投奔了魏國。」

「唉，趙王怎麼這麼糊塗呢？」樊於期也急得嘆氣了。

鞠武看了看樊於期，又望了望太子丹，繼續說道：

「郭開得秦王細作重金後，在邯鄲市井到處散播流言蜚語，說李牧與司馬尚有異心，跟秦軍勾結，企圖取趙王而代之。待到謠言甚囂塵上之時，再以市井流播的謠言為依據向趙王遷進讒言。趙王信以為真，立即委任趙國宗室趙蔥為主將，以從齊國投奔過來的顏聚為副將，取李牧和司馬尚而代之。」

「那李牧和司馬尚就嚥得下這口氣？」樊於期問道。

「李牧是對趙國有奇功的老將，向來很有個性。當接到趙王命令，要趙蔥與顏聚來取代自己與司馬尚兵權時，李牧為了趙國社稷與邯鄲軍民的安全，堅持『將在外，君命有所不受』的原則，拒絕交出兵符。」

「這很好啊，那趙王還有什麼辦法呢？」太子丹脫口而出道。

「最後，趙王聽從郭開之計，暗設圈套，誘捕了李牧，並將之斬殺。」

「那麼，現在邯鄲的情況怎麼樣？」太子丹急切地問道。

「不清楚。武聽到李牧的死訊後，立即飛馬回來向殿下稟報。」

「唉，趙王這是自毀長城啊！趙國沒了李牧，邯鄲城的城牆就是鐵打的，也沒有用。就算秦國不兵困邯鄲，趙國沒有了李牧，也守不住北部的雁門關，阻擋不了匈奴人的南進。就算趙王再修千里長城，也比不上李牧這座長城。」樊於期不勝唏噓地感嘆道。

鞠武原來不主張太子丹收留樊於期，但是聽了他如此一番對李牧的評價，覺得他是正人君子，是與李牧惺惺相惜的真英雄。於是，情不自禁地點了點頭。

太子丹望了望鞠武，又看了看樊於期，頓了頓，問道：

「將軍，您為什麼說李牧比千里長城更重要呢？」

「殿下應該知道，趙國原來西有魏國，南有齊國，東有燕國，但都不足以構成其患。只有北面的匈奴，才是其真正的心腹大患。在趙武靈王之前，趙國受到的主要威脅就是匈奴。趙武靈王推行『胡服騎射』的軍事改革之後，軍事實力大增，在屢敗匈奴等北方胡人部落後，北方邊境才漸漸安定。但是，到了趙惠文王與趙孝成王時，隨著匈奴軍事力量的逐漸恢復，趙國北部邊境重又陷入不得安寧的境況。」

「那趙國是怎麼解決的呢？」太子丹問道。

「面對匈奴日益猖獗的騷擾，趙惠文王委李牧以重任，讓他率兵專守趙國北部邊境，抵禦匈奴的南侵。趙孝成王時，李牧仍為趙國鎮守北部邊境，駐兵代地雁門郡。」

「那效果如何呢？」太子丹又急切地問道。

樊於期望了望太子丹，繼續說道：

「趙武靈王時代，趙國雖在北部邊境修築了長城，但沒能有效地抵擋住匈奴的入侵，邊境地區人口被擄，財物被搶，仍是常事。而自從李牧駐守雁門之後，雖然不修長城，但邊境地區卻安寧了，生產也發展了，人民也安居了。」

「聽趙國人說，李牧當年戍守雁門，是趙王給了他特殊政策，是吧。」鞠武插話道。

樊於期點點頭，說道：

「確有此事。李牧不僅是傑出的軍事家，也是一個有頭腦的戰略家。在抵禦匈奴入侵的戰爭中，他敏銳地意識到，對付遊牧民族的匈奴，必須制定一套有針對性的策略。於是，他請求趙王放權，讓他自己有權根據戍邊實際需要設置官吏，並且將本地的田賦劃歸帥府，以支應軍用。獲得趙王同意後，李牧又在分析了敵我雙方特點的基礎上，實施了一系列軍事經濟改革措施。」

「具體說來，有哪些措施呢？」太子丹聽樊於期說得鑿鑿有據，遂興味漸濃地問道。

「李牧不像他的前輩將領那樣，讓士兵加高加固城墻，而是將邊境的烽火台予以完善，並派精兵強將守衛。同時，增加遠程偵察工作，對匈奴軍隊的動靜及早預警。」

「這樣做確實是有眼光。」太子丹情不自禁地讚道。

「邊境生活艱苦，為了穩定軍心，鼓舞士氣，提升軍隊的戰鬥力，李牧採取了一系列有效措施。在平日訓練中，他嚴格要求士卒，讓他們刻苦練習騎馬射箭之術；在日常生活中，他重視官兵關係，厚遇士卒，每日宰殺幾頭牛犒賞他們，使他們心生感激，願為國家效力。」

「這就是帶兵者所常用的『恩威並施』的策略吧。」太子丹道。

樊於期點點頭，看了看太子丹，又望了望鞠武，繼續說道：

「匈奴人生性慓悍，軍隊都是騎兵，擅長機動作戰，所以戰鬥力很強。但是，他們作戰的目標不是佔領土地，而是搶掠財物。針對匈奴人的這種特點，李牧採用堅壁清野、示弱於敵的策略，一旦匈奴騎兵入境，烽火台烽煙升起，就命令士卒收拾物資退入城堡，堅守不戰。匈奴人求戰不得，搶物不成，只得空手而歸。結果，幾年下來，匈奴人一無所獲，而李牧的軍隊既無人員損耗，也無財物損失。」

「將軍對李牧的戰術怎麼如此熟悉？」鞠武忍不住問道。

「趙國是秦國的勁敵，而李牧則是秦國將領的剋星，所以我們都研究過他的戰略與戰術。不過，末將最終還是敗在李牧這一戰術之下。」樊於期不無感慨地說道。

太子丹見鞠武的問話觸到了樊於期的痛處，遂連忙將話題拉回來：

「李牧的這種戰術對付匈奴人真是有效。如此敵進我退，雖不能讓匈奴人損兵折將，但也能將匈奴人拖垮的。」

「太子殿下真是目光如炬！其實，李牧的用意正是如此。不過，匈奴人卻以為李牧是膽怯，趙國士卒也這樣認為。最後，李牧畏敵怯戰的名聲傳到了邯鄲，趙孝成王乃遣使責備李牧，並要他主動出擊，以挫匈奴人的囂張氣焰。可是，李牧對趙王使者的責備並不以為意，也不解釋原因，仍然我行我素，以老辦法對付匈奴兵。」

「那趙王怎麼樣？」太子丹興味更濃了。

「趙孝成王不滿李牧消極防守的做法，認為他膽怯畏戰，滅了趙國的威風，遂將他從雁門召回，另遣將領取而代之。」

「結果怎麼樣？」鞠武對於李牧早年的事情並不瞭解，遂也興味盎然地追問道。

「新將領到任後，秉承趙孝成王之意，只要匈奴兵一入境，就命趙國軍隊全線出擊。結果，每次都損兵折將，財物也損失巨大。不僅邊境不得安寧，而且邊民無法耕種與放牧，經濟也一落千丈。」

「那怎麼辦？」太子丹與鞠武幾乎異口同聲地問道。

「趙孝成王不得不面對現實，只得再請李牧官復原職。但是，李牧卻託病不出。趙孝成王無奈，只得以國家危難為由強令其出山。李牧見無可迴避，遂與趙孝成王約定：『王必用臣，臣如前，乃敢奉令。』趙孝成王只得答應其條件。李牧重新回到雁門關前線後，堅持原來的策略。幾年下來，匈奴人雖多次入侵，但都一無所獲。李牧向匈奴示弱示怯多年，匈奴人早就認定他是膽怯畏戰。悼襄王元年，李牧覺得時機已經成熟了，士卒與戰馬經過多年訓練也已經到火候了，遂精選戰車一千三百輛，戰馬一萬三千匹，優秀射擊手十萬名，驍勇善戰將士五萬名，然後對這些兵、馬、車予以統合編隊，進行多兵種聯合作戰訓練。一切準備就緒後，李牧令邊民漫山遍野放牧，以引誘匈奴人前來搶奪牲畜、擄奪人口。」

「匈奴人上當了嗎？」太子丹急切地問道。

「果然匈奴軍隊見獵心喜，一小股匈奴兵想都沒想，就直接撲了過來。李牧為了引誘匈奴大軍入境，故意派出小股軍隊迎擊，並佯敗潰逃，丟下數千邊民與牛羊，讓匈奴兵擄獲而去。多少年來，匈奴都一無所獲，此次突然有如此的收穫，匈奴單于大為高興，想都沒想，就傾起十萬大兵，直撲雁門關而去。」

「李牧怎麼迎擊呢？」太子丹急切地問道。

「匈奴單於率兵剛一出動，李牧派出的偵察兵就已掌握了情況，立即通報烽火台。李牧見烽火台狼煙升起，立即在預定的路線上埋伏好奇兵。等到匈奴大軍入境後，為消耗其實力，李牧先以戰車隊陣正面阻擊匈奴騎兵，阻滯其行動速度；然後，又以步兵戰陣居中阻擊，以弓弩手輪番遠程射殺。等到匈奴軍隊進攻受挫後，這才調出埋伏在陣地側後的騎兵與精銳步兵，從兩翼包抄過來，形成鉗形攻勢，將匈奴軍隊嚴嚴實實地包圍在中間，兵、車、馬協同進攻。訓練多年，一直得不到殺敵機會的趙軍將士以一當十，猶如猛虎撲食般，在自己熟悉的地形上對十萬匈奴兵進行分割追殺。最後，除匈奴單于帶著少數親隨突圍而逃外，十萬匈奴騎兵都葬送在雁門關前。」

「李牧真乃戰神也！」太子丹脫口而出。

樊於期點點頭，接著說道：

「匈奴是馬背上的民族，相對於我們這些農耕民族，他們的騎戰無論是在機動性方面，還是慓悍力度上，都比我們的步戰要優越很多。但是，李牧將兵戰與車戰結合，創造了步車聯合的大兵團戰勝騎兵大兵團的神話，實在是一個創舉！」

「那麼，之後呢？」鞠武對李牧這段歷史也不瞭解，遂又好奇地追問道。

「雁門關大捷後，李牧率得勝之師，一鼓作氣，不僅趁勢收拾了趙國北部的匈奴屬國，還滅了襜襤、破了東胡，收降了林胡，迫使匈奴單于遠遁於大漠之北，趙國的北方邊患從此解除。」

「由此看來，李牧確是趙國抵禦匈奴的一座長城。」太子丹情不自禁地讚歎道。

「其實，也是抵禦強秦的一座長城。」鞠武補充道。

「太傅說得對。」樊於期點點頭，表示贊同。

鞠武看了看樊於期，頓了頓，說道：

「樊將軍，恕武冒昧失禮。」

「太傅但說無妨。」樊於期知道鞠武要說什麼，坦然地說道。

「樊將軍智勇天下無雙，乃秦國第一大將。每一次奉命率師東征趙國，都是所向披靡，戰無不勝。但唯獨四年前，趙王任李牧為主將時卻失利了。倘若當時不是李牧出任趙國主將，恐怕趙國早就被樊將軍給滅亡了。」

「敗軍之將不敢言勇，慚愧慚愧！」

鞠武見樊於期說得坦然，遂又接著說了下去：「據趙國人說，四年前，李牧重挫秦軍主力後，趙王對滿朝文武說道：『李牧，寡人之白起也。』」

「為什麼這麼說？」太子丹不解地問道。

「白起是秦王倚重的大將，在秦國有『常勝將軍』的稱號。」樊於期插話解釋道。

「哦，原來是這樣。」太子丹恍然大悟，他在咸陽為人質時倒是沒有聽過這種說法。

鞠武看了看太子丹，又望了望樊於期，繼續說道：

「秦王曾封白起為武安君，於是趙王也依秦王的成例，封李牧為武安君。」

「李牧當之無愧！」樊於期脫口而出道。

鞠武見樊於期如此推崇李牧，打心眼裡敬重他的人格。於是，更加坦然地說道：

「就在樊將軍失利的第二年，秦王再次起兵伐趙。伐趙的秦師，兵分兩路。一路由鄴北上，渡漳水後，準備向趙都邯鄲進逼。另一路則由上黨出井陘，欲撫邯鄲之背，將趙國攔腰截斷，使趙國軍隊南北不能兼顧。」

「結果怎麼樣？」樊於期想知道秦國其他將領遭遇李牧的結果，所以迫不及待地問道。

鞠武瞭解樊於期的心理，反而不急。頓了頓，看了樊於期一眼，才從容說道：

「李牧冷靜地分析了秦軍的作戰意圖，最後採取了南守北攻，集中兵力各個擊破的戰略。他讓副將司馬尚屯兵邯鄲之南，憑藉漳水，固守趙長城一線。自己則率趙軍主力北上迎擊遠道來犯的秦軍主力。當秦軍主力進攻至番吾時，正好與李牧所率趙師主力相遇。李牧趁秦師立足未穩，督師對秦軍展開了猛烈進攻，使秦軍進攻受阻，大敗而去。」

「之後呢？」樊於期與太子丹幾乎異口同聲地問道。

「接著，李牧回師邯鄲，與司馬尚合兵一處，對秦國南路之師展開了反擊。秦軍南路將領已經聞知北路失利，軍心已經不穩，所以趙師剛一發起進攻，就潰敗而逃。至此，趙國在李牧的領導下，再一次打敗了強大的秦國軍隊。」

「剛才太傅說李牧也是抵禦強秦的一座長城，於此觀之，不虛也！」太子丹感嘆道。

樊於期見太子丹與鞠武都對李牧推崇有加，於是也以讚賞的口吻補了一句：

「其實，李牧不僅有傑出的軍事才能，還有卓越的外交才能呢。」

「是嗎？」

見太子丹與鞠武二人都感到非常驚訝，樊於期乃從容不迫地說道：

「雁門關大捷後，趙國北部的邊患得以解除，李牧也因功而調回朝中。不久，以相國身份出使秦國，與之訂立盟約，使趙國質秦的公子得以回到邯鄲。」

「哦，有這事？」太子丹有些不信。

「殿下，末將之所以對李牧知之甚深，就是因為很早就聽聞了有關他的許多傳奇。」

太子丹點點頭，鞠武也點點頭。之後，大家都陷入了沉默。

過了好久，樊於期突然問鞠武道：

「太傅，您從邯鄲回來時，戰事如何？」

鞠武搖搖頭說：「趙國人都為李牧喊冤，都在罵趙王糊塗。至於戰事的結果，誰也沒有信心。」

太子丹聽鞠武這樣說，轉過頭望著樊於期，問道：

「將軍，依您看，趙國沒有了李牧，邯鄲還能保得住嗎？」

樊於期搖搖頭。

「邯鄲保不住，趙國就不復存在。趙國不復存在，那燕國……」鞠武說不下去了。

大家一片沉默。

第六章 易水送別

一、置酒交心

秦王政十九年，燕王喜二十七年（西元前二二八年）三月二十七日，當夕陽的最後一縷餘暉從西邊的地平線上消失後，暮色漸漸籠罩起燕國之都薊城。

剛到酉時，就有兩個小廝準時從燕太子府出來，先在門口左右前後張望了一番，然後每人各推一扇門，準備關閉。就在這時，突然聽到有人高叫一聲：

「慢！」

正在關門的兩個小廝，一聽聲音非常熟悉，遂連忙停了下來。就在他們一愣的瞬間，那個高叫一聲的人已經從馬車上跳下來，迅疾來到了眼前。

「啊？是太傅！」兩個小廝幾乎異口同聲地驚呼道。

鞠武也不答話，徑直向府內衝去。

兩個小廝呆了一會兒，然後連忙關好門，一路小跑地尾隨著鞠武進了太子府後院。

「太傅這麼晚還來找太子，難道有什麼急事嗎？」一個小廝說。

「肯定是有急事，上次太傅傍晚來找太子，不就是因為有急事嗎？」另一個小廝道。

「你說的是不是去年八月的事。」

「正是。」

「那次太傅是來報告太子，說秦國軍隊包圍了趙國之都邯鄲。」

「這還不是重點，主要是報告趙國大將軍被趙王殺了。」

「我記得那次太子與樊將軍都非常悲傷，太傅也好像非常傷感。」

「那麼，太傅這次來報告太子，莫非與秦國軍隊包圍邯鄲的事有關？」

「估計是。因為趙國邯鄲要是被秦國軍隊攻破了，那趙國就亡國了。趙國亡國了，我們燕國西邊就沒遮擋了，恐怕危險就要來臨了。」

「不要亂猜了，趕快跟進去聽聽太傅是怎麼說的吧。」

二人一邊說著，一邊悄悄跟到了太子的住所，準備偷聽一番。

鞠武不知道這兩個守門的小廝尾隨自己，一進太子丹住所，就大聲叫道：

「殿下，不好了。」

太子丹此時正在與荊軻、樊於期二人共進晚餐，酒都已經斟好，還沒來得及端起來喝，就聽鞠武一聲喊叫。太子丹知道，太傅此時進府，又不顧禮節地大喊大叫，一定是有危急之情要稟告。於是，一骨碌從席上爬起來，忙不及履，赤足就要迎出去。

「殿下，不必驚慌。天塌了，有我荊軻頂著；地塌了，有樊將軍呢。」

就在荊軻話音未落之時，鞠武已經搶步進來了。

太子丹連忙讓席，道：「太傅請坐，有話慢慢說。」

「殿下，秦軍攻破趙都邯鄲了。」鞠武在席上還未坐穩，就急促地說道。

「啊？」太子丹與樊於期幾乎同時驚訝地瞪大了眼睛望著鞠武，張著的嘴半天也沒合上。

荊軻聽了這個消息，好像並不吃驚，臉上也毫無表情。

鞠武望著驚呆的太子丹與樊於期，又掃視了一眼不動聲色的荊軻，繼續說道：

「趙王遷也被秦軍俘獲了。」

「那趙國不等於亡國了嗎？」呆了好久，太子丹才好像是自言自語地喃喃說道。

樊于期望了望太子丹，又看了看鞠武，搖了搖頭，沒有說話。

鞠武見此，也不再說話。於是，室內一片沉默，死一般的寂靜。

「邯鄲破了，難道趙國其他地方就沒有兵力了嗎？」一直沒有說話的荊軻，在沉默了很久後，突然打破沉默，對鞠武反問道。

鞠武一愣，太子丹與樊於期也一愣。頓了頓，太子丹望著鞠武說道：

「大俠說的是，難道趙國所有的兵力都集中於邯鄲？邯鄲破了，趙國其他地方就沒有反抗秦國的力量了嗎？」

鞠武見問，似乎突然醒悟過來，連忙說道：

「昨天在路上，遇到一個趙國人，說趙王遷並不在邯鄲被俘，而是先從邯鄲突圍出去，逃到了東陽。但是，秦將王翦與羌瘣率兵緊追不捨，最後攻下東陽，才將趙王遷俘獲的。」

荊軻聽了沒吱聲，樊於期默默地點點頭，太子丹則顯得非常絕望。

鞫武望了望太子丹，頓了頓，又說道：

「趙王遷雖被秦人所俘獲，但公子嘉卻成功突圍，帶著幾百個趙國王室宗親逃往代地，據說在那裡自立為代王了。」

太子丹一聽，頓時興奮起來，說道：

「這麼說來，趙國還沒有亡國。」

「不僅沒有亡國，有可能還能從此中興，重新崛起。」樊於期也興奮地說道。

鞫武一聽，連忙轉過頭來，望著樊於期，問道：

「將軍，為什麼這麼說？公子嘉逃到代地自立為王，頂多能夠延續趙國的國祚一段時間。您為什麼會認為趙國還能重新崛起呢？」

樊於期看了看鞫武，又望了望太子丹與荊軻，從容說道：

「太傅大概還記得吧，代地曾是李牧長期經營的地方，是趙國抗擊匈奴的前線。那裡的民風最為強悍，當年李牧抗擊匈奴的主力都是代地的邊民。公子嘉在此立國，軍事力量能夠很快集結。如果能夠與匈奴結好，聯合起來對付秦國，趙國未嘗不能實現中興的局面。」

「這確也有可能。」太子丹點點頭。

荊軻沒有說話，仍然作沉思狀，只是偶爾抬頭看看樊於期。

鞠武見太子丹聽了樊於期的話後緊張的神情有所緩和，猶豫了一下，說道：

「不過，這只是可能。未來之事，誰也說不准。眼下太子殿下要考慮的，恐怕還是如何應對秦國軍隊直接從趙國出發，越易水，向燕國壓境而來的問題。」

太子丹望了望鞠武，又看了看荊軻與樊於期，沒有說話。

於是，室內頓時陷入死一般的寂靜之中。

憂慮。恐懼。無奈。

度日如年地過了三個月，燕王喜二十七年六月底，從趙國又傳來消息。秦國大將王翦俘獲趙王遷之後，本來要率得勝之師直接進攻燕國。但是，秦王政這時卻親自到了趙都邯鄲，尋找當年自己生於邯鄲時與他母家有仇的那些人，將他們統統活埋了。之後，從邯鄲返駕，經太原、上郡回到了咸陽。而此時，秦將王翦已率師進駐到中山國，做好了隨時對燕國發動進攻的準備。

燕王喜日夜憂懼，乃與在代地立國的代王嘉聯合，雙方合軍一處，駐紮於上谷郡，嚴防秦國軍隊突然襲擊。只是因為秦王政返回咸陽不久華陽太后駕崩，接著秦國又發生了大饑荒，所以進攻燕國的計畫推遲了。

太子丹對這些情況了若指掌，所以整天如坐針氈，寢食不安。左思右想，太子丹覺得如今該是實施刺殺秦王計畫的時候了。如果現在還不行動，秦國大軍一出動，燕國就會立即亡國。到時候，想執行這一計畫也沒機會了。打定主意後，七月初五，太子丹非常鄭重地準備了一個宴席，專門招待荊軻。午時剛到，宴席已經準備就緒。

荊軻受太子丹的招待早已司空見慣，看到太子丹為他一個人備的宴席，並不覺得有什麼異樣，更沒有什麼特別的感動。所以，一進來就像往常一樣，沒有禮讓，就大刺刺地居上席坐下。

太子丹見此，立即上前，長跽執壺為荊軻斟滿一盞酒。然後，高高舉起，送到荊軻面前。荊軻也不客氣，接盞在手，一飲而盡。太子丹又給他斟了第二盞，自己也斟滿一盞，然後跪直身子，端起自己的一盞，說道：

「丹先喝了這盞，然後有幾句肺腑之言要跟大俠說。」

荊軻見太子丹這樣說，方才看清今日太子丹的態度與往常是大不一樣的。於是，立即正襟危坐，在太子丹仰頭喝酒的同時，也端起自己面前的那盞酒，一仰脖子就喝了下去。然後，放下酒盞，一抹嘴巴，搶在太子丹再次開口前說道：

「軻侍太子殿下，於今三年矣，無有尺寸之功。而殿下遇軻，則恩厚如天。黃金投龜，千里馬肝，美人玉手，美酒瓊漿，無所不用其極。太子何人也？荊軻何人也？然殿下不棄，食必與軻同案，寢必與軻同席，三日一小宴，五日一大宴，軻皆受之。」

太子丹見荊軻已動真情，遂連忙說道：

「荊卿不嫌丹不肖，不棄燕僻小，不遠千里，辱臨北國，非唯丹之幸，亦燕國萬民之幸也。」

「軻雖一介匹夫，然亦知『士為知己者死，女為悅己者容』的道理。凡夫庸人，受人之恩，尚思以己尺寸之長而報之。今軻侍太子之側，慕田光之節，自然明白死有重於泰山，而輕於鴻毛者。殿下有何見教，但說無妨。」

太子丹見荊軻將話說到這個份上，覺得火候已到，遂立即斂袂危坐，正色而言：

「丹曾為質於秦，秦王遇丹無禮，丹恥之，幾不欲生。今秦王滅趙而陳兵於中山，企圖一舉滅我弱燕。丹有心率燕國之眾拚死一搏，一雪國恥。然秦師兵多將廣，以區區之弱燕而當之，無異於投羊於狼群，驅狼以搏猛虎。」

「殿下言之是也。今天下之強者，莫若秦國。縱使趙國未亡，縱使山東諸侯同心同德，合縱而抗強秦，以今日五國之實力，亦未必能敵強秦。」

太子丹見荊軻的想法已與自己趨於一致，遂立即順勢接住他的話頭，問道：

「既然如此，依荊卿之見，為今之計，當如何才好？」

荊軻不假思索、毫不猶豫地回答道：

「依軻之見，為今之計，只有一條路可走。」

「什麼路？」太子丹心如明鏡，但卻故意裝著不明白的樣子，急切地問道。

「若效昔日魯將曹沫劫齊桓公而收復失地，闔閭使專諸刺殺吳王僚而成就霸業的故事，遣一刺客往秦，則天下危局可逆，燕國之患可解，殿下之恥可解也！」

荊軻話音未落，太子丹就脫口而出道：

「荊卿之計，正合我心！」

荊軻一聽，終於明白太子丹今日置酒與自己談心的真正用意。其實，即使今日太子丹不把話挑明，他也早就心知肚明。當初田光找他時，就已暗示了這層意思，而且還以死明志。

由於二人對此都是心照不宣，反而話就不好再說下去了。於是，二人相對，一時陷入了沉默。最後，還是荊軻打破了沉默，主動開口道：

「刺秦計畫非同小可，不知殿下是否有了屬意的合適人選？」

太子丹明白荊軻的意思，他非常想把話明白地說出來。但是，與荊軻四目相對，他又沒有勇氣說出口。頓了頓，以試探的口氣說道：

「要不，先讓秦舞陽試試？」

「豎子不足以成大事也！殿下若遣他往秦，必將有去無回，而且還會壞了殿下大事，禍害燕國萬民。」從來都是不動聲色，喜怒哀樂不形於色的荊軻終於顯得有些激動了。

派遣秦舞陽執行刺秦計畫，並非是太子丹的本意。他之所以這樣說，是想用激將法讓荊軻否定秦舞陽做為人選，從而讓其主動請纓。見荊軻話已說白了，遂連忙順水推舟地說道：

「荊卿言之有理，秦舞陽並非最合適的人選。」

「而今形勢危在旦夕，殿下若是沒有更合適的人選，荊軻願意前往。」

「若事可成，舉燕國而獻於卿，亦丹所願也！」

荊軻聽太子丹這樣說，終於徹底明白太子丹今日說話如此繞彎子的原因了。於是，立即順勢接住太子丹的話頭說道：

「不過，殿下得答應軻三個條件。」

太子丹見荊軻受命意願已然表明，遂非常爽快地回答道：

「縱然是一千個條件，只要丹能做到，都會答應。」

「第一件是樊於期將軍的頭顱。」

太子丹一聽，吃驚得瞪大了眼睛，問道：

「為什麼要樊將軍的頭顱？」

「殿下，秦王現今最恨誰？」

「樊將軍。」太子丹不假思索地回答道。

「這就是問題的關鍵。樊將軍戰敗潛逃，秦王對他恨之入骨，不僅殺盡他的家人與宗親，而且還懸賞求購他的頭顱。若是能拿著樊將軍的頭顱去見秦王，是不是最能討他歡心？是不是最能接近他，並趁機脅迫他或是刺殺他？」

太子丹聽了荊軻的這番話，雖然覺得他說得有理，但是半天都沒有說話。

荊軻見太子丹不說話，知道他是心有不忍，不便再逼他，於是就埋頭自斟自酌。

過了好久，太子丹見荊軻悶頭喝酒，怕他不高興而反悔先前答應的事，猶豫了一會，這才硬著頭皮說道：「荊卿說得在理，只是樊將軍乃丹故人，又是窮途來投奔，而丹賣之，心不忍也！」

荊軻默然不應，繼續悶頭喝酒。

太子丹見此，不便於再說什麼，只得也埋頭喝起酒來。但是，過了好久，他還是打破了沉默，說道：「那荊卿說的第二件呢？」

「第二件是督亢地圖。」荊軻頭沒都抬，脫口而出。

「督亢地圖？」太子丹有些不解。

「秦王最垂涎的燕國之地，不就是督亢嗎？若燕國主動向秦王獻上督亢地圖，秦王焉有不高興之理？」

「這個可以。」太子丹不假思索地答道。

「那就請殿下備好督亢地圖。」

「那第三件呢？」太子丹又追問道。

「第三件是要給軻配一個助手。」

「這個容易。夏扶，宋意，秦舞陽，都是與荊卿朝夕相處，知根知底的俠士，隨您從中挑選一位。」太子丹毫不猶豫地答道。

「這三人都不行，不能配合軻完成大任。」荊軻幾乎是不假思索地一口回絕了。

太子丹聽了，一下子愣住了。過了好大一會兒，才回過神來，問道：

「那麼荊卿認為誰可擔此重任呢？」

荊軻頭都沒抬，呷了一口酒，說道：

「軻十年前結交一位魏國的俠士，只有他足以擔當起這個重任。」

「那麼，這位俠士現在何處？」太子丹急不可耐地追問道。

「在楚國。」

「啊，在楚國？就是現在馬上派人去請，來回也要一年半載啊！」太子丹不禁著急起來。

「殿下不用多慮，早在秦軍包圍趙都邯鄲時，軻就差人秘密前往楚國去請這位朋友了。」

太子丹一聽，又是一驚，原來荊軻早就有了打算。只是他所要找的那位俠士是否真能請到，什麼時候能到，都是未知數。眼下形勢如此急迫，等不得啊！想到此，太子丹又衝口而出，問道：

「那麼，這位俠士何時能到呢？」

「這個，軻也不清楚。」

太子丹一聽，差點昏過去。但是，現在又催他不得。如果再催，他再提樊將軍頭顱之事，自己如何解決？念及於此，太子丹無言以對，只得繼續埋頭喝酒。

二、樊將軍授首

秦王政十九年，燕王喜二十七年十二月二十八日，北風呼嘯，滴水成冰。

薄暮時分，燕都薊城的街上早已空無一人，連平日黃昏時分最愛鴰噪的老鴉也因寒冷而蜷縮於老巢，不敢出來煩人了。

但是，就在這時，卻有一輛馬車急急從大街上疾馳而過，直奔太子府而去。

到了太子府門前，馬車停而未穩，就見一個渾身裹得嚴嚴實實的人急急從車上跳下來，然後跌跌撞撞地奔向太子府。

「太傅，怎麼是您？這麼晚，這麼冷的天，您怎麼還過來了？莫非是找太子有急事？」

太子府兩個正準備要閉門闔戶的小廝，見到鞠武先是認不出來，等到認出來後，卻又吃了一驚，遂這樣問道。

鞠武並不答話，一步跨入大門，就直奔太子後院住所而去。

太子丹此時正侍候著荊軻就餐，猛然見到太傅鞠武直闖進來，不禁吃了一驚，連忙問道：

「太傅奉父王之命，南約齊、楚，西約魏、韓，合縱之盟進行得怎麼樣了？」

鞠武知道，太子丹一向都是主張以非常規手段破解燕國危局，不相信「合縱」之策有什麼效果。所以，當太子丹這樣問的時候，鞠武總覺得他話中有話。但是，鞠武此時也不想管那麼多，乃徑直回答道：「韓、魏不要指望了。」

「為什麼？」太子丹明知故問道。

「韓國早就名存實亡了。早在大前年，秦王就派軍隊接收了原為韓國南陽一帶的土地，並任命內史騰為南陽代理郡守。內史騰履任後，首先一步便是命令韓國南陽的男子登記年齡，以便隨時征發兵役與徭役。前年，秦王又得寸進尺，派內史騰以南陽為據點，發兵攻打韓國之都鄭，俘獲了韓王安，收繳了韓國的全部土地，將韓國正式納入了秦國的版圖，並將之命名為潁川郡。」

太子丹點點頭。鞠武望了他一眼，又看了看一直沉默不語的荊軻，繼續說道：

「也就在前年，當秦王派內史騰攻打韓國之都鄭時，魏王不戰而屈，立即向秦國獻地。秦王遂將魏國所獻之地命名為麗邑。如果前年不是因為秦國發生了大地震，又遭遇了大饑荒，以及華陽太后駕崩等突發事件，恐怕魏國也在前年就被秦國滅亡了。所以，現在再想聯合魏國，那是想都不用想了。」

「那太傅奉命約縱齊、楚兩大國的事，結果又怎麼樣呢？」

鞠武先嘆了一口氣，然後說道：

「齊王在位已經三十七年了，一味守成，不思進取，齊國國力一年不如一年。而今他已垂垂老矣，更是毫無鬥志。雖然武以趙國亡國的現實教訓曉諭於他，強調指出，昔日山東六國都是與秦不相上下的列強，但是由於不團結，互相殘殺，自耗實力，給了強秦以各個擊破的機會。如今，山東六國已經只剩齊、楚、魏、燕四國。如果亡羊補牢，也許還有機會救亡圖存。反之，則必然步韓、趙之後塵，亡國滅種。」

「那齊王怎麼說？」太子丹問道。

「他還能說什麼呢？他說他老了。」

「知道自己老了，不中用了，怎麼不主動退位，讓年輕人執掌齊國之政呢？」荊軻聽不下去了，突然插上來說道。

「他這是在推託，他認為齊國不與秦國毗鄰交界，秦國再強大也構不成對齊國的威脅，所以他不願意與我們聯合，而想做壁上觀。甚至他還在內心希望秦國與山東諸國互相爭鬥，他們齊國可以從中漁利。歷史上許多齊王不都是這樣幹的嗎？我們燕國在蘇秦合縱時代不就吃過齊國多次虧嗎？我之所以一直對山東六國合縱抗秦不抱希望，就是這個道理。」太子丹不以為然地說道。

鞠武見太子丹這樣說，頓時沒了再說下去的興趣。於是，一時愣在那裡，沉默不語。

荊軻見鞫武風塵僕僕地從國外趕回來，車不停，馬不歇，就來向太子丹稟報情況，一片忠心可鑑。於是，打破沉默，問道：

「那麼，楚王對於合縱是什麼態度呢？」

「楚幽王雖還沒有老糊塗，但是卻是一個沒有主見的昏君。他只要秦國不進攻楚國，秦王要他如何配合，他都肯。雖然武以楚懷王時代張儀欺楚、騙楚、伐楚之所為，以及楚懷王受騙客死於秦的歷史事實為例，曉以利害，但楚幽王仍然不能清醒。他只想苟且偷安，過一天算一天，不是一個有為的君主。」

太子丹聽到此，立即接口說道：

「如此說來，太傅這一趟千萬里之行，是白辛苦了。」

鞫武聽太子丹這樣說，心裡非常不爽。覺得自己主張合縱以抗秦，雖與他政見不同，但也是出於對燕國的一片忠心。自己如此辛苦地穿梭於山東諸國之間，極力促成合縱聯盟的成局，沒有功勞也有苦勞。他做為燕國的太子與儲君，理應慰問感謝幾句。想到此，鞫武遂言外有意、弦外有音地說道：

「雖然南約齊、楚的合縱聯盟未能成局，但這一趟齊、楚之行卻獲取了不少有用的情報。所以，武這一趟也算沒有白跑。」

太子丹聽鞫武這樣一說，立即來了興趣，急忙問道：

「什麼有用的情報？」

可是，鞠武卻沒有立即回答，而是沉默不語。

太子丹自知剛才的言行有些失禮，過於情緒化，於是立即起身執壺為鞠武斟了一盞酒，長跽奉上，並恭敬有加地說道：

「太傅風餐露宿，一路辛苦，請先飲了這盞，以祛風寒。」

鞠武見太子丹這樣說，遂接盞飲下。然後，看了看太子丹，又望了望荊軻，這才從容說道：

「今年三月秦軍攻破趙都邯鄲後，之所以沒有立即越易水進攻燕國，其實是有兩個原因。」

「哪兩個原因？」太子丹又急切地問道。

「第一個原因是因為邯鄲城破，秦王東巡時，秦王的母太后突然駕崩。等到辦好國喪，八百里秦川又遭受了百年未遇的旱災，莊稼顆粒無收。潼關之內，餓殍遍地。」

「太傅是說，秦王因為這個原因才暫緩了秦師東進，對燕國發動進攻的計畫，是吧？」

鞠武點點頭，但沒有馬上接著說下去。太子丹見此，立即上前給他斟了一盞酒，恭恭敬敬地奉上，然後又給荊軻奉上了一盞。

鞠武端起酒盞，呷了一口，續又說道：

「第二個原因是，秦王聽說燕王派臣南約齊、楚，欲合縱以抗秦。秦王認為，鑒於趙國新近亡國的教訓，山東諸侯肯定會基於自身的存亡而摒棄成見，同心同德，合力對付秦國。所以，秦王決定暫緩進攻燕國，而且派出使臣往魏、齊、楚，軟硬兼施，曉以利害，破壞燕王可能成局的合縱之盟。」

聽到這裡，原來一直靜靜傾聽而不發一言的荊軻，突然問道：

「那麼秦王準備什麼時候再對燕國用兵呢？」

太子丹一聽荊軻的話，覺得這才是問到要害。於是，也連忙催促道：

「太傅，是否打聽到秦王何時對燕國用兵？」

「具體用兵時間，無法獲知，但是從種種跡象來看，已經為時不遠了。」

太子丹一聽，頓時又緊張起來，神色明顯有些慌亂。

鞠武望了太子丹一眼，又接著說道：

「現在是冬季，天寒地凍，依鞠武之見，秦國軍隊目前不可能越易水對燕國用兵。根據以往的經驗，秦國極有可能在明春三月，就像今年三月秦軍攻破趙都邯鄲的那個時間點上，越易水而對燕國大舉進犯。」

鞠武話音未落，荊軻立即提出質疑道：

「戰爭是需要做好充分準備的。今年秦國遭受天災，糧食顆粒無收。秦國若想對燕國用兵，幾十萬大軍出動，遠途奔襲，軍需如何保障，恐怕亦非短時間內能夠解決的吧。」

荊軻之所以提出這個問題，一方面是就客觀現實所做的客觀分析，另一方面還有一層意思，那就是讓太子丹明白，秦國對燕國的進攻目前還沒有到迫在眉睫的地步。因此，他入秦執行刺殺秦王的計畫完全可以再等一段時間，待到他的朋友來了以後也不遲，太子丹不必逼迫太緊。

鞠武不知道荊軻這樣問的用意，遂仍舊照自己的想法分析道：

「之所以說秦國對燕國用兵的時間可能選擇在明年三月，除了歷史的經驗外，還有一個最直接的證據。就在武穿梭齊、楚之間，極力促成山東諸國合縱聯盟成局的同時，秦王一方面加緊從巴蜀征調糧食接濟關中百姓與軍隊，另一方面又派使臣往魏國、齊國、楚國借糧。巴蜀乃天府之國，秦國關中欠收，巴蜀之糧足以解決問題。可是，秦王卻以秦國今年欠收為藉口，大肆借糧，這明顯是在為明年的軍事行動籌措足夠的糧食。兵法曰：『大軍未動，糧草先行』。今秦王籌措糧草已畢，焉有明年不對燕國用兵之理？」

「既然如此，那太傅以為，為今之計，當如何是好？」太子丹急切地問道。

鞠武看了看太子丹，又望了望荊軻，猶豫了一下，說道：

「殿下不是早就有計畫了嗎？實在不行，還有樊將軍。俗話說：『兵來將擋，水來土掩。』以樊將軍秦國第一號常勝將軍的智勇，率燕國之師，以逸待勞，用秦人之智勇對秦人之智勇，何愁不能擊退秦國之師？」

太子丹一聽鞠武這話，就知道他還在抱怨自己收留樊於期，優待荊軻。本來，他想解釋幾句，但是礙於荊軻在場，只得予以迴避，說道：

「太傅旅途勞頓，趕緊用餐，早點休息吧。應對秦師之患，還得從長計議。」

荊軻當然聽明白了太子丹與鞠武二人話中之話，他對太子丹也有意見，但是，今天礙於鞠武在場，他也不便於說。於是，連忙附和太子丹的話，說道：

「太傅一路勞苦，軻敬太傅一盞。」

三人各懷心思，悶悶喝了一會兒，便匆匆散場了。

第二天一大早，太子丹像往常一樣伺候荊軻用好早餐後，猶豫了一會，終於還是向荊軻開口了：「太傅昨晚的情報已經表明，秦師來犯已經迫在眉睫了。行刺秦王的計畫如果再拖延下去，恐怕就沒有機會了。」

荊軻一聽，知道太子丹這是在跟自己下最後的命令了，雖然話說得仍然非常委婉，但意思是再明白不過了。他覺得太子丹這是不信任自己，於是生氣地說道：

「荊軻之所以至今不動身入秦，只是為了等朋友到來。既然現在形勢危急，荊軻可以不再等朋友，但是殿下答應的另兩個條件則不能食言。否則，荊軻無以取信於秦王。不能取信於秦王，焉能接近秦王而完成殿下託付的大任？」

「督亢地圖，丹已準備好了。只是樊將軍的頭顱，丹實在無法解決。雖然丹幾次置酒單獨請樊將軍，想跟他直言，但每次面對他，丹都沒有勇氣。拖了半年都沒結果，丹每天面對荊卿，心裡是什麼滋味，想必您也是可以體會的。」

荊軻聽了太子丹這樣一番話，一時無語。太子丹見此，也找不出什麼話好說了。

二人低頭沉默，誰也不說一句話，室內空氣都快凝固了。這樣，憋了約烙十張大餅的工夫，荊軻一言不發，從席上爬起，徑直走了出去。

太子丹望著荊軻遠去的背影，腦子頓時一片空白。一個上午，他都坐在原地，呆呆傻傻，一言不發，嚇得幾個每日跟隨的小廝手足無措。

日中時分，荊軻回來了，手裡還提著個包袱。

太子丹一見荊軻回來了，連忙從席上爬起，驚喜地叫道：

「荊卿，您終於還是回來了。」

荊軻並不答話，只是將手裡的包袱往太子丹面前一放，端起席前食案上一盞先前沒有喝完的酒一飲而盡，然後才指著放到太子丹面前的那個包袱，說道：

「殿下先打開包袱看看，準備一下，明日荊軻就動身入秦。」

太子丹不明白，問道：

「明日就是大年夜，天氣又這麼冷，這麼急入秦幹什麼？」

「現在殿下不急，荊軻也會急。殿下還是打開包袱看看吧。」

太子丹不明白，荊軻為什麼一而再指著面前的這個破包袱要他看呢？於是，望了一眼荊軻，就順手解開面前的這個破包袱。等到包袱打開，竟然發現是一個人頭。太子丹嚇得在席上連滾帶爬。可是，荊軻卻鎮定自若，一盞接一盞地喝酒。

太子丹見荊軻那樣鎮定，遂又爬回去，仔細再看那個包袱裡的人頭。一看，大叫一聲，頓時昏厥過去。

荊軻進來時退出室外的兩個小廝，突然聽到太子丹大叫一聲，立即聞聲搶步進來。發現太子丹已經昏厥，不省人事，連忙將其扶起，在其前胸後背一陣拍打。然後，又倒了一盞水，撬開太子丹的嘴巴灌了進去。大約過了烙三張大餅的工夫，太子丹慢慢醒過來，看見荊軻竟然若無其事地自斟自飲，突然一改平日對荊軻畢恭畢敬的態度，狂吼道：

「你怎麼把樊將軍給殺了？」

兩個小廝嚇得連忙退出室外。

荊軻從容不迫地從席上爬起來，走到門外，對兩個小廝揮了揮手，然後將門關好，再坐到原位。望了一眼怒目圓睜的太子丹，態度平靜，一字一頓地說道：

「太子殿下，樊將軍不是荊軻所殺。」

「不是你所殺，那他的頭顱怎麼在你手上？」太子丹怒不可遏地質問道。

荊軻不嗔也不怒，神情自若，望著盛怒而陌生的太子丹，平靜地說道：

「是樊將軍自己殺了自己，然後把頭送給荊軻的。」

太子丹聽了，冷笑一聲道：

「這話誰相信？哪裡有人自己殺了自己，還能把頭顱送給別人？」

「太子相信不相信，荊軻都不想辯解。事實上，確是樊將軍左手持劍，右手握髮，在劍起頭斷的瞬間，揮手一擲，就將頭顱送到了荊軻的懷中。太子不信，請看荊軻胸前的血跡。」

太子丹睜眼細看，荊軻胸前果然有血跡。又一想荊軻所說的情形，不得不相信這一切都是真的。於是，捧起樊於期的頭顱放聲大哭。

哭了大約烙十二張大餅的工夫，太子丹再也哭不出聲了。荊軻見太子丹哭得差不多了，遂起身為他倒了一盞冷水。喝完了水，太子丹的情緒終於平靜下來。

「樊將軍深明大義，為了成全太子殿下的心願，為了燕國生靈免於塗炭，以他的頭顱報答殿下的知遇之恩。既如此，我們就不能辜負樊將軍的一片真情，完成他的心願，這才可告慰他於九泉之下。」

太子丹定了定神，漸漸恢復了理智。但是，望著荊軻那鎮定自若的樣子，不禁心生疑竇，試探地問道：「荊卿到底跟樊將軍說了什麼？」

荊軻見太子丹仍然不相信自己，覺得樊於期刎頸這件事必須說清楚，不能怕費口舌而讓自己蒙受不白之冤。在大是大非面前，該辯解的還是要辯解，不然太子丹會誤會自己一輩子的。想到此，荊軻嚴肅地回答道：

「軻並沒有對樊將軍說什麼多餘的話，只是將太子殿下的計畫如實告訴了他，也將軻與殿下約定的三個條件如實告訴了他。」

「就這麼簡單？」

見太子丹語氣中似乎仍帶疑問，荊軻只得再加申明道：

「軻見樊將軍，跟他說：『聞將軍得罪於秦王，父母妻子宗親皆被焚殺。又聞秦王懸賞求購將軍頭顱，有獻之者，可邑萬戶，得金千斤。如此血海深仇不報，如此奇恥大辱不雪，大丈夫有何面目生於斯世？今軻有一言，可除將軍之辱，可解太子之恥，可免燕國萬民之患，不知將軍有意否？』」

「那樊將軍怎麼說？」太子丹急切地問道。

「樊將軍說：『末將每思及父母妻兒，以及無辜的宗親，都要椎心泣血。然報仇雪恨，不知計從何出。今蒙荊君賜教，願聞命矣！』」

「那荊卿您怎麼說？」

「軻言：『今願得將軍頭顱與燕督亢地圖，以進於秦王。秦王聞之，必喜而見軻。軻則趁機出圖中之匕首，左手把其袖，右手持其刃，斥其負燕之罪，數其誅將軍父母妻兒之仇。然後，一刀刺其胸，則燕國見淩之恥，將軍積忿之怒，皆盡除矣。』」

「那樊將軍如何？」太子丹又追問道。

「樊將軍聞之，奮袂而起，扼腕執劍，道：『此乃末將日夜所欲也！而今聞命矣！』言猶未絕，手起劍落，頭斷飛出。」

未及荊軻說完，太子丹淚如雨下，泣不成聲。

荊軻也不勸慰，只是靜靜地坐在一旁。太子丹哭了一陣，突然停下，說道：

「我們去看看樊將軍吧。」

二人穿過太子府後花園，來到前花園樊於期的住所。一進屋，太子丹就看到滿地是血。再一細看，發現樊於期的屍體還直直地坐在席上，劍落在身體的左邊，右手呈空拳握勢，向外呈拋物狀。

太子丹不看則已，一看就想到剛才荊軻所描述的樊於期刎頸擲首的情景，頓時悲從中來，撫屍大哭。

三、風雪壯行

「殿下，死者不能復生，我們還是面對現實吧。既然樊將軍深明大義，要助殿下完成大願，我們就不能辜負他的期望。」

看太子丹撫屍哭得嗓子都啞了，一直在一旁靜候的荊軻，見時間已經不早了，遂一邊這樣說著，一邊走上前去，伸手欲攙扶太子丹起身。

太子丹將樊於期的屍體放平，然後脫下自己的禦風大氅，蓋到屍體上，這才抬眼看了看荊軻，見其目光堅毅，遂重重地點了點頭，在荊軻的攙扶下慢慢站起身。

「殿下，樊將軍的頭顱不能長久保存，必須趕在腐爛之前送到秦都咸陽，不然就不起作用了。那樣，樊將軍會死不瞑目的。趁著現在天冷，我們趕快處理一下。今晚將相關工作準備妥當，明天一早軻就啟程入秦。」荊軻又說道。

太子丹沒有說話，只是點了點頭。

二人剛低頭走出樊於期的住室，就覺得一股寒風迎面撲來，脖子裡好像鑽進了無數冰冷的小蟲。荊軻連忙抬起頭來，發現先前一直陰沉沉的天空中，已經飄起了漫天雪花。

「殿下，下雪了。」

太子丹抬頭看著漫天大雪飄飄灑灑，天地一片白茫茫，突然放聲大笑。

荊軻感到莫名其妙，以為太子丹精神受了刺激，是不是發瘋了。於是，小心地問道：

「殿下，您怎麼了？」

「荊卿，您看這漫天大雪，是不是蒼天有眼，專門為樊將軍送行？」

荊軻點點頭。

二人在風雪中站了一會後，重新回到太子府後花園的太子丹住所。當太子丹再次看到樊於期的頭顱以及他圓睜的雙目時，不禁又悲從中來，放聲慟哭起來。

「殿下，大丈夫當以大局為重，不可感情用事。軻以為，樊將軍在天之靈，也不希望殿下如此。還是處理一下樊將軍的頭顱，督亢地圖的事也要落實了。」

太子丹聽了荊軻的話，突然醒悟過來。連忙對室外叫了一聲：「來人。」

立即有兩個小廝應聲進來，問道：「殿下，有何吩咐？」

「快去找人備一個楠木匣子，將樊將軍的頭顱盛放好。」

「諾。」

沒等兩個小廝前腳跨出門，太子丹就叫住了他們：

「回來。」

兩個小廝連忙轉過身來，問道：

「殿下，還有什麼吩咐？」

「告知府前守門者，從現在開始，太子府所有人不得有人出府，也不許府外有任何人進來。違者格殺勿論。」

「諾！」兩個小廝答應一聲，就走了。

太子丹立即轉身將室門關好，對荊軻說道：

「記得剛才荊卿說過，樊將軍死前，您跟他說過如何刺殺秦王的事。現在，是不是具體說一下您的計畫？」

「殿下，軻正想請教您一些問題。」荊軻沒有回答太子丹的問題，反而先向太子丹提出了要求。

「荊卿有什麼問題，但說無妨。」

「殿下在秦都咸陽生活過多年，也與秦王相處過，對秦國宮廷的情況當然最瞭解。外國使者如果想近距離接觸秦王，是否有可能？」

「做為使者，當然是有可能。比方說，敬獻禮物，遞送國書，都得使者親自跪呈的。」

荊軻聽了，神秘地一笑。

太子丹不知何意，遂連忙問道：

「荊卿笑什麼？」

「殿下，能接近秦王，機會不就來了嗎？」

「不過，雖然外國使者可以接近秦王，但卻不能攜帶任何兵刃進宮。秦王宮廷防衛森嚴，連隻鳥都飛不進的。」太子丹說道。

「那麼秦王的侍衛能不能攜帶兵刃進宮呢？」

「秦王侍衛雖然能帶兵刃進宮，但必須站在規定的距離之外。」

「這是什麼意思？」荊軻不解地問道。

「就是說，秦王在大殿上坐朝問政，大臣都侍立殿下，侍衛也在殿下相關位置持刀帶劍侍立，不能越過規定的界限而靠近秦王身邊。」

「秦王是不是怕大臣或侍衛謀殺自己？」荊軻問道。

「正是。其實，不僅大臣或侍衛不能上殿接近秦王，就是殿上發生了緊急情況，殿下的大臣或侍衛也不能直接衝到殿上。之所以有這樣的規定，就怕出現意外。」

「這個規矩好奇怪。」荊軻自言自語道。

「現在雖有樊將軍頭顱與督亢地圖，荊卿有了足夠的把握近距離接觸秦王，但丹憂慮的是，荊卿不能將兵器帶進秦王宮內，如何能夠實現脅迫秦王或刺殺秦王的計畫？」太子丹憂慮地說道。

荊軻聽了，沉思了片刻，說道：

「殿下剛才不是說過嗎，秦王在殿上不管發生什麼情況，站在殿下的大臣與侍衛都不能衝上殿，那麼軻就有辦法了。」

「什麼辦法？」太子丹不解地看著荊軻。

「難道軻不能徒手弄死秦王？」

太子丹搖搖頭，說道：

「這不可能。秦王也是有武功的。況且他自己是攜帶佩劍的。」

「那麼，對於進入秦宮的外國使者，會不會搜身？」荊軻又問道。

「當然會。這雖然非常無禮，但秦王絕不會給刺客有任何可趁之機。」

荊軻聽太子丹這樣一說，頓時無語，一時陷入了沉思。

太子丹見此，也沒了主意。如果找不出辦法，不僅自己的恥辱不能洗雪，燕國之危不能解除，而且還白白讓樊將軍身首異處了。

正當太子丹與荊軻都一籌莫展之時，突然聽到有敲門之聲。

太子丹連忙轉身開門，原來是兩個親信小廝捧著一個楠木匣來了。

看得出，這個楠木匣是緊急趕出來的，但卻非常精緻。太子丹與荊軻看著兩個小廝將樊將軍的頭顱小心翼翼地安置到匣內，然後細緻地密封好。

「好了，就放在這吧。讓人給樊將軍的遺體好好收殮一下，擇日厚葬。」太子丹說完，對兩個小廝揮了揮手。

兩個小廝出去後，荊軻看著裝有樊將軍頭顱的楠木匣，陷入了沉思。太子丹則看著楠木匣悲從中來，淚流滿面。

過了好一會，荊軻突然抬起頭來，望著太子丹，問道：

「殿下，督亢地圖準備好了嗎？」

「早就準備好了，就在屋裡。」太子丹說著，轉身就進了內室。

不一會兒，太子丹就捧著一個木匣出來了。

荊軻連忙接過來，放到案上。小心翼翼地打開木匣後，又細心地將裡面的地圖拿了出來。原來是一張剪切得整整齊齊的羊皮，長方形，約有一尺寬，三尺長，上面繪的就是燕國督亢地區的地圖。荊軻拿著這張地圖，反覆觀看，又反覆折疊。太子丹不懂他是什麼意思，但也不問他。

荊軻摩莎了一會，突然問太子丹道：

「有匕首否？」

「有。幹什麼？」

「殿下，軻入秦幹什麼？」

太子丹這才恍然大悟。遂連忙轉身進入內室，拿出一把非常精緻而鋒利的匕首，遞給了荊軻。荊軻接過匕首，放在一邊。先將羊皮地圖攤開，然後小心翼翼地將匕首放在地圖的右手邊緣，慢慢地將匕首捲進去。接著，又抬起頭來，問太子丹道：

「殿下，有沒有一條帶子？」

「有。」太子丹不知什麼意思，但馬上起來給他拿來了。

接過太子丹遞過來的帶子，荊軻小心翼翼地將剛捲好的羊皮地圖繫　好。然後，拿在手上晃了晃，再放進木匣內。

太子丹一見，頓時明白了什麼意思，連聲說道：

「妙！妙！妙！」

「殿下，您過來。」

太子丹不知什麼意思，連忙跪坐到荊軻身邊。

荊軻重又打開木匣，將剛才捲好的地圖拿出來，說道：

「殿下，您看。」

荊軻一邊說著，一邊解開繫地圖的帶子，示意太子丹握住地圖的另一端，然後慢慢將地圖一寸一寸地予以展開。地圖快要展盡時，說時遲，那時快，荊軻突然一隻手握住將要露出的匕首，一隻手揪住太子丹的衣領，將鋒利的匕首逼近到他的咽喉上。太子丹大驚失色，連連往後倒退。這時，荊軻放開他的衣領，丟下匕首，哈哈大笑，道：

「讓殿下受驚了！剛才是軻有意給殿下演示刺秦王的思路。」

太子丹這才恍然大悟，連聲說道：

「這一招恐怕秦王做夢也不會想到，實在是絕妙奇招！不過，荊卿剛才的動作太危險了。如果匕首之尖稍微碰到你我皮膚，我們都會當場死去，而且死得非常痛苦。」

「為什麼？」荊軻好奇地拿起匕首仔細地打量。

「掌燈。」太子丹對外叫了一聲。

「殿下，天黑還早得很呢，為什麼現在就要掌燈？」

「雖然天黑還早，但今天下雪，屋內光線已經不是太亮了。掌燈之後，在燈光之下，荊卿就會看出這柄匕首的妙處。」

正說著，小廝已經掌燈進來了。

待小廝出去，荊軻遂移身燈光下，仔細打量這柄匕首，發現顏色很暗，上面好像還有很多不易察覺的細細花紋，不同於普通匕首那樣雪亮而光滑。

荊軻看了半天，不解其故，遂問道：

「殿下，這柄匕首難道有什麼來歷或是不平凡之處嗎？」

太子丹點點頭，說道：

「這柄匕首，是丹以百金從趙國徐夫人那裡購得。刀身是以劇毒之藥焠過火。以之試人，只要破點皮見血，人無不立死，且痛苦萬狀。」

「沒想到殿下早就未雨綢繆了。」

「這倒沒有，當初求得這柄匕首只是用以防身，並沒想到用以刺殺秦王。如果不是剛才荊卿捲匕首入地圖之中，丹還真想不出這柄匕首所能發揮的作用。」

荊軻又將匕首在燈下仔細把玩了一陣，然後說道：

「看來這柄匕首冥冥之中是專門為秦王準備的，秦王此次命絕也許是天意吧。」

太子丹點點頭，說道：

「成敗全在此一舉了。」

荊軻就著燈光又看了一會匕首後，重新將之捲入地圖中。然後，小心地繫　好帶子，裝入木匣內。

見此，太子丹試探地問道：

「荊卿果然明天就要啟程入秦？」

「當然。刻不容緩。」

「那不等您的朋友了？」

「明天就是大年夜，約定的時間已過，肯定路上出了差錯。楚國那麼大，也許派出的人根本就沒找到他。」

「那荊卿一人行嗎？」

「沒有別的辦法了，就讓秦舞陽做副手吧。」

「那好。」太子丹點點頭。

「殿下，您現在可以把秦舞陽叫來，跟他說明一切了。」

「來人。」太子丹一邊點頭答應著，一邊轉身開門，對門外輕輕叫了一聲。

話音未落，立即進來兩個小廝，不是剛才的那兩個。

「殿下，有什麼吩咐？」

「你們二人，一個快去吩咐準備宴席，要豐盛。一個去把秦大俠請來。」

「諾！」兩個小廝聞命出門。

太子丹又問荊軻道：「今夜給荊卿與舞陽壯行，是否請夏扶等人也參加？」

荊軻說：「入秦之事，知道的人愈少愈好。但是，夏扶等人既是殿下所養的死士，自然沒有問題。」當夜喝過壯行酒，一夜無話。

第二天，太子丹早早起來，張羅著給荊軻與秦舞陽送行。但是，推開門一看，漫天大雪下了一夜，後花園裡積起的雪將近一尺厚了。太子丹一看，頓時心涼了半截，這麼大的雪，荊軻與秦舞陽如何啟程？

「殿下，兩位大俠已經收拾停當，正在大廳等您呢。」正當太子丹看著紛紛揚揚的大雪發愁時，一個小廝不知什麼時候已經來到了面前，輕聲地喚道。

「哦？」太子丹精神為之一振，幾乎沒有猶豫，就一頭衝進了漫天大雪中，跟著小廝一起往太子府的正廳而去。

來到大廳，見荊軻、秦舞陽已正襟危坐於廳內，趕來送行的夏扶、宋意、高漸離等人也已聚齊，太子丹連忙吩咐早已侍候在門口的眾小廝道：「拿酒肉來！」

「諾！」眾小廝答應一聲，猶如一陣風似地去了。

不一會兒，熱氣騰騰的酒肉便像變戲法似的上來了。荊軻等人都愣住了。其實，太子丹昨夜就已安排好一切了。

酒肉擺好後，太子丹示意大家坐下。但是，沒有一個人就席。太子丹心裡明白，遂端起酒盞，首先走到荊軻面前，說道：

「今日天寒地凍，請先喝了這盞熱酒，暖暖身子。」

荊軻沒有言語，接過太子丹的酒一飲而盡。

太子丹又端起另一盞，走到秦舞陽面前。但是，未等太子丹開口，秦舞陽就跪下身子，雙手舉起，接過太子丹的酒，然後一飲而盡。

接著，夏扶等人一個接一個地上去給荊軻與秦舞陽敬酒。

荊軻與秦舞陽喝了大約十盞後，就不再喝了。

太子丹見差不多了，遂送荊軻與秦舞陽出門，夏扶等人也都跟隨其後。

外面的雪愈下愈大，天地一片白茫茫。等在門外的馬匹，也早已變成了雪馬。

荊軻沒有猶豫，也沒有拂拭馬鞍上的積雪，就飛身上了馬。接著，秦舞陽、夏扶、宋意等人也跟著一躍上馬，太子丹則上了事先備好的一輛馬車。太子丹的兩個心腹親隨謝勇與甘爽，則騎馬在前面開道。

車馬靜悄悄地出了太子府，靜悄悄地馳過燕都薊城的大街，沒有驚動一個人。因為一路只見茫茫一片，不僅看不到一個人，就連一隻鳥兒也沒有。而出了城門，到了郊外，則更是天地一片白茫茫，不辨東西。幸虧老馬識途，還有謝勇與甘爽在前開道，逶迤走了五天，才到達易水北岸。這一天，是秦王政二十年，燕王喜二十八年（西元前二二七年）正月初四。

「殿下，都已經到易水了，還是就此別過吧。」荊軻跳下馬，對太子丹說道。

太子丹點點頭，連忙從馬車上跳下，對身後的兩個親隨一招手，二人立即從車上麻利地卸下幾張羊皮，鋪在雪地上。然後，又搬下一罈用好幾層羊皮包裹的酒，擺出六隻酒盞，一盞盞地倒滿酒。這時，夏扶等人也下了馬，肅立一旁看著。

太子丹走上前去，先端起一盞遞給荊軻，又端起一盞遞給秦舞陽，再端起第三盞，對著二人說道：「送君千里，終有一別。請二位一路保重！」

說著，先一飲而盡。但是，淚水卻和著酒水順著嘴角一起往下淌。轉眼間，鬍鬚間便結起了冰花。高漸離見此，覺得氣氛太過悲傷，遂抱筑而歌道：

肅肅兔罝，椓之丁丁。
赳赳武夫，公侯干城。
肅肅兔罝，施于中逵。
赳赳武夫，公侯好仇。
肅肅兔罝，施于中林。
赳赳武夫，公侯腹心。

荊軻一聽，明白高漸離的意思，乃拔劍起舞，為太子壽，歌曰：

天保定爾，亦孔之固。
俾爾單厚，何福不除？
俾爾多益，以莫不庶。

天保定爾，俾爾戩穀。
罄無不宜，受天百祿。
降爾遐福，維日不足。

天保定爾，以莫不興。
如山如阜，如岡如陵。
如川之方至，以莫不增。

吉蠲為饎，是用孝享。
禴祠烝嘗，于公先王。
君曰卜爾，萬壽無疆。

神之弔矣，詒爾多福。
民之質矣，日用飲食。
群黎百姓，遍為爾德。

如月之恒，如日之升。
如南山之壽，不騫不崩。
如松柏之茂，無不爾或承。

荊軻歌舞畢，太子丹又上前敬酒。敬酒畢，太子丹亦起而歌：

鼓鐘將將，易水湯湯，憂心且傷。淑人君子，懷允不忘。
鼓鐘喈喈，易水湝湝，憂心且悲。淑人君子，其德不回。
鼓鐘伐鼛，易有三洲，憂心且妯。淑人君子，其德不猶。
鼓鐘欽欽，鼓瑟鼓琴，笙磬同音。以雅以南，以籥不僭。

高漸離覺得太子丹的歌聲太過悲情，為荊軻入秦壯行，要歌鼓舞人心之曲，遂又抱筑而歌道：

我車既攻，我馬既同。
四牡龐龐，駕言徂東。
田車既好，四牡孔阜。

東有甫草，駕言行狩。
之子于苗，選徒囂囂。
建旐設旄，搏獸于敖。

駕彼四牡，四牡奕奕。
赤芾金舄，會同有繹。

決拾既佽，弓矢既調。
射夫既同，助我舉柴。

四黃既駕，兩驂不猗。
不失其馳，舍矢如破。

蕭蕭馬鳴，悠悠斾旌。
徒御不驚，大庖不盈。

之子于征，有聞無聲。

允矣君子，展也大成。

可是，高漸離的鼓舞之曲，唱得愈是激昂，太子丹的眼淚愈是止不住往下直淌。荊軻感慨之下，乃情不自禁地歌道：

風蕭蕭兮易水寒，壯士一去兮不復返。
探虎穴兮入蛟宮，仰天呼氣兮成白虹。

高漸離擊筑和之，宋意亦和之。為壯聲，眾皆髮怒沖冠；為悲聲，眾皆泣不成聲。

良久，荊軻上前再與太子丹辭別。太子丹讓荊軻與秦舞陽上了自己的馬車，親自執鞭，為之駕車十八步，然後才將馬車交給馭手。

荊軻換上太子丹的馬車後，沒有再回頭看一眼眾人，徑直往易水渡口而去。

夏扶見此，立即奔到馬車前，拔劍橫於車前，高聲叫道：

「慢！荊軻兄弟、舞陽兄弟，夏扶為你壯行了！」

說時遲，那時快，手起劍落，眾人猝不及防之間，夏扶已經在車前自刎而亡了。

第七章 刺秦王

一、陽翟爭肉

秦王政二十年，燕王喜二十八年二月初五，歷經一月有餘，荊軻與秦舞陽沖寒冒雪，起早摸黑，終於到達原來韓國南部的穎水。

日中時分，二人渡過穎水，到達南岸的陽翟。

在陽翟剛找了一家客棧住下，秦舞陽就直嚷餓。荊軻被他這麼一嚷，自己也覺得餓了，於是就跟客棧老闆說道：「老闆，有什麼好酒好肉，儘管端上來。」

「客倌，非常抱歉，小店不僅沒有好酒，而且肉也沒有。」老闆一臉無奈地說道。

「老闆，你不是開玩笑吧。哪有客棧老闆不願意賣酒肉給客人吃？難道你瞧不起俺們，認為俺們付不起錢嗎？」秦舞陽一邊說，一邊從袖中掏出一大把金子在客棧老闆面前晃了晃。

沒想到老闆並沒有見錢眼開，而是不假思索地回答道：

「客倌，您就是再有錢，小店也是變不出好酒好肉的。」

「為什麼？」荊軻也感到奇怪了。

「客倌，您想想看，這些年天天在打仗，百姓的農活、生產都停頓了，酒從何來？肉從何來？就是想吃死人的肉，恐怕也要有力氣去搶去爭。」

荊軻默默地點點頭，嘆息了一聲。

秦舞陽一聽，頓時像洩了氣的皮囊，一屁股坐在席上。

看到荊軻與秦舞陽失望的樣子，老闆頓了頓，又說道：

「客倌，如果你們真有錢，又願意跑點路，也不是不能買到好酒好肉。」

「在哪裡可以買到？」秦舞陽一聽，連忙從席上蹦了起來。

「城南門附近有一條小街，那裡就有。如果客倌買回了肉，小店可以幫忙烹飪。」

「離這兒有多遠？」秦舞陽急切地問道，恨不得馬上吃上肉。

「大約三里地吧。」老闆道。

秦舞陽一聽，連忙對荊軻說道：「既然這麼近，那麼俺們現在就去吧。已有半個月沒有好好吃肉了，買些肉來打打牙祭吧？」

荊軻因是此次行動的主角，自受命以來，心裡一直想著的都是與刺殺秦王有關的事。所以，對於多少天沒吃肉的事沒有放在心上。今天聽秦舞陽這樣一提，倒是覺得有些饞了，遂順口答道：

「好哇！」

於是，二人收拾了一下，便一起走出了客棧。約半個時辰，便到了客棧老闆所說的那條小街。

街上人很多，熙熙攘攘。各種小商販有的在跟人討價還價，有的在扯著嗓子叫賣。街道很窄，人又多，所以擠了半天，也沒走出幾步。秦舞陽想早點找到肉攤，可是，周圍都是人，兩邊賣什麼都看不見。於是，他便開始用蠻力向兩邊推搡他人。不少人都被他推倒在地，這下就更混亂了，叫罵的叫罵，喊疼的喊疼。荊軻見此，一邊連忙對秦舞陽使眼色正告，一邊動手親自攙扶倒地的人。忙乎了半天，又擠了半天，這才擠出人群，在街的另一頭，看到一個肉攤。

二人欣喜地走過去，發現賣肉的是一個五大三粗的漢子。那漢子見荊軻與秦舞陽直奔肉攤而來，知道是要來買肉的，遂連忙熱情地招呼道：

「客倌，上等的黃牛肉，要多少？」

荊軻與秦舞陽從未自己買過肉，到底是黃牛肉還是什麼肉，他們並不懂行，只是上前仔細端詳這肉是否新鮮。

那大漢見荊軻與秦舞陽意有遲疑，遂將案板上的那塊約有五十斤重的肉一把掀了起來，說道：

「看看，新鮮吧。不信，可以聞一聞。」

秦舞陽一聽，果然上前用鼻子聞了聞，點點頭。

荊軻見此，遂對那大漢說道：「來五斤吧。」

「看二位客倌的樣子，就不是一般人。你們都是壯士，就是一人吃個十斤肉，也是不在話下的。」

荊軻聽了，猶豫了一會，心想，你這不故意慫恿俺們多買嗎？這年頭吃得起肉的人也少，他的肉攤恐怕生意並不好，所以才這麼熱心地招攬生意吧。

秦舞陽看著荊軻，那大漢也看著荊軻。荊軻想了想，說道：

「那就一共來十斤吧。」

「一人五斤，也夠吃了。」秦舞陽說道。

那大漢見二人都表態了，遂拿起案板上的屠刀，從旁邊切了一塊，然後放在衡器上秤了一秤，說：「正好十斤。」

荊軻心裡納悶，你的刀法那麼準確，一刀下去，就不多不少正好十斤？

正當荊軻心中起疑時，秦舞陽伸手接過那大漢遞過來的肉。他不認識韓國的衡器，但是，他能掂量出份量。於是，就將肉從這隻手換到另一隻手，不斷地掂量。最後，他確認份量不夠，於是，將肉往案板上一摔，說道：

「你這肉不夠份量，缺斤少兩。」

那大漢頓時火起，道：「你的手又不是秤，怎麼說俺缺了你的斤兩？」

秦舞陽見那大漢竟然敢對自己發火，遂提高嗓門吼道：「俺的手就是秤，你明明是缺斤短兩了，還有道理嗎？」

「吃不起肉，就不要假充有錢人！」大漢話說得難聽了。

秦舞陽哪裡見過這麼橫的人，火氣騰地一下就上來了，「嗆郎」一聲，就從腰間抽出了長劍。

那大漢一見，毫不示弱，立即掄起屠刀跳過案板，就準備迎戰了。

荊軻一見，連忙拽住秦舞陽，同時從袖中拿出一錠小散金，扔到大漢的肉案上，拎起那塊肉，拉著秦舞陽就離開了。秦舞陽不服氣，也不理解荊軻之所為，遂一路走一路罵。荊軻並不答腔，只顧拽住他的胳膊往前走。

到了客棧，荊軻將肉交給老闆，吩咐他代為烹飪。然後，就拉著秦舞陽進了客房，關好門後，大聲呵斥秦舞陽道：

「太子殿下讓我們幹什麼去的？」

「去刺殺……」

未等秦舞陽將「秦王」二字說出，荊軻連忙上前用手捂住了他的嘴巴，恨恨地說道：

「真是豬腦袋！」

「你不是問俺嗎？」秦舞陽怒目圓睜，無限委屈地望著荊軻。

荊軻搖搖頭，一臉無奈。良久，放緩語氣說道：

「你十二歲就敢殺人，打抱不平，精神可嘉，勇氣過人。但是，有些事不能只靠勇氣與膽量，還要靠頭腦，靠機智。如果今天我不拽住你，你為了一點肉的斤兩而與人廝殺，他殺了你，我們的任務怎麼完成？不能完成任務，我們怎麼對得起太子殿子的知遇之恩？如果你把他殺了，現在這陽翟已是秦國的地方了，受秦國法律管轄。秦律之嚴苛，你可曾聽說過？」

「俺哪裡想到那麼多？」秦舞陽氣鼓鼓地說道。

荊軻見此，知道他仍不服氣，遂繼續語重心長地說道：

「男子漢大丈夫，要能屈能伸。該忍的時候一定要忍。有些事，暫時退讓一步，雖然丟些面子，卻能贏得廣闊的人生迴旋空間。留得有用之身，方可將來有用武之地。」

說到這裡，荊軻看了看秦舞陽，見他低著頭，似乎有些覺悟了。於是，進一步開悟道：

「每個人都有脾氣，情緒都可能失控。但是，我們要學會控制。匹夫與聖賢的區別，就在於善不善於控制情緒。匹夫遇事會感情用事，不加思考，行動起來就會莽撞。而莽撞的結果，必然會鑄成大錯。聖賢則不然，他們遇事會冷靜思考，控制情緒，沉著應對，三思而後行。如此，他們怎麼會鑄成大錯呢？不會鑄成大錯，他就有機會做成大事，成為聖賢。」

「這個道理俺也懂的。只是誰能做得到呢？能做到的，恐怕也不是你我之輩吧？」秦舞陽不以為然地說道。

荊軻見秦舞陽仍然沒有從思想深處醒悟過來，於是只得繼續耐心地說道：

「不錯，你我都是平凡之人，不是聖賢。但是，我們現在已經接受了不平凡的任務，那麼就要學著做不平凡的人，學會控制自己的情緒，遇事沉著冷靜。我荊軻雖是一介匹夫，是再平凡不過的人，但是我讀過一些書，明白一些事理。所以，在控制情緒方面，自認為還是能做到的。」

「你能做到？」秦舞陽瞪大眼睛，吃驚地望著荊軻，滿是疑惑和不以為然的神情。

「當然能做到。」荊軻毫不猶豫地回答道。

「俺怎麼沒見過？俺只見過你驕傲自大，整天在太子殿下面前板著臉，一言不發，故作深沉。」

荊軻見秦舞陽竟然這麼看他，覺得問題很大，不得不多說一句了。不然，他不從內心服貼自己，到了秦國如何調度他？於是，頓了頓，說道：

「你沒見過，那是因為你在江湖上還不是個人物。你說我荊軻做不到，那我就說兩個故事給你聽聽。」

「好哇！」秦舞陽頓時來了精神。

「大約五六年前，我到趙都邯鄲遊歷，與趙國人魯句踐博戲，起了爭執。魯句踐對我大聲呵斥，而我卻選擇離開，未置一言。後來，江湖上人都認為是我的劍術不及他，才甘心受辱的。其實，大錯特錯。我的劍術雖不敢言精，但肯定要高出魯句踐很多。我之所以甘心受辱，是因為覺得這是一件小事，不值得與他爭執，更不值得與他拔劍相向。」

秦舞陽聽到此，頓時來了興趣，遂連忙問道：「那第二件呢？」

「那是更早一些年的事了。我因慕劍術家蓋聶之名，專程前往榆次拜訪他，想跟他切磋劍術。但是，沒談幾句，他就覺得我不行，用眼瞪了我一下。可能是因為當時我是一個無名之輩，他沒把我瞧在眼裡。」

「那你怎麼樣？」秦舞陽又問道。

「我轉身就走了，而且立即離開了榆次。據說，我走後，蓋聶覺得做得有些欠妥，派人去追我，但是沒能找到我。就是找到我，請我回去，我也不會回去的。」

「不過，蓋聶確實是天下著名的劍術家，當時你絕對不是他的對手吧。」

「這個我不清楚，我沒有跟他交過手，不敢說。但是，有一點我可以說，我在應該忍的時候忍了，所以才有受命於太子而擔大任的今天。如果我冒昧魯莽，恐怕就等不到這一天了。」

「你這兩個故事，並不能說明什麼問題。因為至今你還沒有成就一番大業，當然不能說明你的忍讓就是對的。」

荊軻見秦舞陽仍是不以為然，遂又接著說道：

「也許你說的也對。那好，我現在就給你說一個成功的例子。」

「什麼成功的例子？」秦舞陽又來精神了。

「越王勾踐臥薪嘗膽的故事，聽過嗎？」

「什麼？」秦舞陽一臉茫然地問道。

荊軻見此，不禁莞爾一笑，道：

「這就是不讀書，沒見過世面的結果。連這樣著名的事例都沒聽說過，怎麼會不狂妄自大？」

「俺是沒文化，那你有文化，就說說看啊！」秦舞陽仍然對荊軻的話不以為然。

荊軻看了看秦舞陽那種無知而自得的樣子，先搖了搖頭，然後說道：

「大約是兩百六十多年前，南方有兩個國家，一個叫越國，一個叫吳國。兩國毗鄰而居，本來倒也相安無事。當時越國的國王是允常，吳國的國王是闔閭。越王允常死後，其子勾踐繼位。吳王闔閭見勾踐年少，越國又是國喪無備，遂趁機起兵攻打越國，企圖一舉吞併越國。」

「結果怎麼樣？」秦舞陽興味盎然地問道。

「吳王闔閭乘人之危的行徑不得人心，越國軍民在勾踐的率領下同仇敵愾，奮死抵抗，最終打退了入侵的吳軍，並射傷了吳王闔閭。闔閭中箭後，因年事已高，回國後不久就死了。臨死前，他將兒子夫差叫到跟前，叮囑他不忘國恥，一定要滅了越國，為他報仇。」

「那夫差做到了嗎？」秦舞陽又津津樂道地問道。

「夫差即位為吳王後，為了不忘國恥，為了砥礪鬥志，他讓宮人與士卒在他每天經過宮門時都大聲地喊道：『夫差，你忘了父王的恥辱嗎？』夫差流著眼淚回答說：『不敢忘。』他一邊鼓勵生產，發展經濟，一邊讓從楚國投奔來的兩個能臣伍子胥與伯嚭幫忙訓練軍隊。經過三年充分準備，夫差覺得差不多了，遂親率大軍向越國發動了進攻。」

「那結果怎麼樣？」

荊軻看了看秦舞陽那急切的樣子，故意頓了頓，然後才從容說道：

「越王勾踐也有兩個能臣，一人叫范蠡，一個叫文種。范蠡勸勾踐不要跟吳國人硬碰硬，只需守城就好。但是，勾踐不聽，親率大軍迎擊。結果，太湖一役，越國水師幾乎全軍覆滅。越王勾踐率領五千殘兵敗將倉皇逃到會稽山上，卻又被吳軍團團圍困。這時，越王勾踐才後悔當初沒有聽從范蠡之言。范蠡說：『現在後悔也無用了，趕緊向吳國求和吧。』於是，就派大夫文種去向吳王求和。」

「吳王同意了嗎？」秦舞陽又急切地問道。

「吳王夫差本想同意，但伍子胥堅決反對，認為不能給越國喘息的機會，否則遺患無窮。文種沒辦法，只得回去。但回去後，探聽到吳王夫差的另一個重臣伯嚭是個貪財好色之徒，遂收集了一批珍寶與美女賄賂伯嚭。結果，經過伯嚭的一番花言巧語，吳王夫差竟然同意了越王勾踐的求降。

但是，附帶一個條件，要越王勾踐到吳國為奴。」

「這太過份了吧。那越王同意嗎？」秦舞陽激動地說道。

「當然同意。這才是越王勾踐！忍辱負重，才能成為一代霸主啊！」荊軻不假思索地回答道。

「這話怎麼講？」秦舞陽不解地問道。

荊軻搖搖頭，只得繼續往下說道：

「越王勾踐將越國國政交給大夫文種，自己根據吳王的要求，帶著王后與大臣范蠡到了吳國為奴服苦役。在吳國三年，勾踐給過世的吳王闔閭守過墳，給夫差餵過馬，每天還要給夫差脫履，服侍其如廁。夫差生病時，他還給他觀察糞便，瞭解病情。甚至有一次還親嚐吳王夫差的糞便。正因為如此，吳王夫差相信了越王勾踐。三年苦役期滿，就放他回到了越國。」

「越王勾踐受到這麼多屈辱，他還怎麼回國面對父老鄉親呢？」秦舞陽又問道。

「勾踐回到越國後，與文種、范蠡等抱頭痛哭，立志報仇雪恥。為了激勵自己的鬥志，時刻不忘在吳國所受的屈辱，他睡覺不睡鋪，而是睡在亂柴草堆裡，使自己夜夜難以安眠；喫飯的地方掛個苦膽，每到喫飯時先嘗苦膽。這就叫臥薪嘗膽。」

「哦，原來是這樣。」秦舞陽這才恍然大悟。

「為了鼓勵生產，越王勾踐率先垂範，不僅頓頓吃粗糲食物，身著麻衣粗布，與百姓一起耕種。又讓王后率領越國婦女養蠶織布。為了增加人口，越王勾踐還制訂了相關獎勵措施。通過十年生聚、十年教訓，越國終於再次強大起來。為了徹底打敗吳國，越王勾踐除了發展經濟，增強國力外，還在政治與外交上採取了一系列措施。」

「有哪些措施？」秦舞陽更加好奇了。

「為了麻痹吳王夫差，勾踐不斷地賄賂他；為了掏空吳國的倉儲，大量收購吳國的糧食；為了使吳國勞民傷財，勾踐故意不斷給吳王進貢好木材，讓其大興土木，大修宮殿；為了除掉吳國賢臣伍子胥，勾踐不斷派人到吳國散佈謠言，離間吳王夫差與伍子胥的關係，最終伍子胥被夫差所殺；為了消磨吳王夫差的鬥志與精力，荒廢朝政，加速吳國的滅亡進程，勾踐送美人西施入吳。最終，趁吳王夫差率師參加黃池會盟之機，突襲吳國成功，逼迫吳王夫差自殺身亡。吳國亡國，越國成為當時的霸主。」

秦舞陽聽完越王勾踐的事蹟，終於明白了荊軻所說的道理，遂慚愧地低下了頭。

二、咸陽求托

陽翟休息一天後，第二天一早，荊軻與秦舞陽就起身準備上路。在車夫套車的時候，秦舞陽突然說道：

「俺們從薊城到陽翟，雖然路不多，卻走了一個月零一天。這樣下去，俺們何時才能到達秦都咸陽？再說了，現在天氣冷……」

荊軻立即明白秦舞陽想說什麼，知道他想說的是樊於期的首級保存問題，遂連忙打斷他的話，道：「知道了。我們還是棄車騎馬吧。」

「這樣最好，能在最短的時間內到達咸陽。」秦舞陽點頭說道。

「快上車將行李收拾一下背上。」荊軻一邊說著，一邊自己先躍上馬車，首先就將樊於期的首級與督亢地圖用包袱布包好，背在了自己的背上。這個是最重要的，他自己保管才放心。秦舞陽上車後，則將細軟等重要的東西捆紮了一些背在身上。

二人收拾停當，跳下馬車。荊軻對車夫說道：

「你將太子殿下的馬車趕回去，我們自己買馬往咸陽。」說著，荊軻從袖中掏出一些銀子給了車夫。打發了車夫，荊軻又向客棧老闆打聽了一下馬市場所在，然後就與秦舞陽直奔馬市。挑選馬匹，二人都是內行。

挑選好馬匹，二人便策馬揚鞭，直奔秦都咸陽而去。

秦王政二十年二月二十五，荊軻與秦舞陽就快馬到了秦都咸陽。如果不是路上雨雪阻擱，到秦都咸陽的時間可能還要早些。

一到咸陽，荊軻就向人打聽秦王招待各國使者的驛館。憑著燕王的符節與國書，很快就在驛館住下了。放下行李，關好門，荊軻立即檢查樊於期的首級情況。這是他每天必做的事，生怕腐爛了。還好一路上都是冰天雪地，天氣奇寒，樊於期的首級等於加了天然的防腐劑，保存完好。再查督亢地圖，一切完好，匕首包裹得也天衣無縫。

在驛館稍事休息了一會，吃了點飯，喝了點酒，暖了暖身子。雖然身體更顯疲乏，但荊軻還是強打精神，問了驛館主事者秦王宮的方位，然後就與秦舞陽一起出了門。一方面是熟悉一下明日往秦王宮的路線，另一方面看看秦都咸陽的街市佈局，瞭解一下秦國的風土人情，因為他們二人都從未來過咸陽。

二人日中時分出門，一路走一路看。因被秦都闊大整齊的街道與恢弘的建築所吸引，不知不覺間，兩個多時辰就過去了。直到日暮時分，才在暮色中找到秦王宮。站在秦王宮的台階下面，仰望夕陽餘照中巍峨的秦王宮，荊軻與秦舞陽都情不自禁地屏息肅立。

荊軻站了一會，看看時間不早了，知道很快就要宵禁了。於是連忙催促呆在那裡的秦舞陽道：「快點回去了，必須趕在宵禁前回到驛館。秦國法律嚴苛，非同兒戲。」

秦舞陽好像沒聽見，仍在仰頭觀望巍峨的秦王宮建築群，嘴巴張得老大。

「沒見過王宮啊？快回去了。」荊軻一邊說，一邊伸手拽了秦舞陽一把。

其實，荊軻沒說錯，秦舞陽還真的沒見過王宮。他自十二歲殺人潛逃，一直都是流浪於鄉間僻遠之地，甚至沒有進過大城。後來，因為太子丹招引武士，他才得以進入太子府，算是見了點世面。但由於太子丹養士是用於秘密刺秦，所以秦舞陽進了太子府後，就從未出過太子府，以致燕王宮都未曾見過。今天突然看見這等壯觀巍峨的秦王宮，叫他如何不看得目瞪口呆，驚奇萬分呢？

順著來時路，二人緊趕慢趕，總算在宵禁前回到了驛館。晚飯都沒來得及吃，二人便早早歇息了。因為明日有大任，必須充分休息好，以保持充沛的精力。

一夜無話。

第二天一大早，荊軻與秦舞陽便起來漱洗整刷，因為要去晉見秦王，必須衣冠楚楚。這既是禮節，也是燕王使者的體面。

簡單地用過早餐後，荊軻又認真檢查了兩件寶貝，就是樊於期首級與督亢地圖。然後，又將燕王的符節與國書拿出來仔細看了看，再小心地放好。

一切準備停當，荊軻便捧著督亢地圖與燕王符節氣宇軒昂地走在前頭，秦舞陽則捧著樊於期的首級跟在後面。大約半個時辰，二人就到了秦王宮前。

循著長長的石階，二人莊重而嚴肅地一步一個台階地拾級而上。到了宮門口，看到兩邊並列對稱地站著八位高大彪悍的秦國武士，盔甲鮮明，儀態莊嚴而又威武，讓人看了不寒而慄。秦舞陽雖然平時喜歡耍橫，動輒拔刀動劍的，今日見到秦王宮前的這個陣容，明顯內心產生了畏懼，手上捧著的樊於期首級的匣子也有些微微抖動。荊軻回頭看了他一眼，給他壯了膽後，他才漸漸恢復了平靜。

荊軻瞅了瞅秦王宮前分排站立的八位武士後，從容鎮定地向右邊一排的第一個武士走了過去。施禮畢，不卑不亢地說道：

「官爺，勞駕稟報秦王殿下，就說燕王正副特使荊軻、秦舞陽奉燕王之命求見，有重要禮物敬獻。」那武士看了看荊軻，見其儀容端莊，氣宇軒昂的樣子，說話也很得體，遂點了點頭，轉身往宮門裡去了。

荊軻與秦舞陽眼睛跟著那武士的身影直勾勾地看著，但是不一會兒，武士出來了，回答道：

「秦王今日不見客。」

荊軻正想再央求一下，可是那武士威武地一揮手，示意他們趕快離開。

荊軻見此，只得轉身，帶著秦舞陽捧著兩隻匣子，慢慢地離開了宮門口。走下臺階，二人都情不自禁地回首看了一眼台階上方那巍峨的秦王宮。雖然近在咫尺，卻就是進不去。雖有燕王的符節，仍然沒有用。

呆呆地站立了一會，荊軻只得惆悵地帶著秦舞陽離開了秦王宮，往驛館而去。

「要是沒法見到秦王，或是短時間內不能見到秦王，那樊將軍就是白死了。」回到驛館，剛放下樊於期首級，秦舞陽就洩氣地說道。

荊軻沒有吱聲，只是默默地撫摸著裝著督亢地圖與匕首的匣子。

秦舞陽見荊軻這個樣子，本來想對秦國所發的牢騷與不滿，也只得強忍著咽了回去。

過了好一會，荊軻突然從席上爬起來，對秦舞陽說道：

「你看好這二樣東西，我去找找人。」

「你去找誰？你又沒來過咸陽，能認識誰？」秦舞陽不以為然地說道。

「不要問那麼多。」荊軻丟下這句話，就走了。

大約過了半個時辰，荊軻回來了，笑意寫在眼角眉梢，藏都藏不住。

秦舞陽雖是粗人，但荊軻的這種表情，他還是能夠觀察得出的。於是，連忙問道：

「找到人了？」

荊軻點點頭。

「是什麼人？」

「一個楚國的使者。」

「楚國使者？楚國使者也來了？他見到秦王了嗎？」秦舞陽急切地問道。

「當然見到了。」

「那秦王為什麼見他，而不見俺們呢？是不是因為楚國大，而俺們燕國小，欺負人？」秦舞陽道。

荊軻聽了秦舞陽的話，不禁莞爾一笑。

「你笑什麼？俺說的不對嗎？秦王這不就是勢利眼嗎？」

荊軻又是一笑，道：

「秦王還需要什麼勢利不勢利嗎？而今的天下，就數他最大了。楚國雖大，但實力早就不及秦國，早就臣服於秦國了。」

「既然這樣，那麼秦王為什麼獨獨見楚王之使，而不見燕王之使呢？」

荊軻看了秦舞陽一眼，心想他真是一個有氣力無頭腦的匹夫。於是，只得跟他明說道：

「要見秦王，必須托人。」

秦舞陽一聽，瞪大眼睛望著荊軻，半天才回過神來，問道：

「俺們持燕王符節見秦王，這是公事、國事，還要求人情嗎？」

荊軻無奈地一笑道：

「正因為我們長期行走於江湖之上，不在官場上行走，不懂得官場規矩，不知道在官場上凡事都是要托人情的。所以，今天我們求見秦王才會碰壁。」

「哦，原來是這樣。」秦舞陽恍然大悟似地望著荊軻說道。

「太子殿下送給秦王的那顆珠子帶了嗎？」沉默了一會，荊軻突然若有所悟地問道。

「反正太子殿下放在馬車上的禮物，俺都收在一個大包袱裡了。」秦舞陽答道。

「那趕快清理一下，找出那顆珠子，那可是個價值連城的寶物。」

「既然是價值連城的寶物，那今天俺們求見秦王時您怎麼不叮囑俺帶上呢？」秦舞陽不解地問道。

「我是一時忘了，現在雖然想到了，我倒不想獻給秦王了，有樊將軍的首級與督亢地圖，秦王就足夠高興的了。他哪裡還在乎什麼寶物，整個天下都是他的了。」

「那您準備把珠子自己吞下了？」

「我要珠子幹什麼？那樣對得起太子殿下對我們的知遇之恩嗎？荊軻難道是那種見利忘義的小人嗎？」荊軻不免有些生氣了。

秦舞陽見此，連忙說道：「俺絕對不會認為您是這種人，只是不明白，既然太子說這顆珠子是送給秦王的，那您留著幹什麼？」

「你真是豬腦子！我不送秦王，難道還不能送給別人嗎？」

「那你準備送給誰？」秦舞陽仍然一頭霧水。

「剛才跟你說了那麼多，你怎麼還不明白呢？俺不是說過，見秦王要托人情嗎？」

「那您有要送的人嗎？」秦舞陽又問道。

「當然沒有。」荊軻憂慮地說道。

「那為什麼不問問楚國使者呢？他送給誰，俺們也送給誰，不就好了嗎？」秦舞陽不假思索地說道。荊軻一聽，恍然大悟道：

「對對對，我怎麼就忘記多問一句呢？你趕快把那顆珠子找出來，我現在就去楚國使者那裡問。」荊軻一邊說著，一邊就從席上爬起出門了。

不多一會，荊軻就興沖沖地回來了。

「問到了？」秦舞陽問道。

「問到了。」

「是誰？」

「秦王面前的大紅人蒙嘉。」

「蒙嘉是什麼人？」秦舞陽問道。

「蒙嘉官居中庶子，是秦王第一大將蒙驁的兄弟。他們二人一文一武，都深得秦王的寵信。據楚國使者說，不論是六國使者想見秦王，還是秦國眾臣想升官晉爵，都要走蒙嘉的門路。」

「哦，原來這樣。那俺們明天就去給他送禮吧。珠子已經找到了，完好無損地放在包袱裡。」秦舞陽說道。

第二天一大早，荊軻就起來準備，吩咐秦舞陽在驛館好好看護行李，自己獨自帶著太子丹準備進獻給秦王的那顆大珠子，背著裝有樊於期首級的匣子，就往中庶子蒙嘉府上而去。

按照楚國使者所指引的路線，荊軻很快就找到了蒙嘉的府第。又依據楚國使者所教的方法賄賂了一些金子給蒙嘉府上守門與通報的當值，很快就見到了蒙嘉。

「蒙大人，這是燕太子恭呈給您的一點心意。」一見蒙嘉，未及蒙嘉讓座，荊軻就一邊說著，一邊膝行至蒙嘉面前，恭恭敬敬地將那顆大珠子呈上。

蒙嘉看了看荊軻呈上的精美匣子，似乎不屑一顧，隨手推到了一邊。

荊軻一見，連忙說道：

「蒙大人，這是我們太子費盡心力才覓得的一顆珠子，據說價值連城。」

蒙嘉一聽荊軻這話，立即為之心動。但仍然裝得非常矜持，沒有立即伸手去打開匣子。

荊軻心知其意，遂連忙膝行至他面前，小心翼翼地打開了匣子，讓那顆珠子璀璨的光芒直接閃耀於他的眼前。

果不其然，蒙嘉一見，立即眉毛一動，一絲笑意寫在了眼角。情不自禁間，便伸手從匣子中拿出了珠子把玩起來。

把玩了許久，蒙嘉這才頭也不抬地問道：

「燕太子還好吧？」

「托大人的福，我家太子一切都好。」荊軻連忙答話道。

「我與燕太子還是有一點交情的。」

「是是是。我家太子一直提起您呢！」

蒙嘉知道荊軻這話只不過是客氣話，但還是高興地點點頭。

荊軻見蒙嘉態度即之也溫，知道火候已到，遂連忙上題道：

「秦師天下無敵，諸侯萬邦無不望風而靡。燕王畏慕秦王之威，不敢興兵以拒秦師，願舉國而為臣，比照諸侯之例，給貢職如郡縣，奉守先王宗廟足矣！燕王畏秦王天威，恐懼不敢自陳，謹斬樊於期之首，並獻燕之督亢地圖，遣使拜送於秦王之庭，以聽秦王之命。」

蒙嘉一聽荊軻不僅要向秦王繳送樊於期首級，還要獻燕國督亢地圖，差點高興地跳起來了，連忙問道：「果真有樊於期的首級？」

「在大人面前，豈敢戲言？」荊軻連忙回答道。

「這個反賊，大王恨他恨得牙癢癢，恨不得食其肉，寢其皮。他潛逃後，大王曾購其首千金，邑萬家。」蒙嘉咬牙切齒說著。

荊軻見狀，連忙說道：

「燕王知秦王切齒而恨樊於期，遂設法斬得他的首級獻於秦王。燕王怕首級腐爛不可辨認，特命臣等快馬加鞭，冒寒沖雪而送之咸陽。望大人盡快稟報大王，以便臣等繳呈樊於期首級。」

「樊於期首級是否帶來？是否可以讓本官看看？」

荊軻一聽，心中大喜，果然如預料的那樣。如果今天不帶樊將軍首級來見，蒙嘉可能還不會相信自己。既然他要看看，不妨讓他看個清楚。於是，一邊連忙將裝有樊於期首級的匣子恭恭敬敬地呈上，一邊說道：

「請大人過目。」

蒙嘉小心翼翼地打開木匣，猛然看到怒目圓睜的樊於期頭顱，嚇得在席上連滾帶爬，一直退縮到堂角。半天，才緩過神來，對荊軻說道：

「快封存起來！快封存起來！」

荊軻心中一樂，心想，見到樊將軍的頭顱他都嚇成這樣，要是見到活著的樊將軍，那他不當場嚇死啊！於是，連忙將木匣封裝好。

穩了穩神，蒙嘉才恢復了常態，又一本正經起來，對荊軻說道：

「那督亢地圖呢？」

「大人，督亢地圖是燕王親手封函的，臣等不敢拆封，留在驛館，沒敢帶來。等面見大王後，再當面呈獻吧。」荊軻不假思索地回答道，因為他早就想好了說辭。

「哦，既然如此，那就屆時請大王自己驗看吧。」

荊軻見這一關繞過去了，連忙說道：

「大人，您看臣等何時能見到秦王？」

「就在這兩天吧。你先回驛館候著，等本官稟報了秦王後，約好時間，再宣燕王之使晉見。」

「謝大人！」荊軻一邊說著，一邊躬身施禮退出。

三、行刺秦王

秦王政二十年二月二十八日，秦王嬴政舉行了盛大的儀式，盛服臨朝，設九賓，宣燕王正副特使荊軻與秦舞陽晉見。

秦王嬴政之所以如此大動干戈，並非是看重荊軻與秦舞陽本人，也不表明他把燕王當回事，而是有一種政治宣示的意味。他想通過這一盛大的儀式，向魏、齊、楚三國之王傳遞一個信息，與秦國抗衡沒有出路，唯有像燕王一樣主動納土獻圖，才是明智的選擇。除了這層政治意涵外，還有另一層意蘊，就是通過接受樊於期的首級，告誡秦國將帥群臣，順我者昌，逆我者亡。若有如樊於期之徒，則必死無葬身之地。

巳時未到，荊軻與秦舞陽就已到達秦王宮前。但是，距離秦王宮還有三百步遠的時候，就遙見有黑壓壓的一片人群。抵近一看，原來都是盔甲鮮明的秦國將士，正列隊立於王宮之前。在通往王宮的那條長長、高高的寬大台階上，相向站立著三組共六列甲士。每隔三級台階就立有一位，個個高大威猛，面無表情。

荊軻與秦舞陽走到台階前，看到這種陣勢，不免心中有些緊張。荊軻還算鎮定，秦舞陽則明顯臉露恐慌之色。荊軻吸取前幾天求見秦王時的教訓，先回頭看了一下秦舞陽，並輕聲對他囑咐了一聲：「不要緊張，這些都是帝王的排場，是一種儀式，是做給人看的。這些威武的武士都只是一個個道具而已。做大事要沉著冷靜，跟在我後面，目不斜視，記住！」

秦舞陽點點頭，跟在荊軻後面亦步亦趨，真的不敢左右顧盼。

走到秦王宮前九十九級台階的第一級時，荊軻抬頭望了一眼高大巍峨的秦王宮，又掃視了一下眼前一個個冷若冰霜的秦國將士，不禁猶豫了一下。因為他不知道該從三組甲士隊列中的哪一組中穿行登階。

就在此時，猛聽得高高台階的頂端，有一人大聲喊道：

「宣燕國正副特使荊軻、秦舞陽晉見。」

荊軻循聲望去，見台階頂端的正中站著一個人，猜想就是秦宮的宣令官。頓時明白了，自己是燕王特使，秦王這是以國禮相見，宣令者站在台階頂端正中宣令，自己自然就應該從中間一組甲士隊列中穿行登階。

於是，荊軻立即回頭看了一眼秦舞陽，示意他跟上。然後昂頭挺胸，做氣宇軒昂狀，捧著裝有樊於期首級的木匣，表情莊重，一步一步地拾級登階。秦舞陽則捧著督亢地圖，緊跟其後。

登上九十九級長長高高的台階，又穿過多重宮門與宮殿，大約有烙五張大餅的工夫，荊軻與秦舞陽才在宣令官的導引下，到達秦王臨朝視事的正殿。

在往正殿的途中，秦舞陽只顧低頭跟在荊軻身後，不敢左右顧盼。荊軻則不時偷眼瞟瞥，只見到處都是帶刀帶劍的甲士肅立於兩旁。穿行其中，猶如置身於劍戟之林。

在離秦王大殿還有三步之遙時，就聽宣令官對殿內大聲叫道：

「燕王正副特使晉見大王！」

喊聲未落，就聽大殿之內鐘鼓齊鳴，聲震屋宇。秦舞陽從未見過這種陣勢，一聽就緊張異常，不僅眼都不敢抬一下，而且捧著督亢地圖匣子的手也一個勁地直抖。荊軻則鎮定自若，昂首挺胸，氣宇軒昂，一派燕王特使的威儀，一舉一動都中規中矩。

當荊軻與秦舞陽舉步正要邁入大殿時，一個司儀官走上前來，躬身施禮畢，便引導著二人去向秦王見禮。

秦王大殿是坐北朝南格局。朝北方位上，是一個高出大殿地面約一丈的大台子，約佔整個大殿面積的十分之二，將整個大殿分割成殿上與殿下兩個部分。殿上的正中間，是秦王的王位，高高在上。殿下部分，則是群臣上朝參政侍立的位置。如果他們要向秦王稟報政情、表達政見，則要趨近台前，仰頭向上。若有奏章簡牘呈送秦王過目，在得到秦王恩准的情況下，可以從台子兩側的台階拾級而上，親自將簡牘跪呈到秦王手上。武臣走台子左側的台階，文臣則走右側台階，不可僭越。

荊軻一邊跟在司儀官後面走，一邊偷眼觀察。只見秦王已經坐在殿上高高的王位上，讓人一望就有一種拜倒腳下的威嚴感。再看殿下，秦國文武大臣整齊排列，武在左，文在右，個個表情莊重，靜靜肅立於其位。

鐘鼓聲歇，司儀官站在台子右側的台階下，高聲叫道：

「大王有令，宣燕王特使上殿獻樊於期首級和燕國督亢地圖。」

司儀官話音未落，殿下秦國文武眾臣立即山呼「萬歲」，鐘鼓之聲再起。站在荊軻背後的秦舞陽再次驚恐萬狀，捧在手上的督亢地圖匣子差點掉落。荊軻怕秦舞陽壞了大事，在抬腳上階時，裝著不經意的樣子，回頭對秦舞陽使了個眼色，讓他鎮定。但是，跟在後面的秦舞陽仍然雙手直抖。殿下的秦國大臣都瞪大眼睛，面露訝異之色，但卻沒人敢說話。

二人奉匣依次上殿後，荊軻小步快趨，秦舞陽低頭緊跟其後。在距離秦王還有十步之遙時，荊軻就給秦王行君臣跪拜大禮。然後，將裝著樊於期首級的木匣高高舉過頭頂，膝行而至秦王座前。

「獻上來。」秦王的聲音雖然不大，卻如炸開的春雷響徹了大殿，從眾臣頭頂隆隆滾過。

荊軻聞命，立即將木匣從頭頂放到秦王腳下，慢慢打開，再小心翼翼地取出樊於期的首級，捧在手上，讓秦王近看。

秦王不看則已，一看真是樊於期的首級，而且還是怒目圓睜的樣子，頓時面露驚懼之色，下意識地往王位後面挪了挪身子。荊軻知道，秦王這是被樊將軍的首級嚇著了，但卻故意不放下，仍然捧在手上。過了好一會，秦王才從驚嚇中慢慢鎮靜下來，對荊軻揮了揮手，道：

「封好吧。」

荊軻這才遵命將樊於期的首級重新放回木匣，然後封好。

「獻督亢地圖。」秦王又命令道。

荊軻聞命，立即轉身示意站在身後的秦舞陽將督亢地圖遞過來，卻見他雙腿發抖，捧著地圖的雙手也在不停地抖動。

秦王偶然抬頭見到，立即警覺地盯著秦舞陽，問道：

「怎麼啦？」

荊軻一見，立即對秦王莞爾一笑道：

「讓大王見笑了！東北蠻夷之鄙人，未曾見過天子。今猝然而睹大王之天顏，畏大王之天威，不能自持。望大王有所假借，予以宥諒，令其畢使臣之責。」

秦王見荊軻說話得體，態度從容，遂毫不懷疑。頓了頓，以溫和的口吻對他說道：

「起來吧，取督亢地圖過來。」

荊軻一聽，心中大喜，立即遵命從地上爬起，轉身從秦舞陽手中接過裝有督亢地圖的匣子。

秦王見此，乃對秦舞陽揮了揮手。秦舞陽一見，就像大罪獲赦似的，連忙轉身走下了台。

就在此時，荊軻已經打開了木匣，輕輕地解開繫紮地圖的帶子，從左慢慢地往右展開。秦王延頸而看，面露欣喜之色。就當地圖快要展露無遺時，荊軻以迅雷不及掩耳之勢，從地圖中抽出匕首。左手順勢抓住秦王右手的衣袖，右手持匕首對準其咽喉，數其罪行說：

「秦燕二國，一處西北，一處東北，遠隔千山萬水，無利益之衝突，無領土之紛爭。兩國人民老死不相往來，雞犬之聲不相聞，風馬牛不相及，你為何逼迫燕王甚急，要燕太子往咸陽為人質？」

「兩國交互質子，乃為邦交，自古皆然，無可厚非。」秦王邊退邊說道。

「可是，燕太子與你乃少年朋友，在邯鄲為患難之交。你為秦王，不僅不念舊誼，不厚待舊好，卻反而百般淩辱之。今荊軻為燕太子報仇雪恥，從我者則活，逆我者則死。」

秦王已經無處可退，後背已經頂到了王位的靠背上，動彈不得了。因為事出突然，他一時驚恐得忘記求救；同時，也容不得他呼救。若是呼救，荊軻的匕首只在尺寸之間，可能瞬間便會喉斷命絕。而殿下的秦國眾臣，則早就驚呆了，誰也想不起要施救，也想不出施救的辦法。因為按照秦國的法律，大臣上殿朝見秦王，不得持尺寸之刃。而殿下執兵器侍立的甲士，若無秦王詔令，則不得上殿；否則，不僅要受車裂之刑，還有滅族之虞。所以，大家眼睜睜地看著荊軻在殿上用利刃逼迫秦王，可就是沒有辦法，只能靠秦王自己與荊軻周旋了。

而今在殿上的只有兩個人，一是秦王王位背後屏風下時刻待命的禦醫夏無且，一是靜靜坐在屏風後面負責彈琴的秦姬。這兩個人，雖在殿上，卻是殿下群臣看不見的，也是殿上的荊軻看不到的。此時，被頂到王位後背上的秦王雙眼緊閉。大概他已在心裡後悔了，當初為什麼訂下這種律法，不然自己今天就不至於面臨滅頂之災而無人可救了。

這時，又聽荊軻說道：

「秦貪暴海內，不知厭足，負天下久矣，今荊軻欲為天下報仇。樊將軍無罪，而你夷其全族，今荊軻要為樊將軍雪恨。」

秦王等了好久，見荊軻並未動手殺自己，猜想他可能只是想脅迫自己答應燕國的一些要求而已，遂睜開雙眼，說道：

「今日之事，悉聽尊命。寡人死不足惜，只是希望臨死前聽一曲琴聲，則死亦瞑目矣！」

「這個要求可以滿足。」

荊軻話音未落，秦王就一邊斜睥著鼻尖下的匕首，一邊鎮定自若地大聲命令道：

「奏曲。」

話音未落，王位屏風後立即響起琴聲。伴隨著悠揚的琴聲，便聽到一個年輕女子曼妙的歌聲：

「羅穀單衣，可掣而絕。

八尺屏風，可超而越。

鹿盧之劍，可負而拔。」

荊軻一驚，他沒想到屏風後竟然還藏著人。正在荊軻一愣神的瞬間，秦王看到了希望。他知道，琴聲一響，荊軻的注意力必然分散，屆時就可趁機一搏。

秦王一邊假裝認真聽歌，一邊則仔細觀察荊軻的反應。因為女子是用秦音唱的，荊軻聽不懂，所以不時有愣神恍惚的瞬間。唱到第四遍時，秦王瞅準荊軻分神的一瞬間，突然將被荊軻抓住的右手往後猛的一縮，左手以迅雷不及掩耳之勢扯斷了右手的衣袖。在荊軻還未及反應的瞬間，一個鯉魚打挺，從王位上躍起，縱身從屏風上越過。

荊軻這時才知上了秦王的當，遂連忙持匕首縱身躍過屏風，追殺秦王。殿上有三根兩人合抱粗的大柱子，秦王就圍著三根柱子與荊軻周旋，但卻情急之中忘了向殿下的群臣與侍衛求救。殿下的大臣與侍衛沒有得到秦王的詔令，只得眼睜睜地看著荊軻在殿上追得秦王團團轉。

正在這時，又聽剛才那個彈琴的女子高聲反覆地唱道：

「鹿盧之劍，可負而拔。」

被荊軻追得上氣不接下氣的秦王，一聽女子反覆唱著這句，頓時醒悟過來。於是，一邊在殿上奔跑，一邊伸手往後拔劍。可是，拔了很多次，都沒有拔出來。

這時，突然殿下有一個大臣高聲喊道：

「王負劍！王負劍！」

這是秦國話，意思是說，大王反手從背後抽劍。秦國群臣都明白，於是大家一起喊道：

「王負劍！王負劍！」

荊軻聽不懂這提示秦王的話，卻聽到了秦國群臣聲震屋宇的喊聲，頓時亂了方寸。因為他擅長的是長劍，又無輕功，因此在侷促的秦王大殿上無從施展，只能握著僅有的短刃匕首追殺秦王。

就在荊軻心志有些混亂之時，秦王卻慢慢鎮定下來，一邊繼續圍著三根柱子轉，一邊反手從背後抽出了背著的長劍。由於被柱子擋住了視線，荊軻沒有發現秦王已經拔出了長劍，並握在了手上。他以為，秦王仍是手無寸鐵，只要抓住秦王，就能用帶毒的匕首立刻讓他死在殿上。

畢竟這個大殿是秦王每天坐朝聽政的地方，對這裡的地形也熟悉，小小的空間內，他更能遊刃有餘。又與荊軻周旋了一會後，秦王突然躲到了一根柱後不動了。荊軻心中大喜，以為秦王體力不支，跑不動了，只好束手待斃。遂連忙趕上一步，準備伸手去抓躲在柱後的秦王。

可是，萬萬想不到的是，他的左手剛剛伸出，右臂就被突然從背後上來的秦王御醫夏無且擲過來的藥囊擊中。「噹郎」一聲，右手握著的匕首掉到了地上。

荊軻愣了一下，連忙彎腰去撿掉到地上的匕首。就在此時，秦王揮劍上來，出其不意，斬斷了他的左腿。

這時，荊軻雖然撿起了地上的匕首，但卻無法奔跑了。情急之下，遂背倚柱子，瞄準奔跑的秦王，將手中的匕首擲過去。可是，卻差了分毫，匕首插入了柱子上。

秦王見此，哈哈大笑，立即持劍返身要來斬荊軻。

荊軻拖著斷腿，圍著柱子與秦王周旋。最後，他咬緊牙關，單腿跳躍，奔到匕首插入的柱子前，試圖拔下柱子上的匕首再擲秦王。可是，由於剛才用力過猛，匕首已經深深插入柱中，怎麼拔也拔不出來。

秦王一見，又是哈哈大笑。笑聲未絕，已揮劍上前斬斷了荊軻的右腿。荊軻立即癱倒在地，倚著柱子不能動彈。秦王遂又揮劍上前，斬斷了他的兩條胳膊。

荊軻自知大勢已去，事不可成，遂倚柱而笑，箕踞而罵道：

「今日之事不成，是因我想生擒你，約契以報燕太子。早知你這傢伙無信，軻以劇毒之匕首，立斃你可矣！嗚呼，軻因輕忽，遂為你所欺，燕國之不報，我大事之不立哉！」

說完，荊軻大笑不止，聲震屋宇。不過，那笑聲在秦國群臣聽來，總覺得不像是笑，更像是椎心泣血的痛哭，聽了讓人心裡發毛。

秦王斜睥了荊軻一眼，將帶血的長劍插入劍鞘，以勝利者的姿態，重新坐回高高的王位，高聲說道：「來人！」

殿下環侍的甲士立即聞聲趨前，在秦王台下站成了一排。

秦王掃視了一眼殿下群臣及侍衛，然後厲聲喝道：

「將這兩個燕國的刺客拖出去五馬分屍，曝屍三月，傳示天下。」

踞坐於殿上的荊軻，聽了秦王的話，神色依然，毫無畏懼之意，繼續倚柱而罵。而立於殿下的秦舞陽，則早就癱倒在地。

荊軻與秦舞陽被拖出去後，秦王又高聲說道：

「夏無且聽命！」

夏無且立即從屏風後轉出來，跪倒在秦王面前，道：

「微臣夏無且在此，謹聽大王之命。」

秦王用溫情的眼神看了看跪在面前的夏無且，卻眼望殿下群臣與侍衛，高聲說道：

「無且愛我，忠心可鑑。賞黃金兩百鎰。」

夏無且謝恩後，退到屏風之後。

秦王又高聲說道：

「琴姬聽命！」

琴姬從屏風後轉出，小步趨前，跪倒在秦王面前。

秦王低頭看了她一眼，以少見的溫婉口吻說道：

「抬起頭來，讓寡人看看。」

琴姬遵命，仰頭看了一眼坐在高高王位之上的秦王。雖然她每日都在王位屏風之後彈琴，但卻從來沒敢抬頭看過秦王一眼。

秦王見她眉清目秀，舉手投足之間優雅有禮；抬頭低頭之間，更有一種不勝嬌羞的風韻，遂心生喜愛之情。情不自禁間，便多看了她幾眼。頓了頓，有意提高聲音，好像是故意說給殿下的秦國眾臣聽的：

「琴姬雖是一介女子，不僅有著過人的智慧，而且關鍵時刻能夠沉著冷靜，提醒寡人絕袖超屏、反背抽劍，真天下少有之奇女子也！即日起，琴姬便是寡人之貴妃。」

琴姬立即伏地謝恩。

殿下眾臣則一片沸騰，山呼萬歲。

第八章 尾聲

秦王政二十年，燕王喜二十八年三月底，荊軻刺秦王失敗的消息傳遍了整個山東六國，當然也傳到了燕國之都薊城。

燕王喜接獲消息後，驚恐萬狀，連夜傳喚太子丹與太子太傅鞠武。

「秦乃虎狼之國，秦王比虎狼還要狠戾，你竟然瞞著為父私養死士，蓄謀甚久。而今荊軻與秦舞陽刺殺秦王失敗，秦王必傾起大軍壓境而來。魏、趙、楚、齊四國曾經是何等強大的國家，而今或亡或衰，誰也不敢捋強秦之虎鬚。燕乃區區小國，豈是強秦之對手？而今滅頂之災至矣，何計以應之？」燕王喜一見太子丹，就斥責道。

「大王，這也不能完全怪罪太子殿下。」

沒等鞠武把話說完，燕王喜立即打斷他的話，憤怒地喝斥道：

「都是你教導無方，惹出如此大的禍患。燕國萬民馬上就要大難臨頭了，你還說不能怪罪太子，那你說應該怪誰？」

鞠武本來想先給太子丹辯護一番，然後再為自己開脫一下，而今見燕王如此暴怒，只得三緘其口，伏地叩首，反覆說道：「臣罪該萬死！」

燕王喜仍然餘怒未消，又對太子丹怒喝道：

「大丈夫能屈能伸，該忍的一定要忍，不能意氣用事。當年越王勾踐若非委屈求全，豈能成就霸業？你在咸陽為人質，受點委屈有什麼了不起？難道比越王勾踐侍候吳王牧馬做奴、侍病嚐糞還要屈辱嗎？」

「太傅也曾跟兒說過這些，但兒只是出於一時憤怒，覺得兒之屈辱並非個人之屈辱，而是燕國之屈辱，父王之屈辱，所以才效仿昔日曹沫劫持齊桓公而收復魯國失地之舊事，蓄死士以報於秦王……」未等太子丹說完，燕王喜就喝斷了他，厲聲訓斥道：

「此一時也，彼一時也。今日之秦，非昔日之齊；今天之秦王，亦非當年齊桓公也。」

太子丹被燕王喜罵得狗血淋頭，只得唯唯諾諾地退下。

燕王喜於是又連夜召集燕國所有文武大臣，集聚朝堂之上，商討應對之策。

可是，大家議來議去，沒有一個可行的應對之策，只得仍按原來的策略，結好亡國的趙公子嘉，與他這個自立為代王的趙國殘餘勢力聯合，共同應對即將揮師而來的秦國大軍。

果然不出預料，這年五月底，秦王嬴政派遣大將王翦與辛勝率二十萬大軍，越過早已被佔領的趙國之地，經中山國往東，先在易水之西擊潰了燕、代二國聯軍，之後揮師繼續東進，向燕國之都薊城發動了強攻。

燕王喜一邊派太子丹率燕國主力堅守薊城，一邊遣人聯絡代王嘉被擊潰的軍隊，從外圍策應牽制秦師。這樣，憑城堅守了五個月。到了十月底，北國的冬季已經來臨。秦師遠道來犯，水土不服，只得停止進攻。

到了第二年（即秦王政二十一年，西元前二二六年）五月，秦師又繼續圍攻燕都，六月底最終攻破了薊城。但是，在薊城攻破之前，燕王喜與太子丹已經率領燕國精兵突圍出去了。不久，燕王喜向東收取了遼東郡的地盤，在那裡繼續稱王。

秦王聞報，又派大將李信率兵繼續追擊燕王喜，並要求斬得燕太子丹之首。代王嘉聞之，乃遣使致書燕王喜道：

「秦王之所以追迫大王甚急，皆因太子丹之故。今大王若殺太子丹，以首級獻於秦王，則燕國社稷尚可保也，燕王血食或可存也。」

燕王喜不忍，猶豫不能決。李信則繼續率師窮追太子丹，太子丹無法，乃匿於衍水中。最後，燕王覺得形勢危急，遂遣使斬得太子丹之首而獻秦王。但是，秦王得到太子丹首級後，仍然沒有停止進攻的步伐。不過，由於大將王翦推病告老還鄉，秦王欲滅已在遼東的燕國的計畫只得暫時擱淺了。也就在此時，原來被秦所滅的韓國形勢不穩，新鄭有韓國人起來造反。昌平君被遷謫到郢城。這年冬天，天降大雪，雪厚竟達二尺五寸。

秦王政二十二年（西元前二二五年），秦王覺得滅亡魏國的時機已經成熟，遂遣大將王賁率師攻打魏國，引汴河之水倒灌魏都大梁。大梁城牆坍塌，魏王假只得向秦師求降。由此，秦國取得了魏國的全部土地，魏國終於亡國。

秦王政二十三年（西元前二二四年），秦王再次詔令已告老還鄉的大將王翦出山，強行起用他為伐楚主將。王翦率師攻佔了楚國陳縣往南直至平輿縣的土地，俘虜了楚王。不久，秦王嬴政巡遊來到郢都和陳縣。但是，楚將項燕擁立昌平君做了楚王，舉幟在淮河以南反秦。

秦王政二十四年（西元前二二三年），秦王派大將王翦與蒙武往淮南，與項燕領導的反秦楚軍作戰，最終打敗了項燕的軍隊，昌平君死，項燕自殺。

秦王政二十五年（西元前二二二年），在消除了楚國後患後，秦王終於又騰出了力量去收拾遠遁於遼東的燕國。此次遠征遼東，秦王派出的是以前滅亡魏國的大將王賁。王賁不負所托，最終佔領了遼東郡，俘獲了燕王喜，燕國終於滅亡了。回師途中，王賁又進軍代國，俘虜了代王嘉，滅了代國。與此同時，王翦率領的秦國大軍在打敗項燕的軍隊後，又平定了楚國長江以南的地方，降服越君，設置了會稽郡。

秦王政二十六年（西元前二二一年），秦王再派大將王賁率師經由已經佔領的燕國往南進攻齊國，俘獲了齊王田建。至此，秦王嬴政完成了滅六國、一統天下的偉業。

秦王嬴政稱帝稱朕後，仍對先前燕太子丹與荊軻謀刺自己的事耿耿於懷，於是全國統一後，乃下令通緝太子丹之客與荊軻的同黨，但是，皆已亡逸，不知所終。唯高漸離在燕國滅亡後，改名更姓，匿於宋子縣一個酒家做傭保。過了很久，因勞作太苦，偷聽主人家堂上之客擊筑，感慨繫之，徬徨不忍離開。每有機會，則總是跟人說：「主家擊筑之客技藝雖佳，然亦有不佳之處。」

有人聞之，立即報告主人道：

「那個傭保也是一個懂得音樂的人，還在背後跟人評論主人之客擊筑是非。」

主人非常驚訝，立即召高漸離來見，並令其當場擊筑。結果，一座之人皆大為驚駭，稱善稱妙，為之傾倒。於是，主人賜酒，另眼相待。

高漸離暗自思忖，覺得這樣隱姓埋名，為人做苦力，貧賤不能溫飽，終究不是個辦法，也沒有個翻身出頭的日子，遂退回寄身之所，取出匣中之筑與舊時所穿的衣裳，恢復原來的容貌，再次上堂。

主人與賓客見之，更是為之驚訝不已，連忙起身下堂與他見禮，並請他上堂分庭抗禮而坐。

當主人與賓客再次請求他擊筑時，他斂衽抱筑，邊彈邊唱，時而為壯聲，時而為哀聲，一座之人無不為之流涕。從此，主人對他更是敬重，待之為座上賓。

後來，消息傳到秦始皇耳中。始皇傳令召見，結果有人認出他就是當年荊軻的同黨高漸離。始皇久聞其名，又親聽其筑聲的高妙，愛其才，遂赦免了他的死罪。但是，令人用煙火熏瞎了他的眼睛。從此，高漸離就被留在秦始皇身邊，時常為他擊筑。

高漸離每次為始皇擊筑，始皇聽了都非常高興。慢慢地，始皇放鬆了警惕，與高漸離日益親近。

高漸離見有機可乘，遂以鉛置筑中，利用近距離給始皇擊筑的機會，準備謀殺始皇，為太子丹與朋友荊軻報仇。

一天，始皇又傳召高漸離擊筑。高漸離彈得非常投入，始皇聽得如癡如醉。高漸離雖然眼睛看不見，但能感覺到始皇當時的狀態，遂趁其不備，舉筑向始皇砸過去。

可惜，砸偏了點，未擊中始皇。

始皇大怒，乃當庭喝令誅殺高漸離。

高漸離放聲大笑，道：

「天不佑我，漸離不能殺豎子！惜乎，太子之恥不雪，荊軻之仇不報！」

從此，始皇再也不敢親近秦國之外的六國之人。（全書完）

後記

荊軻其人，是我初中時代就已熟悉的歷史人物。從《史記‧遊俠列傳》中讀到的荊軻，以及後來從《戰國策》、《燕丹子》中讀到的荊軻，都給我留下了深刻印象。我的骨子裡也是非常喜歡俠客的，對於李白《俠客行》一詩所呈現的俠客形象尤其喜歡。

但是，以俠客為題材，特別是以荊軻為主人公而創作一部長篇歷史小說的計畫，卻始終沒有在我的腦海中閃現過。我對武俠小說，其實讀得非常少。就是中學時代已經非常流行的金庸等人的武俠小說，我也沒有真正讀過一部。只是前年，有一次開車出外旅遊，我十歲的兒子帶了一本金庸的《書劍恩仇錄》，我在無所事事的間歇，偶爾翻看了半冊。這就是我閱讀現代武俠小說的全部閱讀經驗了。

我之所以長期以來不讀武俠小說，這一方面有客觀的原因，如考大學，考研究生，拿博士學位，升教授，當博導，做學術研究，等等，沒有時間閱讀或研究武俠小說；另一方面，是因為長期從事學術研究，我早已變得非常理性，沒有什麼讀武俠小說、迷武俠小說的激情。也就是說，沒有多少主觀上的積極性去讀武俠小說。

可是，幾乎從未閱讀過武俠小說的我，如今卻動筆寫起了武俠小說，這聽起來好像是一個笑話。是的，確實是笑話。不過，這笑話之所以會發生，並非是無緣無故的，而是有原因的。

二〇〇五年至二〇〇六年，我在日本京都做客座教授，因有一段空暇，少年時代萌發的創作欲望重新喚起，心願開始有了實現的機遇。於是，就一口氣將兩部蓄謀已久的長篇歷史小說《遠水孤雲：說客蘇秦》、《冷月飄風：策士張儀》寫完了。

二〇〇九年二月到六月，我應邀到臺灣東吳大學做客座教授，住在臺北外雙溪東吳大學的半山公寓，每日推開門窗就見到外雙溪對面近在咫尺的臺北故宮博物院，遂又頓時發起千古之幽思，將在日本殺青的長篇歷史小說《遠水孤雲：說客蘇秦》、《冷月飄風：策士張儀》拿出來作最後的修改。其實，在此之前我已經修改了五次了。

二〇〇九年六月底，我在完成東吳大學客座教授任期，準備回上海前，前往臺北重慶南路拜訪臺灣商務印書館主編李俊男先生。我在日本做客座教授時就一直與他聯絡，他是我的一部學術著作《古典小說篇章結構修辭史》的責任編輯。這次相見，主要是談幾部約定的學術著作的交稿日期問題，並送交簽好的合同文本。談到最後，偏了題，說到了歷史小說。越談越投機，最後我提到我那時已經修改好的兩部歷史小說《遠水孤雲：說客蘇秦》、《冷月飄風：策士張儀》，問他臺灣商務印書館有沒有出版歷史小說的先例，他說沒有，但又說也不妨突破慣例。於是，我便將我的創作計畫跟他說了，李先生竟然非常感興趣，並當場給我定了書系名為「說戰國，道春秋」。

二〇一一年我的兩部歷史小說《遠水孤雲：說客蘇秦》、《冷月飄風：策士張儀》由大陸雲南人民出版社出版簡體字版，二〇一二年這兩部歷史小說的繁體字版也由臺灣商務印書館在臺灣出版發行。接著，李俊男先生來函要我接著寫「說春秋，道戰國」書系的第二組，並給我指定了所寫歷史人物，這就是孔子與荊軻，一文一武。

孔子的資料我準備得非常多，寫孔子的計畫也早在日本就已確定。當李俊男先生來函催促時，《鏡花水月：遊士孔子》差不多已經脫稿了。但接下來準備要寫的另一本卻不是這本《易水悲風：刺客荊軻》，而是《澄懷悲情：書生孟子》。

因為孔孟是一路人，作為「說戰國，道春秋」書系中的同一組人物，最合適不過了。沒想到，李俊男先生的思路卻出我意外，他竟將孔子與荊軻拉到了一起，使他們二人配對，成為書系中的一組人物。一開始，我有點想不通，但後來仔細一想，覺得這個思路很有創意，孔子是文人，荊軻是武士；孔子是儒者，荊軻是俠士。韓非說：「儒以文亂法，俠以武犯禁」，正好說的就是這兩種人。所以，將孔子與荊軻放在同一組來寫，確實是有合理性的。除此，我還想到另一點：孔子是個和平主義者，而荊軻則是一個暴力主義者，這兩種不同理念的人物形象放在同一組，不僅可以形成對比，而且有相得益彰的效果。

這樣一想，我便愉快地接受了李俊男先生的建議與命題，寫完了《鏡花水月：遊士孔子》後，立即投入到《易水悲風：刺客荊軻》的寫作中。

因為戰國史我非常熟悉，在寫《遠水孤雲：說客蘇秦》、《冷月飄風：策士張儀》之前，我已經花了十幾年時間研究過戰國史。寫《易水悲風：刺客荊軻》所要用到的史料，事實上不必費時間再找了。這也是當初李俊男先生建議我寫一個書系的原因，可以提高史料利用的效率。除此，還有一個不為人知的原因，也讓我愉快地接受了任務。

荊軻是俠客，俠客要武打，會涉及到武打動作。我少年時代學過武術，還頗有愛好。金庸完全不會武功，他都能寫武俠小說，我相信我也行。我喜歡挑戰，所以，不妨就此先試一下，以後有機會再好好在此方面發展。當然，荊軻刺秦王是一個歷史事件，不能寫成普通的武俠小說，所以這本《易水悲風：刺客荊軻》我沒有放開手腳寫武打場面，而主要專注於鋪敘歷史事件，寫成歷史小說。

而今書已寫成，到底寫得如何？我自己不敢說，就讓讀者諸君來評判吧。如果覺得還能讀下去，那我就深受鼓舞了，今後繼續寫下去。如果覺得還不行，那我就要繼續修行，閉關練功了。

最後，衷心感謝臺灣商務印書館破例為我出版長篇歷史小說，並且是以一個書系的形式，這是一個多麼難得機會啊！感謝臺灣商務印書館經理與書系策劃主編李俊男先生的大力支持；感謝這套歷史小說書系的責任編輯何小姐和工作同仁。

衷心感謝許多學界前輩與時賢多年以來對我創作歷史小說的關注與支持！特別是要感謝國際著名漢學家、日本京都大學教授、原京都大學人文科學研究所所長、韓國學者金文京先生！感謝臺灣著名古典文學專家、東吳大學教授、原東吳大學中文系主任許清雲先生！他們都是學術界的權威，學術研究工作非常繁忙，但卻花了很多寶貴的時間閱讀我的這部拙作，不僅提出許多寶貴意見，而且還為本書寫了熱情洋溢的推介語。

衷心感謝在此之前讀過我的歷史小說或其它學術著作的廣大讀者多年來的厚愛與鼓勵！

特別要感謝我的太太蒙益給予的支持，她是世界五百強的一家德國公司中國區的財務老總，日忙夜忙，卻還承擔起兒子課業的輔導任務，這樣我才能有足夠的時間在學術研究與歷史小說創作兩條戰線上左右開弓！

感謝我的岳父蒙進才先生與岳母唐翠芳女士，他們從高級工程師與國營大企業領導崗位上退休下來後，十多年來一直幫助我們，替我承擔了全部的家務勞動，這樣我才能過著衣來伸手、飯來張口的生活，安心地坐在書齋中做學問和寫作。

吳禮權　二〇一三年六月二十八日記於上海

讀者回函卡

感謝您對本館的支持，為加強對您的服務，請填妥此卡，免付郵資寄回，可隨時收到本館最新出版訊息，及享受各種優惠。

■ 姓名：＿＿＿＿＿＿＿＿＿＿　性別：□ 男　□ 女

■ 出生日期：＿＿＿年＿＿＿月＿＿＿日

■ 職業：□學生　□公務(含軍警)□家管　□服務　□金融　□製造
□資訊　□大眾傳播　□自由業　□農漁牧　□退休　□其他

■ 學歷：□高中以下（含高中）□大專　□研究所（含以上）

■ 地址：
＿＿＿＿＿＿＿＿＿＿＿＿＿＿＿＿＿＿＿＿
＿＿＿＿＿＿＿＿＿＿＿＿＿＿＿＿＿＿＿＿

■ 電話：(H) ＿＿＿＿＿＿＿＿＿＿ (O) ＿＿＿＿＿＿＿＿

■ E-mail：＿＿＿＿＿＿＿＿＿＿＿＿＿＿＿＿＿＿＿＿

■ 購買書名：易水悲風　刺客荊軻

■ 您從何處得知本書？

□網路　□DM廣告　□報紙廣告　□報紙專欄　□傳單
□書店　□親友介紹　□電視廣播　□雜誌廣告　□其他

■ 您喜歡閱讀哪一類別的書籍？

□哲學・宗教　□藝術・心靈　□人文・科普　□商業・投資□社會・文化　□親子・學習　□生活・休閒　□醫學・養生□文學・小說　□歷史・傳記

■ 您對本書的意見？（A/滿意　B/尚可　C/須改進）

內容＿＿＿＿＿編輯＿＿＿＿＿校對＿＿＿＿＿翻譯＿＿＿＿
封面設計＿＿＿＿＿價格＿＿＿＿＿其他＿＿＿＿＿＿＿＿

■ 您的建議：＿＿＿＿＿＿＿＿＿＿＿＿＿＿＿＿＿＿＿＿

※ 歡迎您隨時至本館網路書店發表書評及留下任何意見

臺灣商務印書館　The Commercial Press, Ltd.

台北市106大安區新生南路三段19巷3號1樓　電話：(02)23683616
讀者服務專線：0800-056196　傳真：(02)23683626
郵撥：0000165-1號　E-mail：ecptw@cptw.com.tw
網路書店網址：www.cptw.com.tw　網路書店臉書：facebook.com.tw/ecptwdoing
臉書：facebook.com.tw/ecptw　部落格：blog.yam.com/ecptw

廣　告　回　信
台北郵局登記證
台北廣字第04492號
平　　　　信

10660
台北市大安區新生南路3段19巷3號1樓
臺灣商務印書館股份有限公司　收

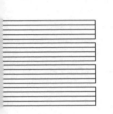

請對摺寄回，謝謝！

傳統現代　並翼而翔
Flying with the wings of tradtion and modernity.

國家圖書館出版品預行編目(CIP)資料

易水悲風 ： 刺客荊軻 / 吳禮權著. -- 初版. -- 臺北市 ： 臺灣商務, 2013.11

面 ；　公分

ISBN 978-957-05-2891-6(平裝)

857.7　　　　102021014

易水悲風：刺客荊軻

作　　者　吳禮權
發 行 人　施嘉明
總 編 輯　方鵬程
叢書主編　李俊男
責任編輯　何珮琪
封面設計　黃馨慧
校　　對　王元元

出版發行：臺灣商務印書館股份有限公司
編輯部：10046 台北市中正區重慶南路一段三十七號
電話：(02)2371-3712　傳真：(02)2375-2201
營業部：10660 台北市大安區新生南路三段十九巷三號
電話：(02)2368-3616　傳真：(02)2368-3626
讀者服務專線：0800056196 郵撥：0000165-1
E-mail：ecptw@cptw.com.tw
網路書店臉書：facebook.com.tw/ecptwdoing
臺灣商務臉書：facebook.com.tw/ecptw
網路書店網址：www.cptw.com.tw
部落格：blog.yam.com/ecptw
局版北市業字第 993 號
二版一刷：2013 年 11 月
定　價：新臺幣 290 元

ISBN 978-957-05-2891-6